NAIMA SIMONE

Les secrets du play-boy

Traduction française de
SOPHIE LECOQ

PASSIONS

HARLEQUIN

Collection : PASSIONS

Titre original :
RUTHLESS PRIDE

HARPERCOLLINS FRANCE
83-85, boulevard Vincent-Auriol, 75646 PARIS CEDEX 13
Service Lectrices — Tél. : 01 45 82 47 47 - www.harlequin.fr
ISBN 978-2-2804-4634-1 — ISSN 1950-2761

Composé et édité par HarperCollins France. Achevé d'imprimer en janvier 2021.
par CPI Black Print - Barcelone - Espagne
Dépôt légal : février 2021.

FSC
www.fsc.org
MIXTE
Papier issu de sources responsables
FSC® C159065

Pour limiter l'empreinte environnementale de ses livres, HarperCollins France s'engage à n'utiliser que du papier fabriqué à partir de bois provenant de forêts gérées durablement et de manière responsable.

- 1 -

« *Ne vous excusez jamais de votre réussite dès lors que vous la devez à votre assiduité et à votre droiture.* »

Joshua Lowell récita silencieusement cette phrase de Frank Sonnenberg que son père s'était tant plu à citer. Il secoua la tête, un sourire amer aux lèvres.Vernon Lowell ou le roi du « faites ce que je dis, pas ce que je fais ».

Si l'on se fiait au précepte qu'il adorait tant, son père avait un paquet d'excuses à présenter – où qu'il fût désormais, en enfer ou sous un parasol dans un pays sans politique d'extradition.

Joshua baissa les yeux vers son écran et tâcha de se concentrer sur le tableur où figuraient les chiffres du mois écoulé : les retours sur investissement des actions que son fonds, Black Crescent, avec achetées dans les télécommunications.

Les résultats étaient bien meilleurs que ceux de l'année précédente à la même époque. Leurs clients allaient percevoir une somme rondelette et Black Crescent une commission substantielle.

Contrairement à son père, Joshua s'était cantonné à des investissements assez classiques : actions, biens de consommation et immobilier.

Vernon s'était toujours comporté en tête brûlée. Ses paris fous avaient fait de lui l'un des hommes les plus fortunés des États de New York, du New Jersey et du Connecticut réunis.

Son audace à toute épreuve avait aussi permis à sa clientèle – triée sur le volet – de faire fructifier ses millions. Parti de presque rien, il avait bâti un empire financier. Puis les millions de ses clients très select s'étaient envolés.

Son audace à toute épreuve avait signé leur perte.– Joshua, vous m'écoutez ?

Haley Shaw, son assistante, n'attendit pas sa réponse et poursuivit, l'air un rien désabusée :

— Ou alors vous avez décidé de m'ignorer. Ce qui, vous devriez le savoir depuis le temps, ne sert strictement à rien. Quoi que vous fassiez, cela peut bien attendre une minute. C'est important, là.

Sa phrase s'acheva sur une pointe de nervosité.

Joshua ne prit cependant pas la peine de relever la tête.

— Haley, pas maintenant.

— Navrée de vous interrompre dans ce cas, mais je vous garantis que c'est maintenant.

La phrase avait été prononcée sur un ton brusque mais séduisant, qui n'avait rien de navré.

Deux mains délicates, sans bijoux, ongles au naturel, atterrirent de part et d'autre de son ordinateur portable.

Pris par surprise, Joshua resta quelques secondes à fixer les dix doigts fins posés sur son bureau.

D'où lui vint l'envie soudaine de placer sa bouche dans le creux de ce poignet et d'en effleurer la peau diaphane du bout de la langue ?

La simple vue de ces mains lui faisait l'effet d'un coup de poing douloureux et excitant.

Il s'enfonça délibérément dans son fauteuil en cuir en revêtant son habituel masque impassible et froid. Il força ses muscles à lui obéir, à afficher cet air détaché et inaccessible qui était le sien depuis maintenant quinze ans.

C'était son bouclier, forgé pour toutes les épreuves.

Il paraissait pourtant prêt à céder sous l'effet de cette tension sexuelle brutale et totalement hors de contrôle.

Joshua sentait son cœur battre jusque dans l'entrejambe de son beau pantalon de costume.

Décontenancé par ce cataclysme sulfureux, par ce corps inconnu qui s'était invité dans son bureau sans en demander la permission, il leva les yeux sur sa propriétaire et lui offrit son plus beau rictus méprisant.

Haley soupira bruyamment. D'une voix résignée, elle annonça :

— Joshua, je vous présente Sophie Armstrong.

— Je ne connais pas de Sophie Armstrong.

Il avait répondu d'un ton sec à son assistante, sans détacher une seule seconde son regard de la femme qui se tenait face à lui.

Son instinct flairait une menace… à la fois professionnelle et très, très personnelle.

— Mon nom vous dirait quelque chose si vous aviez pris la peine de répondre à mes appels ou à mes e-mails, siffla son interlocutrice, les deux paumes levées vers le ciel comme pour souligner une évidence. Ça fait des semaines que j'essaie de vous contacter, monsieur Lowell. Vous êtes le roi de l'esquive.

Il fronça les sourcils.

Il sortait d'une période chargée, certes, mais il s'en serait souvenu si elle avait cherché à le joindre.

— Je n'esquive rien ni personne. Puisque vous êtes là, vous avez très exactement trente secondes – c'est déjà vingt-neuf de plus que ce que j'aurais accordé à quiconque en temps normal.

D'autres se seraient – s'étaient – sentis bien petits face à lui et à cette froideur déterminée qu'il dégageait. Mais Sophie Armstrong ne cilla même pas.

Non, elle planta même son regard droit dans le sien. S'il n'en montra rien, il fut intérieurement surpris. Sans être arrogant, il savait très bien l'effet qu'il faisait au sexe opposé. Il avait hérité cela de son père : il était beau.

Et sa fortune était clairement un autre de ses attraits aux yeux de ces dames.

Cette Sophie Armstrong, de son côté, semblait n'avoir aucunement l'intention d'user de ses charmes – il les avait à peine remarqués – et leur préférait la confrontation directe, mâtinée d'un certain dédain.

Dieu que ça l'excitait.

Elle glissa un bras dans le sac qu'elle portait à l'épaule, en sortit une liasse de feuilles et la fit claquer sur son bureau.

— Voilà de quoi je parle. Tous les e-mails que je vous ai adressés. Et je peux sortir mon téléphone pour vous faire écouter tous les messages vocaux que je vous ai laissés – il y en a quinze exactement. Et dans chacun je vous demande de revenir vers moi dans les plus brefs délais. Apparemment, nous n'avons pas la même définition du temps, parce que chez moi ça veut dire deux-trois jours et chez vous cela confine à l'éternité.

Un petit ricanement lui échappa.

Arrête !

Il ne fallait pas qu'il se détende. Et encore moins qu'il le montre.

Il se leva et, penchant ses larges épaules vers elle, articula d'une voix grave et lente :

— Plus que cinq secondes. Soyez brillante.

Un soupir d'agacement très féminin emplit l'espace et vint toucher une corde sensible en lui.

Accompagnant la sensation, une image haute définition et très précise de cette inconnue flotta devant ses yeux : elle était allongée dans des draps de soie noire, un voile de transpiration lustrant sa gorge et ses seins, et berçait ses oreilles du même soupir mais dans une version bien plus crue et affamée…

Bon sang, il fallait trouver un moyen de la faire sortir de son bureau.

Mais elle n'avait pas l'air de vouloir capituler.

— J'imagine que ce petit manège de grand seigneur devant ses paysans fait son effet auprès des autres, mais désolée de vous l'apprendre, ça ne marche pas du tout sur moi.

Elle croisa les bras sur sa poitrine.

Le Seigneur en personne aurait bien pu descendre sur terre à ce moment précis pour le défendre de se livrer à tout péché de luxure, Joshua ne pouvait s'empêcher de contempler les deux bosses que dessinait son chemisier. Ses seins étaient certainement plus petits que ce que pouvaient contenir ses mains, mais ils n'étaient à n'en pas douter fermes et rebondis.

C'était la pensée de trop et il se sentit implacablement coupable.

Il n'était pas comme son père, il ne passait pas son temps à reluquer les femmes. Il ne s'imaginait pas que la gent féminine était uniquement là pour son bon plaisir.

Même lorsque l'une d'elles, entrée dans son bureau sans crier gare, faisait durcir son membre comme jamais, malgré sa posture agressive et antipathique au possible.

— Comme je vous l'ai dit dans mon dernier message vocal et mes deux derniers mails, je vais rédiger ce papier, que ce soit avec ou sans vous. Ce serait toutefois mieux avec.

Quel papier ?

Il sentit une ombre soudaine planer au-dessus de lui, rapace redoutable prêt à lui ronger les entrailles.

— Mais de quoi parlez-vous à la fin ?

Il avait tenté de conserver un ton ferme, ignorant la panique qui le saisissait à présent aux tripes.

— L'article sur Black Crescent à l'occasion de la dateanniversaire du... fiasco. C'est pour le *Falling Brook Chronicle*. J'aimerais y faire figurer un entretien avec le PDG, contrairement à ce qui s'est déjà fait.

La colère se cristallisa en lui, diamant dur et tranchant. Il voulait qu'elle parte sur-le-champ.

Cette femme n'avait aucune idée de la pression qu'il subissait, du poids de la culpabilité et de la responsabilité. Du joug qu'elles lui infligeaient quotidiennement, au point de l'écraser parfois...

De la manière dont il avait appris à vivre avec.

Il n'avait eu personne sur qui compter lorsque son père avait disparu, quand lui-même s'était engagé à rembourser les familles lésées pour éviter qu'un procès arrache à Black Crescent le peu d'argent que Vernon avait laissé.

Joshua avait dû grandir vite. Bien trop vite.

Bon Dieu, il n'avait pas besoin qu'un article pondu par un gratte-papier arriviste – même si le gratte-papier en question avait le visage d'un ange et un corps à défiler pour Victoria's Secret – le ramène à cette époque sombre où l'angoisse avait été son lot quotidien.

— C'est non.

À sa décharge, elle ne flancha pas devant cette réponse lapidaire.

— Je peux comprendre que votre premier élan n'aille pas dans mon sens…

— Ah tiens ?

Il l'avait interrompue, en cherchant tant bien que mal à dissimuler son agitation. Il se maudit silencieusement de ne pas rester de marbre.

— Donc vous aussi vous avez subi un… Comment avez-vous appelé ça ? Un fiasco dans votre vie et fait la une de tous les journaux du pays, y compris du *Falling Brook Chronicle* ? Qui d'ailleurs, si je me souviens bien, n'a pas été des plus tendres avec ma famille.

Il ne lui laissa pas le temps de répondre.

— Dans ce cas, puisque vous savez de quoi je parle, vous ne serez pas surprise que je mette un terme à cette conversation.

— J'ai lu les anciens articles du *Chronicle* et effectivement ils sont à charge.

La suite évidente, « Mais pouvez-vous vraiment le leur reprocher ? » sembla résonner dans la pièce.

— Je n'ai cependant aucune intention d'y aller de mon petit refrain. Mon nom ne vous dit peut-être rien, mais j'ai un palmarès journalistique qui en ferait baver d'envie plus d'un. À dire vrai, je voudrais rédiger cet article sous un angle différent : l'artiste brimé. Mes recherches m'ont appris que vous vous adonniez à l'art avec un certain succès et que…

— Au revoir.

Il posa les paumes de ses mains sur son bureau, bras tendus.

Et merde !

Des épines acérées venaient de se glisser sous sa peau, provoquant une douleur vive. Cela faisait quinze longues années qu'on ne l'avait pas appelé ainsi : un artiste.À une époque, il avait excellé dans des collages géants en technique mixte. Il portait à travers eux un regard sur les droits de l'homme et les affres de la guerre.

Il mettait alors tout son être dans ses œuvres. Il perdait la notion du temps et plus rien d'autre n'avait d'importance. Il se plongeait dans les photos, les acryliques, tout ce qui résonnait avec ses sentiments les plus profonds : du métal, des journaux, des livres, des bouts de vêtements.

Il avait cessé ces « enfantillages » quand son père s'était évaporé. C'était du moins ainsi que Vernon considérait la passion de son fils.

Il leur avait fait subir une telle épreuve… Joshua l'avait vécue comme une lobotomie sur son âme.

Aujourd'hui, il ne canalisait plus sa rage et sa douleur par le biais de l'art. Non : il décidait tout simplement de les rayer de la carte.

Et lorsque cela ne fonctionnait pas, il les transformait en énergie pour sortir Black Crescent de l'ornière et redorer le blason de son entreprise…

Ou bien il allait déverser tout cela sur un punching-ball à la salle de sport.

Ce feu d'artifice nauséabond avec le fonds de pension pour pièce centrale l'avait arraché à sa propre vie – adieu l'art, la bonne entente avec ses frères et l'entreprise familiale prospère, bonjour sa mère comme un zombie et une honte cuisante qu'on lui resservait jour après jour.

Il ne restait plus, dans les cendres de cet incendie ravageur, que les lambeaux de sa fierté. Il avait eu la force de caractère nécessaire, pris les bonnes décisions.Et cette Sophie Armstrong espérait aujourd'hui lui arracher ce qu'il lui restait de dignité et d'estime de lui ?

Qu'elle aille se faire voir.

Il se souvint de sa présence et se ressaisit.

La journaliste secoua brièvement la tête et insista :

— Monsieur Lowell.

— Je vous arrête tout de suite. J'ai une très grosse journée et vous avez dépassé vos trente secondes. Notre échange s'arrête ici. La porte est derrière vous.

Il imaginait sa mère horrifiée devant un tel manque de manières.

— Très bien. Je ne reste pas plus longtemps.

Cependant rien dans la voix affirmée, presque combative, de cette femme ne laissait penser qu'elle lui cédait en réalité le moindre centimètre de terrain.

Elle bomba le torse, releva le menton et parvint, malgré leurs trente centimètres de différence, à le regarder de haut. La défiance se lisait dans ses yeux aux reflets argentés.

— Vous pouvez tenter de balayer le passé, sachez toutefois que certaines choses demeurent, quels que soient les efforts qu'on y mette. La vérité finit toujours par remonter à la surface.

— Surtout quand il y a des journalistes pour s'emparer d'une pelle et déterrer tout ce qui pourra faire vendre.

Il y avait longtemps que personne n'avait osé lui tenir tête. Pas depuis qu'il avait prouvé sa valeur sur le terrain des affaires. Quitte à jeter toute sensibilité aux oubliettes.

Mais cette Sophie Armstrong n'avait clairement pas reçu l'info parce qu'elle était plantée là, rose aux joues, comme prête à lui sauter à la gorge… Une idée qui ne lui déplaisait pas, à vrai dire.

Était-il pervers d'espérer qu'elle passe à l'acte ? Que ce petit corps ferme mais presque fragile vienne se lover contre le sien, que ces doigts délicats qui semblaient bien habiles se serrent autour de son cou…

— Merci de m'avoir reçue, M. Lowell, finit-elle par conclure.

Il se sentit paradoxalement déçu de la voir partir.

Non mais que lui arrivait-il ?

Il ne voulait pas – ne pouvait pas – l'entendre débiter une seconde de plus ses âneries sur lui.

« Artiste brimé », et puis quoi d'autre ?

Elle sortit sans se retourner. Le son ouaté que fit la porte en se refermant sonna comme un présage plus inquiétant que si elle l'avait claquée dans un grand fracas.

Et lui fit l'effet d'une balle en plein cœur.

- 2 -

« *Scandale Black Crescent : quinze ans plus tard.* »

Joshua s'empara du journal avec une telle violence qu'il manqua le déchirer.

Elle l'avait fait. Sophie Armstrong avait sorti son article. L'histoire sordide de sa famille figurait une fois de plus en première page, appât de choix pour un lectorat avide de contenus racoleurs.

Il leva la tête et observa, derrière le pare-brise de sa Mercedes, le bâtiment de Black Crescent. Il connaissait par cœur cette construction moderniste bâtie à flanc de falaise. Son père avait souhaité que ses bureaux se démarquent du reste de l'architecture de Falling Brook. Il y était parvenu.

Le siège du fonds d'investissement était aujourd'hui aussi tristement célèbre que son ancien propriétaire.

Et voilà que le scandale refaisait surface et figurait de nouveau en pleine page dans les médias.

Joshua pencha les yeux vers l'article.

Il l'avait déjà lu deux fois, mais il le parcourut encore, y retrouvant le succès fulgurant de son père dans le monde de la finance, son mariage en apparence réussi avec Eve Evans-Janson, jeune femme de la haute société dont le réseau avait propulsé Vernon sur le trône de Falling Brook, leurs trois fils diplômés des plus grandes facultés américaines.

Puis la chute, tout aussi fulgurante. Les millions de dollars du fonds d'investissement partis en fumée, le décès d'Everett Reardon, le plus proche ami de son père et directeur financier de Black Crescent, dans accident de voiture alors qu'il tentait de s'enfuir. La disparition énigmatique de Vernon…

Et les dix clients volés par son père plongés dans le cauchemar de la ruine et de la destitution sociale. L'engagement de l'entreprise à tous les rembourser en échange de l'abandon des poursuites, le marasme qu'était encore la vie de certains quinze ans après les manœuvres abominables et impardonnables de Vernon.

Et lui, Joshua.

L'artiste devenu PDG, prenant la place laissée vacante par son père, s'attelant à sauver Black Crescent.

Certes, l'article racontait l'abandon de sa carrière artistique au profit de l'entreprise familiale qu'il était parvenu à redresser. Mais il le dépeignait aussi comme la marionnette de son père, dressé depuis sa plus tendre enfance à en reprendre un jour les rênes.

Pourtant à une époque, une autre vie s'était promise à lui.

Sa vie… Ce papier n'était qu'un tas de contre-vérités.

On pouvait aussi y lire que personne n'avait plus entendu parler de Vernon et que, malgré des rumeurs d'assassinat lié à ses malversations, le doute planait encore. Il vivait peut-être bien au chaud quelque part et donnait secrètement des nouvelles à sa famille, pilotant à distance ce qui avait été son bébé, Black Crescent.

Ridicule.

Dans les premiers temps après sa disparition, la mère de Joshua avait engagé des détectives privés pour tenter de le localiser. Sans parler du FBI, qui avait aussi tout fait pour retrouver sa piste.

Qu'attendait-on de lui, Joshua, à la fin ? Qu'allait-il devoir encore sacrifier pour être réhabilité ?

Il était resté, avait été méprisé, humilié même, par ses frères pour avoir marché dans les pas de son « papounet ». Il était resté aux côtés de sa mère, cloîtrée telle une paria.

Resté quand il ne rêvait que de tout laisser en plan et de fuir, lui aussi.

Mais il n'était pas parti sillonner l'Europe, il n'avait pas non plus noyé sa souffrance dans la fête et la drogue. C'était ce qu'avaient fait ses frères.

Sa fierté et son sens de la loyauté l'avaient enchaîné à Black Crescent. Sans père. Sans frère. Sans amis.

Et cette Sophie Armstrong qui insinuait le contraire, prétendant qu'il était resté passif toutes ces années et que Vernon n'avait laissé derrière lui que de la terre brûlée.

Il était dans sa voiture, garée sur le parking de Black Crescent. Son rire acide combla tout l'habitacle, lui brûla les entrailles et la peau.

Une part secrète de lui espérait silencieusement que Vernon était mort. Car s'il était encore vivant… Penser qu'il avait été capable d'abandonner sa famille et de vider les comptes sans aucun remords lui nouait le ventre au point de lui donner la nausée. Cela voudrait dire que l'homme qu'il avait aimé, admiré et respecté n'avait jamais réellement existé. Avec tout ce qu'il avait déjà enduré depuis des années, il ne s'en remettrait pas.Son portable sonna. Il jeta un œil à l'écran et y lut le prénom de son frère. Le passé était à ses trousses et son sang se figea un peu plus dans ses veines. Lui et son jeune frère avaient une relation compliquée. Oliver vivait à Falling

Brook et non à des milliers de kilomètres, mais c'était tout comme.

Joshua ferma les yeux un court moment puis fit glisser son pouce sur le téléphone.

— Salut.

— J'imagine que tu as vu le *Chronicle*, lança son frère en guise de bonjour.

— Oui.

Joshua, les yeux dans le vide face à ce bâtiment qui avait conduit sa famille du firmament à la boue, voyait défiler les images d'une famille parfaite. D'un mensonge ?

— Je l'ai lu.

Un son hésitant entre le grognement sourd et le soupir exaspéré résonna dans le téléphone.

— Merde à la fin, pourquoi on ne peut pas nous lâcher avec ça ?

— Parce que ça fait vendre, visiblement.

Joshua expira bruyamment.

— On va tenir debout malgré tout, comme d'habitude.

— Tu sais si maman a vu l'article ?

— Je ne pense pas.

Le poids d'une nouvelle enclume lui tomba sur les épaules.

— J'ai envoyé Haley intercepter le journal.

Heureusement qu'elle était là. Lorsque le scandale autour de Black Crescent avait éclaté quinze ans plus tôt, qu'employés et amis avaient déserté, Haley, qui était alors en stage, était restée. Elle avait même renoncé temporairement à son salaire. Joshua aurait été incapable de redresser les finances de l'entreprise sans elle à ses côtés.

— Comme maman ne sort pas beaucoup de la maison, il y a peu de risques qu'elle tombe dessus par hasard, poursuivit-il.

Eve vivait presque recluse depuis l'affaire et la disparition de son mari. Malheureusement, il n'avait pas pu en faire autant.

— Je passerai la voir ce soir.

— Cool, merci.

Un froid glacial s'installa à l'autre bout de la ligne.

— C'est ma mère autant que la tienne, tu sais. Ya pas besoin de dire merci. À plus.

Oliver raccrocha. Joshua garda le téléphone contre son oreille quelques secondes encore avant de le reposer et de reprendre le journal. Il fixa un passage qui avait attiré son attention. « *Joshua, le fils, est-il toutefois si différent du père ? Comme nous le savons, les apparences sont souvent trompeuses. Qui sait quels secrets cache encore la famille Lowell ?* »

Ces phrases, ou plutôt ces accusations à peine voilées, tournaient en boucle dans sa tête. À quoi pouvaient-elles bien faire allusion ? Les squelettes avaient tous été sortis du placard et exposés au grand jour. Il n'y avait plus de « secret ».

Et d'où cette journaliste tenait-elle les photos, quinze exactement, publiées dans l'article ?

Il passa lentement en revue les clichés en noir et blanc. Quelques-uns de ses créations. Sa mère, telle qu'il se la rappelait, au bras de son père. Il ne l'avait pas vue sourire ainsi depuis une éternité. Quinze ans, très précisément. Jake et lui le jour de la remise des diplômes. Un portrait de famille pris à Noël. Jake et lui à la fac. Lui en cours d'arts plastiques. La concentration et la... joie illuminant son visage. Il s'arrêta plus longtemps sur cette image, reconnaissant à peine le jeune homme *confiant* qui posait.

Sophie Armstrong avait bien fait son travail de fouille.

Il l'avait accusée de trop vouloir creuser le passé : elle y était vraisemblablement allée à la pelleteuse.

D'où tenait-elle ses informations ? Qui avait bien pu lui fournir ces clichés ?

Il n'y avait qu'un seul moyen de le savoir.

Joshua jeta le journal sur le siège passager et démarra la voiture.Il allait trouver ses réponses directement à la source.

— Excellent ton article, Sophie.

Rob Jensen, rédacteur sports et loisirs, la félicita d'un pouce levé et d'un hochement de tête.

Elle lui sourit.

— Merci Rob, c'est sympa.

— C'est mérité, confirma Marie Coswell lorsque leur collègue se fut éloigné.

Elle fit glisser son fauteuil à roulettes pour mieux voir sa voisine d'open space.

— Mais la vache, tu n'y es pas allée de main morte.

Un carré roux encadrait sa moue mi-amusée, mi-réprobatrice.

— Tu n'as pas peur d'une réaction de la part des Lowell ? Ça risque de riposter de leur côté. Leur nom a été traîné dans la boue, et à juste titre me diras-tu, pendant longtemps, mais c'est du passé, ce scandale. Ils ont conservé leur pouvoir et pas mal de connexions encore. Je me sens bien tranquille, moi, avec ma rubrique mode. Parce que je n'aimerais pas me frotter à eux. Surtout à Joshua Lowell. Enfin, non, attends, oublie ce que je viens de dire.

Marie sourit à pleines dents et prit un air mutin.

— J'aimerais vraiment me frotter à Joshua Lowell. Mais toute nue.

Sophie éclata de rire. Sa collègue n'avait pas froid aux yeux alors qu'elle avait immédiatement rougi. Elle maudit intérieurement son père pour son héritage irlandais et la peau claire qui en était le premier étendard. Même les racines italiennes de sa mère ne pouvaient rien y faire : à vingt-huit ans, elle rougissait encore comme une ado en pleine crise hormonale.

— Ah ah, je rêve ou tu rougis, Sophie ? Que nous vaut ce petit coup de chaud ? Tu penses au fessier de M. Grosse… Fortune ?

Marie pouffa de rire.

— Et en plus vu ta tête j'ai raison ! Allez, raconte à maman, que s'est-il passé exactement quand tu as déboulé dans son bureau en mode guerrière ? Il t'a ouvert le coffre et montré ses bijoux de famille ?

Sophie secoua la tête d'un air dépité mais avec un sourire aux lèvres. Son amie n'avait pas de limite. Elle l'adorait, mais sa place était clairement à la rubrique *people* du journal.

— Il ne s'est absolument rien passé entre nous. Désolée de te décevoir. Il m'a juste montré… la porte.

Elle grimaça en repensant à sa stratégie, qui ne s'était pas du tout avérée la bonne. Elle y avait juste gagné une confrontation mémorable.

L'épisode ne compterait pas parmi les plus glorieux de sa carrière. Heureusement que personne n'avait appelé la sécurité. Althea Granger, sa rédactrice en chef, aurait certainement adoré être dérangée par un appel de la police lui annonçant sa petite visite chez Black Crescent.

Elle ne s'expliquait toujours pas pourquoi Joshua ne l'avait pas raccompagnée lui-même vers la sortie.

Pas plus qu'elle ne comprenait pourquoi elle pensait sans cesse à ce type.

Elle soupira et balaya l'air devant elle en espérant faire disparaître ses questions et l'image de cet homme de son esprit.

Si seulement c'était aussi facile…

— Sophie ?

Althea Granger se posta devant son bureau. Sophie la tenait en haute estime et s'inspirait d'elle au quotidien.

— Tu peux me suivre dans la salle de conférences ?

— Bien sûr.

Elle se leva, ignorant le regard alarmé de sa collègue Marie. Cela pouvait-il concerner son article ? Non, impossible. Elle rejeta immédiatement l'idée. Althea s'était personnellement chargée de la relecture et l'avait validé avant que tout parte en impression.

Sophie s'arrêta net à l'entrée de la pièce.

Joshua Lowell se tenait tout au bout du rectangle que formait la longue table de réunion, mains dans les poches de son costume bleu marine parfaitement coupé et affreusement cher, à n'en pas douter.

Il fallait admettre qu'elle ne s'était pas menti sur le physique injustement avantageux de cet homme. Il avait un corps de félin, souple et puissant.

Un régulier de la salle de sport, où il venait certainement et avant tout se défouler, relâcher enfin la pression. Cela devait d'ailleurs être son unique moyen de le faire.

Arrête bon sang, on s'en fiche pas mal.

Elle soupira intérieurement d'agacement contre elle-même et se força à mettre un pied devant l'autre pour avancer dans la pièce.

Joshua Lowell était beau comme un dieu descendu

de l'Olympe sur un cheval ailé. Et il se croyait sorti de la cuisse de Jupiter.

Il était revenu sur terre pour la faire virer ou brandir la menace d'un procès. Cela aurait clairement dû faire baisser son « baromètre de sexitude », comme disait Marie.

Aurait dû… Althea se tourna vers elle.

— Referme derrière toi, Sophie, tu veux bien ?

Lorsqu'elle se fut exécutée, la rédactrice en chef s'adressa à leur visiteur.

— Monsieur Lowell, je voudrais vous présenter Sophie Armstrong, qui a signé l'article dans notre édition du jour.

Après un long instant, il se contenta de lever un sourcil. Sans détourner le regard qu'il avait planté dans celui de Sophie, il répondit d'un ton affable :

— Madame Armstrong.

Le soulagement fut tel qu'elle se sentit presque flancher. Althea était d'un professionnalisme légendaire et la petite incursion de Sophie dans les locaux de Black Crescent n'aurait certainement pas été à son goût.

La sensation fut de courte durée. Que faisait ce type à la rédaction du *Chronicle* ? Et pourquoi n'avait-il pas dit la vérité à Althea ? Rien ne justifiait qu'il la protège, elle la journaliste qui venait de déballer son histoire familiale en première page du journal.

— Madame Granger, je vous saurais gré de nous laisser un instant, si cela ne vous dérange pas bien sûr.

Sa petite formule de politesse ne laissait pas dupe. Ce n'était pas une question.

Althea l'avait bien compris mais se tourna tout de même pour demander :

— Sophie ?

La réponse lui brûlait la langue. *Non*. Mais, aux

dernières nouvelles, la lâcheté n'était pas de son monde. Elle acquiesça.

Sa responsable hocha à son tour la tête.

— Très bien. Cependant il va de soi, monsieur Lowell, que les mots « procès » ou « diffamation » ne seront pas prononcés dans cette salle en mon absence. Dans le cas contraire, j'encourage vivement Sophie à mettre immédiatement fin à la conversation de façon à ce que je puisse vous présenter l'équipe de notre département juridique.

Althea le menaçait, avec son plus charmant sourire, de mettre les avocats dans la boucle.

Elle quitta la pièce et laissa Sophie seule avec lui.

— J'en conclus que votre rédactrice en chef n'est pas au courant de votre petite visite à mon bureau ?

— Non. Mais vous l'aviez déjà compris. Pourquoi ne pas le lui avoir dit ?

— Parce que pour l'heure ce n'est pas dans mon intérêt. Et…

Sa voix se fit plus grave et dangereuse. Sophie sentit immédiatement les frissons de l'appréhension et – *oh mon Dieu* - d'une certaine excitation sexuelle lui parcourir l'échine.

— Si quelqu'un doit se pencher sur cette délicate chevelure pour vous chercher des poux, Sophie Armstrong, ce sera moi, soyez-en assurée.

Sa phrase ne contenait ni le mot « procès » ni « diffamation » mais faisait bel et bien office de menace.

Elle préféra passer à la suite pour effacer l'image de lui enfonçant sa main dans ses cheveux.

— J'imagine que vous êtes ici au sujet de l'article. Alors allons-y.

Il l'examina, laissant un lourd silence s'installer entre

eux. Elle devina la tension contenue derrière le masque stoïque qu'il avait enfilé. Sixième sens, instinct féminin ou déformation professionnelle, elle sentait très bien qu'il ne s'agissait que d'une façade.

Ce qui signifiait que cette surface lisse cachait des choses qu'il ne voulait pas exposer au grand jour. Des secrets. La journaliste en elle, et *surtout pas* la femme, avait très envie de les percer. De les mettre au jour.

— Entendu, « allons-y », chère Sophie.

Il répéta ces mots de façon équivoque, cherchant à leur donner un double sens.

— Par quel moyen vous êtes-vous procuré ces photos ? Je veux savoir.

Elle croisa les bras et secoua la tête.

— J'ai mes sources. Et avant que vous n'exigiez quoi que ce soit, même bien emballé dans une jolie formule de politesse, sachez que je ne peux pas vous les communiquer.

— Vous ne pouvez pas ou ne vous ne *voulez* pas ?

Elle haussa les épaules.

— Dans ce cas précis, cela ne fait aucune différence.

Encore ce silence. Ce regard qui ne se détachait pas d'elle.

Il ouvrit enfin la bouche. À voix basse, il demanda :

— Vous savez ce que vous êtes, madame Armstrong ?

Sophie répondit d'un ton volontairement las.

— Laissez-moi deviner… Une sacrée garce ?

Ce ne serait pas la première fois qu'un homme dans sa position lui parlerait de la sorte. Cela arrivait quand elle insistait, posait trop de questions. En d'autres termes, quand elle ne restait pas sagement à jouer la plante verte en souriant.

Le journalisme d'investigation était réservé aux plus

coriaces. Mieux valait avoir une solide carapace. Ce genre d'insultes était courant pour désigner une femme avec des convictions, une ligne de conduite claire et aucune envie de se taire.

Joshua eut une moue surprise et écœurée, comme si ce mot, ou même l'insulte en tant que telle, le dégoûtait.

— Non. Peut-être que cela vous arrangerait : cela ferait de moi un homme grossier piqué au vif par votre article. Mais ne comptez pas sur moi pour vous faciliter les choses. Je vais vous dire ce que vous êtes : un rapace. Vous appartenez à ces charognards qui se délectent de la dépouille de leurs congénères.

Elle n'aurait pas dû se sentir visée.

Mais *la vache*, il avait tapé fort.

Jamais dans son travail elle n'avait fait quoi que ce soit de délibérément blessant ou insultant. C'était d'ailleurs pour cela qu'elle était allée le voir avant la publication de l'article.

Elle avait voulu entendre sa version des choses afin de ne pas faire preuve de partialité, justement.

Une habitude qu'elle tenait peut-être de son adolescence passée entre des parents divorcés. Elle avait toujours veillé à ce qu'aucun d'eux ne se sente moins aimé que l'autre. Elle s'assurait de ne pas appeler l'un plus que l'autre, de se confier aux deux de la manière, de leur accorder la même attention.

Un équilibre qui lui imposait une tension et des précautions constantes. Et tout autant de stress au quotidien. Elle était déchirée, devait composer avec deux parents en guerre.

Devenue adulte et femme active, elle avait conservé ce réflexe d'impartialité : elle présentait toujours les deux versants d'une histoire.

Et ce PDG trop sûr de lui s'amusait à l'attaquer sur ce terrain en particulier. Elle se sentait bousculée. *Blessée.* Joshua n'avait pas fini.

— Votre ambition est sans limite, avez-vous la moindre idée des conséquences de votre article ? Vous êtes-vous posé la question de ce que cela allait faire à ma famille ? À ma mère ? Cela fait des années, des années vous entendez, qu'elle mange le pain noir d'un autre.

Sa rage palpable et brûlante contrastait avec le ton glacial qu'il employait.

Les rayons du soleil filtraient par la fenêtre derrière lui et incendiaient ses cheveux blond cendré. Il ressemblait à un ange entouré d'un halo.

— Elle a eu son lot de souffrances et déterrer une histoire ancienne dans l'unique intérêt de vendre votre torchon ne peut que causer davantage de dégâts. Mais qu'est-ce que j'espère ? Tout ce qui compte pour vous c'est votre ambition de petite carriériste.

— Mon ambition ?

Elle serra les dents.

— Mon ambition, vous dites ?

Ses bras se raidirent le long de son corps et ses mains formèrent bientôt deux poings rageurs, comme pour se préparer au combat, se défendre.

Tenter avant tout de lui faire comprendre qu'il faisait fausse route. Mais qu'il aille se faire voir, après tout.

Elle avait juste fait son boulot. Point barre. Il ne pouvait rien lui reprocher.

— Vous ne savez rien de moi, alors ne vous racontez pas que j'ai les mêmes travers que vous.

Il ne releva pas cette attaque et continua sur sa lancée :

— Je n'ai rien fait de répréhensible ou dont je pourrais avoir à rougir, mettez-vous bien ça dans la tête.

Contrairement à ce que vous semblez soutenir dans votre récit, je n'ai jamais été la marionnette de mon père. Je n'ai rien fait d'autre que tenter de réparer ses torts.

Effectivement, elle n'avait rien à redire à cela.

Même si la possibilité que Vernon soit encore derrière Black Crescent après toutes ces années n'était pas totalement à exclure, Joshua avait bel et bien abandonné une carrière artistique qui s'annonçait prometteuse pour reprendre l'entreprise familiale.

Son jumeau, Jake, n'avait pas remis les pieds à Falling Brook depuis quinze ans et leur cadet, Oliver, s'était perdu dans les paradis artificiels. Joshua avait hérité de ce cadeau empoisonné. Contraint de renoncer à ses rêves, il avait fait ce qu'on attendait de lui.

— Et j'applaudis, monsieur Lowell. Venant de vous, c'est beau.

— Qu'entendez-vous par là ?

— Oh ! je pense que vous le savez très bien, *papa*.

Il ouvrit de grands yeux et la regarda fixement. Cette réaction difficilement déchiffrable agaça Sophie au plus haut point.

— Vraiment ? Vous allez continuer à me faire croire que vous ne voyez pas à quoi je fais référence ? Vous ne protégez et ne vous intéressez qu'à la famille que vous reconnaissez. Je suppose qu'une petite fille de quatre ans serait bien encombrante pour monsieur le chevalier effrayé par l'idée de tomber de son cheval blanc.

— Je ne sais pas ce qui vous fait croire que j'ai un enfant… Mais ce n'est pas le cas. C'est du pur délire.

Il darda son regard droit sur elle.

Sophie étouffa un rire désabusé.

— Ce n'est pas parce que vous le dites – et je dois

admettre que votre comportement n'indique en rien que vous avez un enfant – que c'est la réalité.

— Si vous me connaissiez au-delà de ce qu'on a bien pu vous raconter sur moi, vous verriez à quel point vos accusations sont ridicules. Me dire que j'ai une enfant et que je l'ai négligée est une chose terrible, madame Armstrong, terriblement laide même, et surtout *fausse*.

Il était révolté, une rage sourde enflait en lui.

Sophie la percevait très bien et sentit une chaleur monter au creux de ses reins, totalement déplacée mais jouant avec elle comme un enfant espiègle se moquant de tout.

Elle rappela son corps à l'ordre, ce corps libre et insouciant qui réclamait sa part sans lui laisser une seconde de répit.

Sa peau était comme soumise à l'irrépressible besoin d'entrer en contact avec celle de Joshua.

— Écoutez, je tiens cette information d'une source fiable, que cela vous plaise ou non. Et rappelez-vous que j'ai tenté de vous joindre à de nombreuses reprises. Plusieurs pistes corroborent l'information de l'enfant illégitime.

— Cette source fiable, comme vous dites, est-elle la même que celle qui vous a fourni les photos ?

Elle hésita puis finit par acquiescer. De tous les témoins qu'elle avait rencontrés, Zane Patterson s'était montré le plus obligeant et le plus bavard. Une véritable mine d'or.

Ce qu'il avait à révéler n'avait rien d'élogieux, bien au contraire.

Étant donné l'épreuve que sa famille avait endurée à cause de Vernon Lowell, Sophie ne pouvait ni le blâmer ni le juger pour la rancœur qu'il entretenait à l'égard de cet homme.

Il avait tout perdu – la sécurité financière de sa famille,

sa maison puis ses proches. Ses parents avaient divorcé un an plus tard. Les fautifs étaient tout désignés : les Lowell.

Toutes ces années n'avaient aucunement émoussé sa rancune et sa haine.

Il avait un an de moins qu'Oliver, le frère de Joshua. Ils avaient fréquenté les mêmes cercles d'amis au lycée et Zane avait pu lui livrer des informations qu'une recherche sur Google d'un temps où les réseaux sociaux n'étaient pas encore omniprésents n'avait pu lui fournir.

Il lui avait également donné les photos qui semblaient tant obnubiler Joshua. Surtout il avait été le premier à évoquer cet enfant illégitime, né d'une passion amoureuse et que le PDG de Black Crescent refusait de reconnaître.

Mais comme elle l'avait assuré à l'homme d'affaires, Zane n'avait pas été le seul à lui en parler.

— D'accord, gardez vos petits secrets.

Il lui tourna le dos et regarda les rues de Falling Brook en contrebas. Il était encore tôt et la ville s'éveillait. Les locaux du journal occupaient l'un des plus anciens bâtiments du centre, flanqué d'une boutique de vêtements pour femmes et d'une librairie.

Un roi face à son royaume.

C'était d'ailleurs peut-être ce qu'il était. Son père avait eu, à l'époque, chirurgiens, PDG, acteurs et athlètes de haut niveau à ses pieds. Vernon Lowell s'était gargarisé de cette position.

S'il le voulait, Joshua avait encore le pouvoir de la faire licencier, de l'évincer totalement de la scène. Donc oui, c'était peut-être le moment de la jouer en mode mineur.

Pourtant en cet instant, ce n'était pas du tout de la peur qui brûlait en elle, mais une euphorie galopante. Elle la transportait comme seules les histoires naissantes pouvaient le faire.

— Vous avez raison, annonça-t-il soudainement.

— À quel propos ?

— Vous m'avez proposé de donner ma version des faits et je n'ai pas saisi votre main tendue. Venez passer une journée avec moi dans les locaux de Black Crescent. Je vous ouvre les portes de mon monde et ce sera à vous de décider si les rumeurs que vous mentionnez dans votre article sont justifiées ou non.

Il marqua une pause.

— Et tout cela en exclusivité.

C'est un piège. Son cerveau lui hurlait de refuser.

D'un autre côté, ce serait l'occasion de publier une suite à ce premier papier. C'était, inutile de le nier, une invitation rare.

En plus, tu pourras passer plus de temps avec lui !

Passer plus de temps avec l'homme énigmatique et ô combien sexy qui éveillait en elle le plus troublant, le plus détestable des désirs.

Une pulsion qui, si elle n'y prenait garde, pouvait compromettre son objectivité et, plus largement, sa carrière.

Et elle ne pouvait en aucun cas se le permettre. Elle ne laissera rien entraver son indépendance et les objectifs qu'elle s'était fixés.

Sa mère avait renoncé à son rêve, devenir architecte, pour épouser son père. Et bien des années plus tard, lorsque qu'ils s'étaient séparés, elle avait dû tout recommencer et se débrouiller avec la faible pension alimentaire que son ex-mari avait consenti, après une rude bataille, à lui verser.

Elle s'était épuisée dans des petits boulots mal payés pour pouvoir suivre des cours à mi-temps.

Il lui avait fallu une éternité, des nuits blanches et de

terribles maux de dos pour pouvoir enfin réaliser son ambition.

Sophie, témoin privilégié des sacrifices de sa mère, avait tiré une leçon de tout cela.

Elle ne serait jamais victime d'une relation amoureuse. Jamais les besoins d'un homme ne passeraient avant les siens. Tout donner à quelqu'un pour ne s'octroyer que les restes, avec juste ses yeux pour pleurer l'heure venue ?

À aucun prix.

Elle n'avait eu qu'à poser les siens sur Joshua Lowell, à passer une minute en sa présence, à admirer son regard pourtant si glacial pour savoir qu'il pouvait la déposséder de tout.

Sans aucun remords.

Mais uniquement si elle lui en donnait l'occasion. Ce qui ne risquait pas d'arriver.

— J'accepte votre offre.

Elle avait mis toute sa détermination dans sa voix, faisant taire ses doutes et son dialogue interne.

— Parfait, je demande à mon assistante de revenir vers vous.

Il lui lança un regard appuyé et se dirigea vers elle, ou du moins vers la porte de la salle de conférences dans son dos. Lorsqu'il arriva à sa hauteur, elle se promit d'arrêter de respirer.

Pour ne pas sentir… *Bois de santal et nature après une pluie printanière. Terreux, sauvage.*

Raté.

— Madame Armstrong, ne croyez en aucun cas que ceci est un cessez-le-feu ou un bon vieux calumet de la paix. Vous avez menacé la sérénité et le bien-être de ma famille. Je ne prends pas ça à la légère et ne compte pas l'oublier de sitôt. Profitez de mon invitation pour nous traîner encore un peu plus dans la boue et vous le regrettez.

Ses mots résonnèrent longtemps après qu'il fut parti. Ils flottaient encore dans l'air – comme son parfum.

L'espace d'un instant, elle eut le sentiment étrange que la situation menaçait de lui échapper tôt ou tard.

- 3 -

Joshua se gara devant la salle de sport, sortit de sa voiture et claqua sa portière un peu trop fort.

Il se sentait débordé par une agitation qui tournait sur elle-même. Il se sentait ainsi depuis la veille et son détour par la rédaction du *Falling Brook Chronicle*.

Depuis sa confrontation avec Sophie.

Il lui en voulait d'avoir semé le doute dans son esprit.

Au fil des ans, sa famille avait été victime de commérages incessants. Ils venaient s'ajouter à leur situation bien réelle, déjà insupportable.

Tous ces ragots l'atteignaient, dire le contraire aurait été mentir. Il en portait encore les cicatrices. Sophie venait de lui asséner un grand coup dans les tripes et de faire vaciller son sentiment d'intégrité.

Son armure semblait soudainement se fendiller.

Avait-il une vie monacale ? Certainement pas : il aimait le sexe. Mais il veillait toujours à se protéger. Un homme dans sa position se devait de choisir ses partenaires avec une extrême prudence – des femmes pour qui le caractère éphémère de la rencontre était clair. Un petit arrangement pour se faire du bien mutuellement, pas plus. Il n'avait jamais pris aucun risque – mais rien n'était infaillible.

Aucune de ses anciennes amantes ne s'était toutefois signalée au sujet d'une grossesse ou d'un enfant.Il poussa la porte d'entrée, prêt à en découdre avec le punching-ball, à faire sortir la rage et la tension qui l'oppressaient.Il s'attaqua au sac dès son arrivée. On ne venait pas ici dans le but de se montrer, mais pour dompter son physique, remettre son corps en ordre de marche.

Alors qu'est-ce que Sophie Armstrong faisait là ?Observant ses muscles en action, ses abdominaux se contracter et ses cuisses fermes en plein effort, il fut impressionné par la puissance que ce petit format était capable de libérer.

Impressionné et soudainement très dur.

Manquait plus ça.

Des chiots jouant à la baballe. Un compte de résultats avec des erreurs comptables. Le visage dévasté de sa mère si elle tombait sur l'article publié dans le *Chronicle.*

Voilà. Son érection était calmée.

Le désir lui serrait encore la gorge, mais sa furie aussi était décuplée.

— On me suit, madame Armstrong ?

Il avait lâché ces mots en serrant si fort sa bouteille d'eau que le plastique grinça bruyamment sous l'effet de la pression.

Sophie pouffa de rire.

— Pardon ? Dois-je vous rappeler votre visite de courtoisie à *mon* bureau ? Je crois que nous sommes quittes côté descente surprise chez l'autre.

— Quittes ? On peut dire que vous avez de l'humour, Sophie.

C'était la première fois qu'il disait son prénom tout haut. Pourquoi sa langue semblait-elle s'en délecter, bon sang ? Comme s'il ne s'agissait pas de deux syllabes, mais d'une peau dénudée.

— Navrée de vous décevoir et de blesser votre orgueil démesuré, mais je viens ici depuis des années.

Elle se passa une serviette sur la gorge puis le haut de la poitrine et continua :

— Je vous ai déjà vu ici, je n'y suis pour rien si vous ne m'avez jamais remarquée.

— N'importe quoi. Je vous aurais clairement repérée.

Ces mots résonnèrent entre eux comme un écho silencieux, pulsation sourde dans le silence qui les enveloppa soudainement.

Elle ouvrit de grands yeux avant de laisser voir sur son visage une expression de… quoi ? Surprise ? Irritation ?

De désir. Indéniablement.

— Vous voulez voir ma carte de membre ?

Elle pencha la tête sur le côté.

Il grinça des dents pour ne pas laisser s'échapper les excuses qui lui vinrent aussitôt à la bouche. Il finit toutefois par baisser la tête et lui répondre à contrecœur :

— OK, désolé. J'ai tiré des conclusions un peu hâtives.

Elle le scruta longuement, mâchoires serrées.

Il décida de ne pas chercher à comprendre d'où venait cette colère rentrée qu'on percevait chez elle. Cette tentative de maîtrise qui le fascinait tant et l'excitait tout autant.

Il s'en empêcha même de toutes ses forces, réalisant que son attirance pour elle n'en était à chaque fois que plus violente.

Il avait envie de sa fureur, de sa passion… Qu'elles l'envahissent, lui griffent la peau et lui brûlent le corps.

Lui fassent ressentir quelque chose.

Il tenta de fuir ces pensées qui semblaient vouloir refermer leurs serres autour de lui.

L'homme qu'il avait été dans le passé n'avait jamais

fermé la porte aux émotions. Au contraire, il les accueillait avec une joie renouvelée.

Lorsque cette flamme s'était éteinte, lorsque sa *vie entière* lui avait échappé, il s'en était fallu de peu pour que l'obscurité et le désespoir ne l'emportent définitivement par le fond.

Il le savait désormais : de l'avidité ne naissait que de la douleur. La chute et le manque étaient inévitables.

Il avait survécu à tout cela une fois. Il avait dû s'amputer d'une partie de lui-même. Couper toutes ses émotions.

Mais il y était parvenu. Il avait sauvé sa famille, leur réputation et leur entreprise.

Il avait réussi ce tour de force en ignorant jusqu'au dernier de ses propres besoins.Et Sophie Armstrong, avec ses yeux mutins et son esprit de guerrière, ne serait pas celle qui mettrait par terre tout ce qu'il avait reconstruit à grand renfort de sacrifices et cris muets.

Son silence prolongé sembla l'irriter au plus haut point. Sa bouche était pincée en une ligne féroce.

Elle se redressa lentement, bomba le torse et se figea dans une posture défensive.

Elle allait en avoir besoin.

— Si vous arrivez à regarder ce joli minois dans un miroir après, allez-y, tirez-moi dessus à la mitraillette.

« Ce joli minois. » Il ne fit même pas semblant de prendre ses propos pour un compliment. Pas avec le ton de voix qu'elle avait employé.

— Sachez cependant que j'ai fait mon travail d'investigation et que mes sources sont solides, leurs informations fondées.

— Vos sources, répéta-t-il en relevant le pluriel. Vous en avez donc plus d'une.

Elle ne bougea pas, ne claqua pas de porte entre eux, mais c'était tout comme.

Après un long moment, elle finit toutefois par acquiescer :

— Oui. Je n'ai pas relayé des commérages ou des bruits de comptoir, figurez-vous.

— Vos sources semblent penser qu'elles nous connaissent bien, moi, ma famille, ainsi que le fonctionnement de Black Crescent. Et ma vie privée aussi, visiblement.

Tout en parlant, il s'était lentement approché d'elle.

Il la maudissait intérieurement d'avoir fait naître en lui une paranoïa sur le petit cercle qui l'entourait. Un cercle qui n'était pas petit pour rien.

Les épreuves lui avaient permis de faire naturellement le tri. Il n'avait plus confiance qu'en une poignée de personnes. Elles seules avaient accès à sa famille, à sa vie.

L'une d'elles pouvait-elle être la « source » que la journaliste avait évoquée ?

— Je veux des noms, Sophie.

Elle secoua la tête et sa queue-de-cheval blond foncé caressa ses épaules nues.

— Non. Ceux qui m'ont parlé l'ont fait sous couvert de l'anonymat. Je ne les trahirai pas. Je refuse catégoriquement de les jeter en pâture à la famille Lowell.

— En pâture, répéta Joshua tout bas, s'approchant un peu plus d'elle.

Encore un pas et leurs corps se toucheraient. Leurs peaux transpirantes se colleraient.

Son sexe dur trouverait sa place contre le ventre plat de Sophie.

— Vous avez encore votre boulot ? Avez-vous, vous ou votre journal, reçu une citation à comparaître ? Vous ferme-t-on la porte dans les magasins et les restaurants de la ville ? Non, Sophie.

Il se pencha vers son visage, si près que leurs lèvres se frôlèrent presque. Si près qu'il perçut le frisson qui la traversa quand il effleura de son souffle le lobe de son oreille.

— Si je voulais déclarer la guerre à celui ou celle qui s'en prend à ma famille, la première victime ce serait vous. Et vu que vous n'avez pas encore été mise au ban ou virée – et croyez moi, il est en mon pouvoir de vous faire tout ça, et plus encore —, vous n'avez aucune idée de ce que ça fait quand je m'énerve pour de bon.

Il se pencha un peu plus et s'autorisa cette fois à poser ses lèvres sur le bord de son oreille, à sentir pour la première fois le contact de sa peau, même imperceptiblement.

— Par ailleurs, je ne ferai jamais entrer de tierce personne dans la bataille entre vous et moi. Je le prends, ma jolie, très personnellement.

— Vous essayez de m'intimider ? Ça confine à la menace, votre petit manège.

Touché.

À dire vrai, la remarque lui aurait glissé dessus si elle n'avait pas été dite d'une voix suave et lente. Son corps, bien trop sensible à la présence de Sophie, était électrisé.

Il lui en voulait.

Et il s'en voulait à lui-même.

— Non, Sophie. Je veux tout de vous, sauf de la peur.

Libre à elle d'interpréter ses mots comme elle le voudrait.

— En revanche ne vous méprenez pas, je compte bien obtenir ces noms. Vous me les donnerez. Ce n'est pas une menace, mais une promesse.

Sans attendre sa réponse, il tourna les talons et s'éloigna. Mais ils n'allaient pas tarder à se revoir : elle venait passer la journée du lendemain chez Black Crescent.

Et il ferait en sorte d'avoir ce qu'il voulait. Elle lui révélerait l'identité de ses sources.

D'une manière ou d'une autre.

Le sang chaud dans les veines, les sens embrasés par cette interaction avec elle, il craignit tout à coup le sens de ces mots : « d'une manière ou d'une autre ».

- 4 -

De retour sur le ring.

Sophie accrocha à ses lèvres un sourire de façade et donna son nom à la réceptionniste.

Elle se repassait en boucle les images de la veille, Joshua Lowell si proche d'elle, corps puissant, torse recouvert d'un T-shirt en coton blanc qui ne masquait rien de sa musculature, short de basket gris tombant jusqu'à ses genoux.

Si le T-shirt lui avait donné envie de grimper sur lui comme une chatte en chaleur, ce short était une véritable invitation.

Elle avait eu l'irrésistible envie de glisser sa main sous l'élastique, de s'aventurer sous ces abdominaux d'acier et de refermer ses doigts autour de la forme raide et prometteuse que l'on devinait sous le tissu.

Parce que oui, Joshua Lowell avait montré toute sa superbe sous ce short en coton gris. *Elle* avait eu cet effet sur lui.

Sophie soupira, balaya ces pensées d'un mouvement de la tête mais ne put rien contre la chaleur moite au creux de ses jambes. Juste en dessous de l'endroit où son sexe fier était venu se frotter tandis qu'il lui proférait ses menaces – des « promesses », avait-il dit – au creux de l'oreille.

Mais qu'avait-elle dans la cervelle ? Elle aurait dû être furieuse, un peu effrayée, peut-être ? Pas du tout.

Elle était chauffée à blanc.

L'heure était à présent au professionnalisme. Interdiction de penser à ce corps d'Apollon au-dessus d'elle… En elle.

Bon sang !

— Madame Armstrong, vous êtes attendue à l'étage. Prenez l'ascenseur jusqu'au deuxième. Haley Shaw, l'assistante de direction, sera là pour vous accueillir.

— Merci.

Quelques instants plus tard, Sophie pénétrait pour la deuxième fois de sa vie dans les quartiers de la direction de Black Crescent.

— Il vous attend. Je peux vous servir quelque chose, thé, café ?

— Non, je vous remercie.

Sophie serait morte sous les pires tortures plutôt que de l'admettre, mais la moindre goutte de caféine risquerait d'être fatale à son estomac déjà mis à rude épreuve.

Haley frappa doucement à la porte du maître des lieux et la poussa.

— Joshua, Mme Armstrong est là.

Quand il se leva pour la saluer, dévoilant ce corps sublime sur toute sa hauteur, Sophie se laissa entièrement transporter par le spectacle. Ces cheveux blond foncé coupés court qui mettaient en valeur ses traits bien dessinés et masculins, ce regard vert mâtiné de marron clair qui semblait déterminé à lui faire rendre les armes coûte que coûte.

Peut-être pourrait-elle s'immuniser contre cette beauté magnétique et charnelle en se plongeant dans cette vision ? À la manière d'un vaccin, en somme.

Joshua fit le tour de son bureau d'un pas souple et assuré. Félin. Souverain.

Pourquoi sentait-elle son cœur s'emballer à son tour ?

— Sophie. Ravi que vous ayez pu venir.

Elle souleva un sourcil.

— Vous en doutiez ?

Il s'arrêta à quelques pas d'elle. Elle se souvint de leur promiscuité presque intime à la salle de sport.

Son odeur l'avait envahie, ses lèvres avaient effleuré son oreille alors même qu'il proférait des menaces à son encontre. Non, pas des menaces : des promesses, avait-il insisté.

Et elle espérait secrètement qu'il allait les tenir. Était-elle devenue folle pour avoir ce genre de pensées ? Oui, très certainement. Un cas d'école pour tout débutant en psychologie.

— Pas un instant, murmura-t-il en laissant filer son regard le long de sa robe fourreau vert émeraude avant de revenir à son visage.

— Merci encore de m'ouvrir les portes de votre entreprise. Je m'en réjouis, vraiment.

Eh bien voilà, elle pouvait tout à fait se montrer professionnelle avec lui.

— Je vous en prie, suivez-moi.

Au cours des heures qui suivirent, Joshua lui fit découvrir l'envers du décor, de *son* décor. Il lui présenta ses employés, lui expliqua le rôle de chacun mais égalcment ce qu'il avait mis en place afin que ce qui c'était passé avec son père ne puisse plus jamais se reproduire.

En d'autres termes, il avait imposé des garde-fous à tous, y compris à lui-même.

Depuis des années, Joshua faisait des dons substantiels à des associations de soutien aux laissés-pour-compte, de lutte contre les violences domestiques ou l'analphabétisme. Il aidait ainsi les autres sans faire de distinction.

Black Crescent soutenait aussi les projets de ses collaborateurs en leur accordant des prêts à taux zéro ou presque pour financer des formations, les études de leurs enfants.

Et il y avait aussi la politique de réparation à l'égard des familles spoliées par Vernon Lowell. Joshua s'était engagé à tout rembourser.

Cette journée passée en ses locaux suffit à convaincre Sophie que Black Crescent n'avait rien de l'entreprise véreuse et propre à broyer les gens qui avait été dépeinte par la presse, par certaines de ses sources aussi.

Par elle.

— Ce que vous faites est remarquable, admit-elle tandis que Joshua refermait la porte de son bureau derrière elle. Pourquoi ne pas montrer à tous ce que moi j'ai vu aujourd'hui.

— Quand quelqu'un se vante de ce qui reste un privilège, et un comportement tout simplement citoyen, cela pose question non seulement sur ses motivations, mais aussi sur son humanité tout court. Par ailleurs, la plupart des gens et les médias en général n'ont strictement aucun intérêt à parler de ma famille ou de notre entreprise en termes élogieux.

Sophie tâcha de rester impassible.

— Vous pouvez déjà me remercier de ne pas avoir mentionné cette histoire de paternité dans mon article. Cela aurait pu rappeler à certains…

— N'allez pas plus loin, aboya soudainement Joshua.

Il baissa instantanément la voix.

— Je. Ne. Suis. Pas. Mon. Père.

Ce ton soudainement sombre, cette phrase presque murmurée la bouleversèrent davantage que les mots qu'il avait hurlés l'instant d'avant.

— Jamais je ne tournerais le dos à ma famille comme l'a fait ce conn…

Il se tut brusquement.

— Comme l'a fait votre père.

Le visage de Joshua, transformé en pierre, aurait pu sembler mort. Mais ses yeux parlaient d'eux-mêmes. Ils témoignaient d'une immense rage… et d'une insondable douleur.

Elle croisa les bras, se détourna de lui et ferma doucement les yeux. Jusqu'à cet instant, Vernon Lowell n'avait été qu'un fantôme, une légende urbaine, celui qui avait commis le casse du siècle avant de s'évaporer dans la nature.

Mais dans les yeux de Joshua, elle vit le père qu'il avait été – celui qui avait brutalement abandonné son fils et l'avait fait tellement souffrir qu'il n'était encore que douleur au fond de lui. Et il le cachait si bien que Sophie, comme tous les autres, n'y avait vu que du feu. Au début du moins.

Quelques instants plus tard, elle s'installa sur le canapé du bureau avec son ordinateur. Elle leva les yeux vers Joshua, resté silencieux et stoïque tout ce temps, et lui fit signe d'approcher.

— J'ai quelque chose à vous montrer, Joshua.

C'était la première fois qu'elle l'appelait par son prénom.

Ce qu'elle avait lu dans ses yeux avait changé sa manière de le voir. Rester dans une posture très formelle paraissait un peu bizarre désormais.

Après un court moment d'hésitation, il la rejoignit et s'installa à côté d'elle. En quelques clics, Sophie ouvrit un dossier à l'écran.

Un test ADN.

Il se raidit et tourna brutalement la tête vers elle.

Un silence pesant s'installa dans le bureau, assourdissant aussi. Il la fixait sans dire un mot.

Elle lui renvoya un regard posé, sans trahir son agitation interne, les battements anarchiques de son cœur, la soudaine sécheresse dans sa gorge. Elle était incapable de faire un mouvement, même pour simplement avaler sa salive.

Son bon sens lui criait qu'elle faisait une énorme erreur. Elle mettait en péril son éthique professionnelle.

Mais son sens du respect, de la décence – son âme – insistait : s'il était possible de faire le bien, alors elle ne devait pas renoncer.

Si elle pouvait un tant soit peu apaiser son inévitable chagrin, cette douleur qu'il allait certainement chercher à nier, aucune hésitation ne lui était permise.

Elle pouvait aider à confirmer l'existence de sa fille ou même permettre qu'ils se rencontrent… Elle n'avait aucune idée de ce qui pourrait advenir, mais elle se devait d'essayer.

Joshua se pencha pour consulter le test en détail. Tout en haut figurait son nom et celui de la mère, masqué d'un bandeau noir.

Le résultat était clair : il partageait bien son patrimoine génétique avec une petite fille née quatre ans plus tôt.

Son visage blêmit sous l'effet du choc. Sa bouche ne fut plus qu'un mince trait inquiet.

Il finit par se tourner vers Sophie.

— D'où tenez-vous ce document ?

Il avait la voix grave, sérieuse.

— Qui vous l'a envoyé ?

— Je ne peux pas vous le révéler.

— Bon sang, Sophie. Comment pouvez-vous me montrer ce document puis me refuser la vérité ? S'agit-il d'un faux ? D'une preuve accablante ?

— Je ne peux pas, Joshua. Mais j'ai tenu l'original entre mes mains et si c'est un faux, c'est sacrément bien fait.

Nom de…

Il se leva d'un bond et s'avança vers la grande baie vitrée.

— Comment a-t-on bien pu faire ce test derrière mon dos ? On ne m'a rien demandé, je n'ai jamais donné mon consentement.

Il pivota sur lui-même et la regarda droit dans les yeux. Ses traits étaient tirés, ses membres tendus. Il continua de réfléchir à voix haute :

— Cela n'a aucun sens. Quelqu'un a manigancé tout ça. Mais dans quel but ?

Sophie se leva et fit quelques pas dans sa direction. Elle n'alla pas plus loin. Le signal d'alarme qui s'était activé en elle la minute où elle avait accepté son invitation s'était remis à hurler en elle. Il lui intimait de se retirer du jeu. De battre en retraite.

Elle ne devait absolument pas s'attacher à sa cause, avoir trop d'empathie pour lui.

C'était précisément à ce moment qu'elle devait rassembler ses affaires et s'enfuir le plus vite et le plus loin possible. Se comporter comme s'il venait de lui montrer les crocs, de la menacer de ses griffes.

Car dans sa position, la vulnérabilité était un vrai danger. Pour son travail. Pour elle. Et dire qu'elle lui avait déjà révélé une partie du contenu de son enquête.

Qu'allait-elle faire ensuite ? Ignorer une révélation exclusive, refuser une mission ?

Mettre un terme à sa carrière ?

Elle avait vu sa mère le faire.

Elle *avait été* à la place de sa mère.

La honte s'étendit comme une tache d'huile à l'intérieur d'elle. À croire qu'elle n'avait pas retenu la leçon. Pourtant elle l'avait apprise de façon bien brutale. Mais c'était la meilleure façon de s'en souvenir .

Et mieux valait qu'elle s'en souvienne .

Dans sa position, l'excès d'empathie était un danger. Sa rencontre avec un certain Laurence Danvers lors d'un meeting politique quatre ans plus tôt avait été totalement fortuite. Du moins l'avait-elle longtemps cru. Elle ne savait pas qu'il avait tout planifié. Par ce hasard qui n'en était pas un, elle avait succombé à ses charmes, à son grand sourire… à ses mensonges. Elle avait autorisé son cœur à se voiler complètement la face.

Lorsqu'il avait suggéré un autre angle pour un article qu'elle rédigeait alors sur les candidats à la mairie, elle avait pris cela pour un apport intéressant, un regard sur son métier. Lorsqu'il l'avait convaincue de ne pas divulguer une indiscrétion sur l'un d'eux car cela semblait inéquitable et aurait fait grand bruit, elle l'avait écouté car il voulait simplement protéger sa réputation de journaliste.

Et lorsqu'il lui avait demandé de démissionner plutôt que de révéler que ce même candidat avait été accusé de harcèlement sexuel par plusieurs femmes, elle avait failli obtempérer.

Failli.

Par trop de fois durant sa relation avec Laurence elle avait ignoré ce que lui soufflait son intuition. Puis, au bord du précipice, elle avait enfin fouillé, écouté, enquêté et découvert que l'homme avec qui elle partageait une partie de sa vie était un ami de longue date de ce même candidat, au meeting duquel ils s'étaient d'ailleurs « rencontrés ».

Il l'avait séduite, conquise, dans un effort calculé de se servir d'elle.

En seulement quelques mois, elle avait manqué jeter sa carrière à l'eau, tirer un trait sur ses rêves et son intégrité pour les beaux yeux d'un homme.

Lorsque Laurence avait passé la porte de son appartement pour la dernière fois, elle s'était promis de ne plus *jamais* se montrer si sensible, si naïve.Elle devait approcher Joshua et son histoire en tant que journaliste face à un propos, à un récit. Pas en tant que femme brûlée par l'envie de caresser cette mâchoire crispée et de masser ce front soucieux, d'apaiser la confusion, la colère et la douleur qu'elle lisait au fond de ses yeux.

— On m'a tendu un piège.

Joshua n'en démordait pas. Il baissa la tête et fixa son poing serré.

— Il ne peut pas en être autrement. Je n'ai pas été contacté pour une quelconque demande de pension alimentaire ou de reconnaissance de paternité. Ni menace, ni chantage non plus. Ça n'a aucun sens.

De son index, Sophie tapota sa lèvre inférieure.

— C'est vrai que c'est curieux. D'autant plus que l'enfant a déjà quatre ans.

Oh ! oh.

Il était temps qu'elle s'en aille, qu'elle s'arrête là dans cet échange. Faire son sac, dire merci pour la journée et tirer sa révérence.

— Je ne peux pas vous livrer mes sources, mais… je

suis là si vous avez besoin d'aide pour faire la lumière sur tout ça.

Ah ben bravo. Déroger à mes principes, moi ? Jamais !

Joshua la fixa longuement, visage figé en une expression énigmatique. Elle manqua ravaler sa proposition. Elle allait même le faire quand il demanda :

— Ce que vous trouverez finira-t-il dans les pages du *Chronicle* ?

Elle fit taire l'élan d'irritation et d'indignation qui se manifesta aussitôt en elle. D'une certaine manière, elle comprenait sa prudence et sa méfiance. Mais quand même…

— Je ne vous propose pas mon aide dans le cadre d'un article vérité.

Franchement, quelle piètre image il avait d'elle. Il fallait dire qu'elle n'avait pas une haute opinion de lui non plus.

— Dans ce cas, merci pour votre geste. S'il existe une possibilité, même infime, que j'aie une petite fille, je me dois, je *nous* dois, à elle et moi, de le découvrir.

Une vague de chaleur la submergea. Un père inconséquent n'aurait jamais prononcé de tels mots.

Son inconscient, ce monsieur Je-sais-tout, ne cessait à présent de le lui répéter.

Mais son expérience avec Laurence lui avait appris le danger des apparences. Surtout avec quelqu'un comme Joshua qui avait tant à perdre – sa réputation, de l'argent et sa liberté.

S'il parvenait à mieux protéger sa vie privée que d'autres de son rang, elle était toutefois parvenue à récolter des photos et des informations personnelles auprès de figures mondaines, de quelques actrices célèbres et autres femmes d'affaires.

Pas auprès d'un salarié lambda, d'une madame

Tout-le-monde avec un prêt étudiant sur le dos. En d'autres termes, pas auprès de quelqu'un comme toi. Tu n'es pas de son rang.

Oh ! boucle-la, toi.

Impeccable, la voilà qui se lançait dans un débat avec elle-même ! Il était vraiment temps qu'elle parte de là.

— Merci pour aujourd'hui. C'était vraiment instructif, passionnant. Je suis certaine que d'autres aimeraient découvrir Black Crescent de l'intérieur. Avec votre permission, j'aimerais l'aborder dans un deuxième article.

— Pourquoi ?

— Parce que le grand public mérite de connaître davantage votre côté philanthrope, envers vos salariés et plus généralement la société dans toute sa diversité. Je comprends pourquoi vous n'avez pas envie de vous étendre sur le sujet, pourtant…

Il leva brusquement la main pour l'interrompre.

— Non. Je vous ai proposé de venir ici pour que vous puissiez boucler votre travail de journaliste. Mais pourquoi diable tenez-vous à m'aider ?

Parce que vous aviez l'air tellement perdu… Et que je veux vous revoir sourire un jour.

Cette réponse spontanée forma une boule dans sa gorge. Elle ne tenta pas de l'en déloger.

Parce que en toute vraisemblance, la vérité n'avait rien pour lui plaire et il ne la croirait de toute façon pas.

Elle-même s'en voulait d'avoir un tel élan, de croire qu'elle pouvait lui apporter un tant soit peu de réconfort et de paix.Joshua Lowell était l'archétype du pauvre petit héritier sombre et torturé.

Le masque impassible qu'il portait du matin au soir avait glissé suffisamment de fois pour qu'elle devine le magma noir de ses émotions sous-jacentes.

Elle frissonna, incapable de masquer cette réaction littéralement épidermique, et se demanda ce que cela ferait d'être la bénéficiaire de toute cette passion ?

S'il venait un jour à la libérer… La scène serait à n'en pas douter d'une beauté sauvage et brute. Une tornade rageuse, annoncée par des coups de tonnerre et bardée d'éclairs. Et lorsque ces derniers viendraient à toucher terre ? Il en naîtrait de l'électricité, de la chaleur, de la fumée.

Son cœur battait à tout rompre et elle ne parvenait pas à détacher son regard de lui.

Pas plus qu'elle ne pouvait nier l'inconcevable vérité : elle voulait être cette terre fertile et nourricière qu'il viendrait électriser.

Il la laisserait sans nul doute à l'état de plaie béante, écorchée vive.

Mais son corps réclamait de le savoir, de le vivre.

Son cœur, resté trop longtemps en convalescence, fuyait l'idée plus que tout.

Elle inspira avec difficulté, haussa une épaule pour faire croire à une décontraction certaine et pria pour avoir convaincu son public avec ce petit jeu d'actrice.

Elle lui offrit enfin une réponse très professionnelle :

— Parce que, justement, c'est mon job de journaliste : enquêter, ne pas m'arrêter à des demi-vérités. Merci encore, je reviens vers vous sous peu.

Elle s'avança et lui tendit la main, ignorant cette petite voix qui lui intimait de ne surtout pas le toucher.

Mais son corps se fichait pas mal de ces messages d'alerte. Et lorsque la poigne ferme et élégante de Joshua – des doigts d'artiste – se referma sur sa main, elle maudit la décharge électrique qui lui parcourut la nuque, le ventre et…

Il suffirait à Joshua de baisser le regard pour deviner les pointes dures de ses seins sous sa robe.

Note pour plus tard : ne plus porter de dentelle en présence de cet homme – trop léger.

— Pourquoi ai-je l'impression que vous mentez ?

Il avait presque susurré ces mots et, après quelques secondes d'étonnement, elle comprit qu'il parlait de sa réponse peu convaincante.

— Que cachez-vous, Sophie ?

Elle prit son air le plus nonchalant.

— Ne cherchez pas d'intrigue là où il n'y en a pas, Joshua. Je suis journaliste, le questionnement fait partie intégrante de mon métier.

Il pencha la tête sur le côté et l'examina avec une telle intensité qu'elle fut prise d'une soudaine compassion pour tous les papillons épinglés sur des panneaux de liège.

Mais elle ne flancherait pas. Oh que non. Pas plus qu'elle ne laisserait deviner ses pensées inavouables à son égard.

— Et pourquoi, si vous doutez, acceptez-vous mon aide ?

— Peut-être que je ne déteste pas l'idée d'avoir la presse de mon côté, pour une fois. Par ailleurs…

Sa voix devint presque un murmure, grave et profond, qui donna des frissons à Sophie.

— J'ai pour règle de me tenir près de mes amis, et encore plus près de mes ennemis. Et je prévois, Sophie Armstrong, de rester très, très près de vous.

Une autre menace qu'il qualifierait certainement de promesse et dont l'annonce venait de réveiller un violent désir en elle.

— Comme une mouche à merde sur une bouse de vache, par exemple ?

Elle avait tenté par sa vulgarité de masquer l'effet qu'il avait sur elle.

— Plus près encore, chuchota-t-il, laissant son souffle lui caresser les lèvres.

Elle se ressaisit juste avant de basculer la tête en arrière pour mieux savourer encore ce contact éphémère. Elle devait tenir bon.

En sortant du bâtiment, elle tenta de se persuader qu'elle avait bien géré la situation et que son départ n'avait absolument rien d'une fuite.Elle y parvint presque.

- 5 -

Joshua poussa la porte du Java Hut, le café chic de Falling Brook, installé dans la rue principale de la petite ville.

L'air de la climatisation l'accueillit comme une amante, l'enveloppant de ses bras frais. Les gens aimaient en général l'été, les fortes chaleurs, les journées sur la plage ou au bord de la piscine, les vêtements légers. Lui préférait l'énergie et les couleurs de l'automne, la brise vivifiante, l'odeur de la pluie imminente et l'éveil de la nature à l'arrivée du printemps.

Son besoin de caféine était en revanche de toutes les saisons. Un agréable parfum de grains fraîchement torréfiés flottait dans l'élégante salle. Il se laissa transporter par ses sens un instant avant de consulter sa montre : 9 h 11. Le rendez-vous de sa mère chez le médecin ne se terminait pas avant 10 heures. Il irait la chercher au cabinet pour la reconduire chez elle.

Une douleur lui barrait les épaules et lui bloquait la nuque. Les moments passés en compagnie de sa mère lui rappelaient la chute aux enfers de cette femme qui n'avait été que sourires et bulles de champagne.Elle l'avait aussi élevé, aimé et soutenu dans ses choix artistiques. Vernon ne comprenait rien à la passion de son fils pour l'art, qu'il considérait comme une tocade. Sa mère, elle, était fière de lui et l'avait chaudement félicité quand son travail avait été exposé pour la première fois dans une galerie.

Mais cette femme était morte voilà quinze ans. À sa place vivait une personne silencieuse et retirée du monde qui ne s'aventurait presque jamais dehors. Elle ne voyait plus aucun de ses nombreux amis, remplacés par le majordome, la femme de ménage et la cuisinière. Eve ne sortait de chez elle que pour se rendre chez le médecin ou dans l'association pour laquelle elle œuvrait très occasionnellement.

Parfois, Joshua la forçait à venir déjeuner ou dîner avec lui, juste pour la faire sortir. Elle avait vécu la trahison de Vernon comme une humiliation, d'autant plus qu'elle l'avait tout d'abord défendu bec et ongles, persuadée qu'il était innocent.

Lors de sa disparition, elle avait cru à un possible enlèvement – ou pire. Il ne pouvait qu'être victime d'une machination. Il était incapable de jouer avec l'argent de ses clients, de ses amis ou, pire, de voler et d'abandonner sa propre famille, laissant sa femme et ses enfants se défendre seuls après la débâcle.

Les jours étaient devenus des semaines, les semaines des mois, tandis que le FBI amassait toujours plus de preuves contre Vernon. Eve avait dû admettre l'insoutenable vérité : son mari, le père de ses enfants, était un criminel. Il avait détourné des millions de dollars, escroqué ceux qui lui avaient accordé une confiance aveugle. Et jeté ceux qui l'aimaient et comptaient le plus sur lui dans la fosse aux lions.

Elle ne s'en était jamais remise. Aujourd'hui, Joshua se battait pour que les murs de sa grande maison ne deviennent pas ceux d'une prison mentale.Il approcha du comptoir en tâchant de balayer ces pensées pour se concentrer sur sa commande. Une fois son americano en main, il fit demi-tour et allait sortir lorsque quelque chose le stoppa net. Quelqu'un.

Une blonde petit format était assise face à la vitrine, dos à lui.

Ses cheveux relâchés tombaient sur ses épaules dénudées. Un haut noir dessinait la courbe de sa taille, un jean brut celle de ses hanches, de ses jambes… et de ses fesses qui méritaient de figurer au patrimoine mondial de l'humanité.

Une subtile agitation se réveilla au creux de ses mains, titilla ses doigts. Elle lui semblait familière ces jours-ci, et bien difficile à combattre : le besoin de tenir un pinceau. De saisir la force et la beauté qui s'étalaient sous ses yeux. De les immortaliser.

La technique mixte avait été son art de prédilection, mais il aimait également peindre. Il rêvait en cet instant de faire naître les reflets dorés de cette peau, la puissance de ce corps à l'enveloppe pourtant frêle, l'énergie qui en émergeait, l'éclat de cette chevelure dans la lumière matinale.

Il repensait aux couleurs de la nature quand son père l'emmenait en balade à cheval.

Il aurait tellement voulu pouvoir revenir à ces jours heureux. Une douleur lui lacéra le cœur, si subite qu'il manqua flancher au vu et au su de tous.

Non seulement cette femme faisait resurgir tous ces souvenirs mais elle déclenchait chez lui une envie irrépressible de plonger sa main dans cette masse si douce, de l'agripper, de tirer doucement dessus. D'y enfouir son visage.

Il savait exactement jusqu'où il lui faudrait se pencher pour sentir ce délicat parfum d'agrumes et de fleurs. Elle était si petite comparée à lui qu'il pouvait l'envelopper tout entière.

Avant sa rencontre avec Sophie Armstrong, il préférait les femmes grandes et élancées.

Sentant certainement son regard, elle tourna la tête dans sa direction. Sa bouche s'ouvrit dans un mouvement de surprise. Il voulait qu'elle fasse exactement la même chose le jour où son sexe fier rentrerait en elle.

Il avait faim de ce regard, devenu plus grave à présent. Sans se priver, la journaliste s'était mise à l'examiner de haut en bas. C'était comme sentir ses doigts délicats sur sa nuque, son torse, ses abdominaux, ses cuisses, son…

Le sang afflua soudainement dans son boxer, créant une bosse évidente sous sa braguette. Bon Dieu oui, qu'elle pose ses yeux sur son corps nu, ses mains aussi, doucement, puis de plus en plus fort. Qu'elle laisse sur sa peau la marque brûlante de ses doigts de fée.

Il revint brutalement au temps présent, comme réveillé par un seau d'eau glaciale. Il frissonna intérieurement.

De toutes les femmes qui pouvaient le faire durcir ainsi, il fallait que cela tombe sur Sophie Armstrong, journaliste au *Falling Brook Chronicle*. Quel choix judicieux. Il venait pourtant de constater les dégâts de son article sur sa mère, qu'il avait trouvée défaite. Elle avait lu le journal…

Alors, même si cette femme avait proposé de l'aider à démêler cette histoire de paternité, il était impossible de lui faire confiance. Elle allait inévitablement se servir de lui. Qu'allait-elle d'ailleurs raconter dans son prochain papier ? Et pourquoi avait-il accepté qu'il y ait une suite au premier ? C'était n'importe quoi.

Non. Cette Sophie Armstrong menaçait son entreprise, sa famille… et son équilibre personnel.

Sa conduite ne lui avait jamais été dictée par ses pulsions sexuelles et ce n'était pas maintenant que cela allait commencer.

Il fallut le réasséner à son corps lorsque la jolie bouche de la journaliste se fendit enfin en un sourire.

Il jeta son gobelet encore plein dans la poubelle et avança dans sa direction. Il n'allait certainement pas fuir.

Pour une fois, il remercia la presse et les regards incessants de lui avoir appris à porter un masque en toutes circonstances.

— Sophie.

Son regard se posa sur la sacoche suspendue à sa chaise et l'ordinateur posé devant elle.

— Vous travaillez ?

— Oui. Je suis en télétravail aujourd'hui, mais j'ai mes petites habitudes. Je viens ici tous les matins prendre un café et avaler un petit pain à la cannelle. Vous les avez déjà goûtés ? Ils sont à tomber.

L'expression de plaisir sur le visage de Sophie lui serra un peu plus la gorge. Il voulait un jour déclencher la même réaction chez elle, mais avec sa bouche.

Bon sang, il fallait qu'il se reprenne. Et vite.

— Non, je n'ai pas eu ce plaisir. Je vous crois sur parole.

— Ah tiens. Ce serait une grande première entre nous.

— Remballez-moi cette attitude, Sophie.

— Ah ah, on a peur de la joute verbale, d'un coup ?

Elle le regarda d'un air amusé.

— C'est fort possible, car il faut s'attendre à tout avec vous, vous êtes brillante.

Elle soupira exagérément et secoua la tête.

— C'est probablement la chose la plus sympa que vous m'ayez dite jusqu'ici.

Le petit rire qu'il s'entendit émettre le prit par surprise.

S'il y avait bien une chose qu'il ne s'attendait pas à partager avec Sophie, c'était bien un moment d'humour.

Il entendit les sirènes de la prudence s'éveiller en lui. Il ne devait surtout pas baisser la garde, se détendre en sa présence.

— Que faites-vous dans ce quartier ? C'est vrai que le café est divin ici, mais j'ai goûté celui de Black Crescent et vous n'avez pas à vous plaindre non plus.

— Je ne vais pas au bureau, j'attends ma mère. Elle est chez le médecin, juste en bas de la rue.

Sophie posa une main sur son avant-bras, la mine contrariée.

— Je suis désolée de l'entendre. Quelque chose ne va pas ?

En parlant, elle avait posé la main sur lui.

L'espace d'un instant, il fut incapable d'ouvrir la bouche, bousculé par l'intensité de ce contact. Elle lui aurait saisi l'entrejambe que l'effet eût été le même.

Serrant les mâchoires, il se força à ignorer le désir qui coulait dans ses veines comme un torrent déchaîné.

— Non, c'est juste un contrôle de routine.

— OK, tant mieux.

Elle fronça un peu plus les sourcils encore et il crut un instant qu'il allait subir un interrogatoire. Mais l'expression sur son visage se dissipa bientôt et elle l'examina de nouveau, cette fois-ci avec un œil bien moins grave.

— Donc vous n'allez pas au bureau et ça c'est votre tenue du samedi ?

Il ne prit pas la peine de pencher la tête pour regarder sa chemise blanche et son pantalon de costume noir.

— Un problème peut-être ?

Elle prit un faux air innocent et réprima un petit sourire en coin.

— Pas le moins du monde. Je voulais juste savoir, à part ça vous dormez en costume Armani ?

Il s'imagina soudainement dans son lit… avec elle.

Sophie parvenait à le transformer en ado de quatorze ans incapable de refréner ses érections.

Il pencha la tête sur le côté et murmura :

— Vous voulez savoir ce que je porte au lit, Sophie ? Vous n'avez qu'à demander.

Toute trace d'espièglerie disparut aussitôt du regard de la journaliste. Il recula d'un pas comme pour effacer ce qu'il venait de dire.

Elle prit toutefois la peine de répondre :

— Joker sur ce coup-ci.

Puis elle s'éclaircit la voix, se tourna vers sa table et rassembla ses affaires.

— Plus sérieusement, Joshua. Le jean, ça vous parle ?

— Vaguement.

Elle se leva. Il la suivit en direction de la sortie.

— Pourquoi cette soudaine fascination pour mes vêtements ?

Elle éclata de rire au moment où elle sortit sur le trottoir. Joshua ignora les regards non dissimulés des passants. Il aurait dû être insensible à présent, mais cette curiosité continuait de le mettre sur le qui-vive.

— Pas précisément. Je me demande juste si vous passez un peu en mode détente, parfois. Si vous quittez de temps à autre votre costume de Joshua Lowell de la famille Lowell de Falling Brook, PDG du fonds d'investissement Black Crescent, pour redevenir tout simplement Josh. On vous appelle comme ça parfois ?

— Mes frères. Avant.

Ce « Josh » n'existait plus. Il avait été un artiste à la

carrière prometteuse. Il avait été le jumeau de Jake et l'aîné d'Oliver.

Ses frères, mais aussi des amis.

Bien avant qu'ils ne soient plus que mépris et rancune à son égard pour avoir suivi les pas de leur père. « Josh » était insouciant, aimait rire et jouir de sa passion.

Ni sa famille ni l'entreprise ne s'en remettraient s'il redevenait un jour « tout simplement Josh ».

S'il regoûtait un tant soit peu à la joie féconde de l'art, *il* pourrait bien ne pas s'en sortir indemne.

« Joshua Lowell, repreneur et PDG de Black Crescent » était une option bien plus sûre.

Sophie l'étudia plus intensément, passa la lanière de sa sacoche au-dessus de sa tête pour la positionner sur elle, lui prit la main et l'entraîna dans la rue.

Quelques minutes plus tard, elle s'arrêta devant chez Henrietta, l'unique glacier de la ville. Joshua lui lança un regard interrogateur.

— Une glace ? À cette heure-ci ?

Elle secoua la tête et le regarda avec une pitié feinte.

— Vous voyez ? C'est exactement ce à quoi je faisais allusion. Il n'y a pas d'heure pour manger une glace. Dites-moi, ce balai que vous avez dans les fesses, c'est un implant ou il a poussé naturellement ?

Le rire qui se bouscula dans sa gorge le déconcerta autant que les moqueries de son interlocutrice. Personne n'osait jamais lui parler ainsi.

Mais ce petit brin de femme ne s'en privait pas. Elle n'avait jamais montré aucun signe de timidité ni de déférence à son égard.

Dieu que cela faisait du bien.

— C'est 100 % naturel. J'en ai pris grand soin, il faut

bien le tailler et l'arroser, répondit-il d'un air impassible qui fit naître un grand sourire sur le visage de Sophie.

Elle était vraiment belle.

— Bien, je me porte volontaire pour vous aider à vous le retirer. Ça commence par une glace au petitdéj'. Allez, venez.

Sans attendre de réponse, elle poussa la porte de la boutique et l'entraîna à l'intérieur.

Après un débat bref mais passionné sur les parfums, ils sortirent chacun avec un cône dans la main et deux boules à déguster – caramel au beurre salé pour lui, noix de pécan pour elle.

Lui.

Joshua Lowell.

Arpentant le trottoir de la rue principale en léchant une glace. Comment en était-il arrivé là ?

Lorsque Sophie lui décocha un sourire complice, étincelle dans les yeux, il décida de savourer la glace et l'instant.

De s'en délecter, même. Dans moins de trente minutes, il lui faudrait aller chercher sa mère, et avec elle reviendrait le lourd fardeau des responsabilités qu'il avait prématurément eu à porter et sous le poids duquel il manquait parfois étouffer.

— Ah, ah, on se régale, hein ? Ce n'est pas beau de dire ça mais... je vous l'avais bien dit !

— C'est vous qui vous régalez à me voir ainsi. Et bravo, vous avez tenu deux minutes et trente-huit secondes avant de prendre ce petit air satisfait.

Elle s'arrêta et posa une main sur sa hanche.

— Dites donc ! Mais merci, merci. J'ai pris sur moi.

Il émit un petit rire étouffé faussement désabusé et

s'autorisa à lécher sa glace avec gourmandise. C'était si bon.

Depuis combien de temps ne s'était-il pas offert ce genre de petit plaisir ? Cela faisait des années.

— Je ne veux pas vous alarmer, mais il y a des gens qui nous regardent, lui chuchota-t-elle discrètement.

Il le savait pertinemment.

— Une femme a failli emboutir la voiture devant elle au feu rouge.

Sophie gloussa devant cette situation grotesque.

— Qu'est-ce qu'il y a de si fascinant pour eux, à votre avis ?

Joshua garda le silence. La tranquillité et la joie baissèrent en intensité, au profit d'un mélange désolant de culpabilité, de colère et d'impuissance.

Il fit un effort pour relâcher sa prise : il était en train d'écraser son cône dans sa main. Sa mâchoire prit le relais et se contracta, provoquant une douleur familière dans sa nuque.

— Cela doit être tellement usant, murmura Sophie d'une voix grave dans laquelle ne restait plus aucune note d'amusement.

Il baissa les yeux vers elle et, à son plus grand étonnement, lut dans son regard une sincère empathie.

— Quoi ?

Elle répondit avec une extrême douceur :

— L'impression d'être une bête de foire, observée sans répit.

Ses mots le touchèrent profondément. Trop.

Il détestait cette situation et se détestait pour avoir permis qu'elle advienne.

— Vous voulez dire nourrir les sites à potins… Servir les ventes de journaux ?

Sa voix s'était faite glaciale, intentionnellement blessante.

Sophie baissa la tête en direction de son cône et lécha une goutte de glace qui s'en échappait. Cette vision mêla en lui la rage et le désir.

Il rêvait que cette langue délicate se promène sur son corps, comme s'il s'agissait de la chose la plus savoureuse qu'elle ait jamais goûtée. Il avait faim d'elle, de ses gémissements langoureux au creux de son oreille, contre sa peau.

Il ne parvenait pas à se maîtriser quand il était en sa présence.

Mais il la détestait, elle était journaliste bon sang.

— Je ne vais pas m'excuser de faire mon travail. Je vous ai maintes fois sollicité. Ma mission est importante et j'aime mon métier. En revanche, je suis navrée que mon article n'ait fait que raviver chez vous ce sentiment d'être constamment épié. Je ne peux même pas imaginer ce que ça fait.

— C'est mérité, diraient certains.

Ils se remirent en chemin. Un silence tendu s'installa entre eux. Ou du moins en lui. Il était en proie à une tornade d'émotions qui poussait contre son estomac, sa poitrine, sa gorge, cherchant désespérément à sortir.

— Il m'arrive de penser moi-même que je le mérite. Ils ont besoin de voir que je ne suis pas en train de me transformer en Vernon Lowell. On ne peut pas leur en vouloir, dans un sens. La transparence reste une nécessité, même tant d'années après. Même si…

Même s'il brûlait parfois de leur hurler qu'il n'était pas son père, qu'il n'y était pour rien. Pourtant c'était impensable, impossible : les péchés du père étaient ceux des fils.

Le PDG de Black Crescent était et serait toujours le dépositaire de leur vindicte et de leur méfiance à tous.

Il était et serait toujours coupable, lui aussi.

Comment leur faire changer d'avis quand lui-même, au plus profond des ténèbres, lorsqu'il n'avait plus l'énergie de lutter, se disait exactement la même chose.

À côté de lui, Sophie soupira et se passa la main dans les cheveux, mettant un peu plus en valeur ce profil séduisant et plein d'élégance. Une légère ride creusait un sillon entre ses yeux.

— Le mériter ?

Elle avait parlé tout haut mais semblait perdue dans ses pensées. Elle fit non de la tête.

— Je ne suis pas du tout d'accord. Je crois en la vérité, c'est certain. Les gens ont le droit de savoir. Cependant nous avons aussi tous droit au respect de notre vie privée, tous sans distinction ou besoin d'autorisation préalable. Et c'est une journaliste d'investigation qui vous le dit.

Secouant de nouveau la tête, elle émit un petit rire amer. Elle s'arrêta et sa voix se fit pensive :

— Mes parents ont divorcé quand j'avais pas loin de treize ans et ça a été… Désagréable serait un euphémisme. Leurs violentes disputes, les horreurs balancées au visage de l'autre. Et chacun cherchant à me mettre dans son camp. J'étais le trophée à remporter. C'était à qui me raconterait les pires choses sur mon autre parent. Les tromperies, la banqueroute familiale. Rien de ce qu'un enfant ne devrait savoir sur sa mère ou son père. Ils manipulaient tous les deux la réalité pour présenter l'autre sous son pire jour, sans réaliser à quel point leur comportement me détruisait à petit feu. Tout ce que moi j'entendais c'était qu'ils divorçaient par ma faute. L'infidélité de mon père, les dépenses aveugles de ma mère, tout ça devait être le signe d'une insatisfaction à la maison.

Elle reprit son souffle et Joshua remarqua qu'elle aussi serrait son cône un peu trop fort.

Elle étouffa un rire narquois contre elle-même.

— Sophie…

Elle l'interrompit d'un geste de la main.

— Je sais qu'il n'en était rien. Enfin, je le sais aujourd'hui. À l'époque c'était autre chose.

Elle n'acheva pas sa phrase et haussa ses minces épaules.

— Ils m'ont fait vivre un enfer à l'adolescence, mais j'ai quand même envie de les remercier, car d'avoir été ainsi baladée, d'avoir perdu tous mes repères m'a donné une énergie folle pour ne plus revivre ça adulte. Personne ne pourra parvenir à me déstabiliser. Ils ont aussi fait éclore chez moi cet élan vers la vérité, cette envie de pouvoir séparer le grain de l'ivraie. Et, quand c'est nécessaire, de protéger les innocents des ravages du mensonge.

Joshua digéra ces paroles en silence avant de conclure :

— Ce qui explique que vous n'ayez pas divulgué les informations sur ma possible paternité.

Elle hocha la tête, sans le regarder.

— Oui. Je sais ce que vous pensez de moi, Joshua, mais je n'entacherais jamais la réputation de quelqu'un ou ne ferais jamais du mal à quiconque sans être sûre d'avoir en ma possession tous les tenants et aboutissants de l'histoire. Je suis loin d'être parfaite, mais j'essaie d'y tendre.

Il lécha sa glace bientôt entièrement fondue, pesant intérieurement le pour et le contre dans les confessions qu'il pouvait lui faire.

Elle venait de se confier à lui, il pouvait bien lâcher un peu de lest.

Toutefois…

— Ce que je vais vous dire reste entre nous, d'accord ?

Elle releva brutalement la tête vers lui et il lut de la surprise dans ses yeux gris. Peut-être aussi de l'agacement, comme si sa question était de trop.

Certes, elle était jolie comme un cœur et venait de faire preuve d'une grande sincérité, mais il ne devait pas oublier qui elle était. *Ce* qu'elle était.

— Bien entendu.

Sa voix était bien plus assurée que son regard, visiblement traversé par des émotions contradictoires.

— Bien entendu, répéta-t-il à voix basse en examinant son visage avec douceur.

Qu'est-ce que tu fous, bon Dieu ?

Une petite voix le mettait en garde. Il poursuivit tout de même :

— Je mérite la censure publique à cause de la vie que j'ai menée avant la catastrophe. Tout était facile pour moi. Enfin pas exactement en y repensant après coup, mais franchement mes frères et moi n'avions pas à nous plaindre. Nous étions choyés, chaudement habillés, nous ne manquions de rien. Mon père était souvent absent, mais ma mère était aimante, attentive, toujours à nous soutenir. Nous n'avons pas été élevés par une armée de domestiques. Pourtant il y en avait à la maison. Nous avons été dans les meilleurs établissements, avons suivi des classes préparatoires et fréquenté de grandes écoles. Je savais qui j'étais et ce que je voulais faire dans la vie. Le monde m'appartenait et je n'avais aucune peur de l'avenir.

— Je me suis posé la question, justement.

Sophie étudiait son visage avec une grande attention. Elle expliqua :

— De savoir si vous aviez subi des revers ou une opposition de la part de votre père quant à vos projets artistiques ?

Pourquoi est-ce que j'ai abordé ce sujet, je suis vraiment malin, tiens !

Il n'évoquait jamais son passé d'artiste, ses ambitions professionnelles contrariées. Il se sentit soudainement mal, pris dans un vertige de chagrin, une conscience brutale de la situation qui menaçait de l'engloutir tout entier.

Il avait enterré ces rêves voilà bien longtemps.

Faire remonter les souvenirs, prononcer les mots de son histoire était si difficile. Il faillit jeter sa glace dans la première poubelle venue. Ses tripes refusaient de baisser les armes.

Il poursuivit néanmoins :

— Avec ma mère, il n'y a jamais eu aucun problème. L'art m'autorisait pleinement à l'imperfection, à l'imprudence. J'étais libre d'être moi-même. Je n'avais pas à arrondir les angles, à faire des courbettes pour plaire à untel. J'étais en confiance, là plus que nulle part ailleurs.

Un étau se resserra soudainement autour de sa poitrine, le privant d'air. Le simple fait de parler de cette partie de lui qu'il avait délibérément – ou sous la contrainte, plutôt – fait taire, invoquait les fantômes d'un passé libre et joyeux.

Il les dissipa, les renvoya au coffre et en ferma la serrure à double tour. S'il devait aborder ce thème sensible, il était crucial que cela se fasse sans émotion aucune.

Ce Joshua était mort le jour où son père avait pris la fuite, laissant derrière lui sa famille et dix autres sur le carreau.

Il finit sa dernière bouchée de cône.

— Et pour vous répondre, cela n'a jamais été une source de conflit. Surtout parce que mon père prenait ça pour une passade. Il était persuadé que je finirais par me lasser et que je reviendrais travailler au sein de Black Crescent. Même lorsque j'ai été exposé pour la première fois à la fin de mes études, il s'est montré content pour moi mais m'a demandé de prendre, je cite, les bonnes décisions.

Son père avait-il déjà son triste dessein en tête, orchestré son abominable machinerie ? Il avait disparu deux mois à peine après cette conversation.

— Au cours de mes recherches pour l'article, j'ai été épatée par votre exposition dans cette galerie d'art. Savez-vous combien d'artistes jouissent d'une telle opportunité si tôt dans leur carrière ? Il faut dire que vos œuvres parlaient d'elles-mêmes. Vous étiez…

Sa voix était teintée d'une admiration qui le fit chanceler intérieurement. Quelque chose en lui se débattait pour sortir. Mais il n'était pas du tout prêt à laisser ses émotions s'exprimer.

Il ne le serait plus jamais.

Elle jeta la fin de sa glace dans une poubelle en lui lançant un regard de côté.

— Je peux vous poser une question ? Et, je vous préviens, c'est extrêmement indiscret.

Il hocha la tête, transgressant pour partie la promesse qu'il venait de se faire.

— Comment avez-vous pu mettre un terme à tout ça ? Je m'imagine devant abandonner ma carrière de journaliste. À la fois mon métier, mais aussi ce qui donne du sens à ma vie. Je me sentirais si vide. Et perdue. Comment avez-vous pu tirer un trait sur tout ça si facilement ?

— Facilement ?

Les notes de son ricanement s'envolèrent dans les aigus.

— Qui vous dit que ça a été facile ? Je devais faire un choix, Sophie. Ma famille ou une carrière artistique.

Partir s'installer à New York pour échapper à l'opprobre ou rester et sortir sa famille et l'entreprise de l'eau, tenter de réparer les dégâts causés par son père.

Jake et Oliver avaient fui, chacun à leur manière, dans un instinct égoïste ou de préservation. Joshua était resté. Rien de tout cela n'avait été « facile » ou évident.

— Mon père avait raison, au bout du compte. J'ai bien eu à faire un choix. Enfin, façon de parler. Je ne pouvais pas laisser tomber ma famille ni tous ces gens.

Contrairement à son père, en somme.

— C'est dur, constata-t-elle tout bas. Je suis vraiment désolée.

Il fourra ses poings serrés dans les poches de son pantalon.

— Désolée de quoi ?

— D'avoir pensé que la décision avait été facile à prendre.

Il s'arrêta net, secrètement ravi que leur balade les ait conduits au parking où il s'était garé. Ravi que personne ne soit dans les parages pour les observer.

Personne ne lui avait jamais dit ces mots-là. Personne n'avait jamais estimé le poids de ce sacrifice pour lui, ses conséquences sur sa vie de jeune adulte à l'époque.

Qui l'avait remercié ? Qui avait eu pitié de lui ?

Au contraire, ses frères lui en avaient voulu.

Là, sur ce parking, partiellement protégé du monde extérieur, des regards inquisiteurs, des jugements sommaires, poursuivi par un passé qui ne cessait de le hanter, il pouvait enfin admettre que ces quinze années n'avaient été que solitude.

Le choix qu'il avait fait lui avait coûté sa relation avec ses frères. Il avait perdu son plus fervent soutien : sa mère.

Ceux qu'il avait appelés ses amis et qui n'en étaient pas. On lui avait arraché son rêve. Il était… Quel mot avait-elle utilisé ? Ah oui : vide.

En cet instant précis, parenthèse hors de tout, cette sensation l'avait quitté. Face à cette femme à la peau veloutée, à la bouche sensuelle, il se sentait… vu. Considéré.

Cela faisait naître en lui un souffle chaud et libérateur. Si puissant que ce dernier risquait de le faire vaciller s'il n'y prenait garde.

Il écarta un peu les pieds afin de garder l'équilibre et de contenir le besoin irrépressible qu'il eut soudainement de la tenir, de la toucher, d'être *relié* à elle.

Il leva cependant la main et la passa délicatement sur le visage de cette presque inconnue, s'attendant à ce qu'elle l'écarte aussitôt d'un mouvement sec.

Elle n'en fit rien. Elle resta immobile, la tête légèrement en arrière, le regard braqué sur lui. Elle n'émit aucune résistance, ne posa aucune question.

Non, ses lèvres humectées s'ouvrirent même sur un léger soupir qui vint se poser sur son sexe à lui, comme pour l'envelopper pleinement.

Il serra les dents afin de retenir un grognement sourd et s'approcha d'elle pour barrer la vue à d'éventuels badauds.

Le monde s'était effacé autour d'eux, mais l'inverse n'était pas vrai.

Cela ne l'empêcha pas de se pencher vers elle, d'approcher encore jusqu'à ce que son torse fût contre sa poitrine, ses jambes puissantes contre les siennes. Leur différence de taille était frappante. Son corps recouvrait entièrement celui de Sophie, son menton reposait presque sur cette chevelure blond foncé.

La tentation lui brûlait la peau : celle de la posséder et de la protéger. Ces deux impulsions contradictoires ne semblaient plus s'opposer, mais se compléter.

Une voix lui disait qu'il pouvait faire les deux. Que c'était d'ailleurs ce qu'il y *avait* à faire.

De ses doigts, il continua de découvrir le visage de Sophie. Son contour, ses joues, la peau diaphane autour de ses tempes, l'arête de son nez.

Il prit le temps, malgré le feu qui lui mordait l'entrejambe. Il dessina la courbe de ses sourcils avant de suivre celle de ses lèvres, en haut d'abord, puis s'arrêtant sur la partie la plus charnue, là où elles étaient légèrement entrouvertes.

Son pouce, ses doigts découvraient le plaisir que promettait cette bouche. La caresse était divine, la pointe de ses doigts devenue hypersensible.

Dis-moi que je peux conquérir cette bouche qui me défie, me fait durcir et souffrir tant mon désir est violent.

Je veux la prendre, la faire mienne, y poser mon sceau avec une telle force que tu t'en souviendras pendant des jours, des semaines. M'y autoriseras-tu ?

Il ne prononça aucun de ces mots. L'instinct lui dicta de ne pas briser ce fragile silence.

Il s'était retenu depuis trop longtemps, avait lutté trop fort contre lui-même. Plus question d'abdiquer.

Il glissa son pouce dans le creux de la lèvre inférieure offerte à lui et exerça une pression jusqu'à sentir la résistance des dents contre sa chair. Quand il vit qu'elle ne détournait pas la tête mais la basculait au contraire un peu plus en arrière, il frémit de tout son corps.

Et lorsqu'elle ouvrit davantage cette bouche sulfureuse

et passa une langue gourmande sur son pouce, il eut enfin la réponse à sa question.

Cette fois-ci, il ne retint pas le gémissement rauque qui lui vint aux lèvres. Il s'avança vers elle et le libéra en prenant possession de sa bouche, remplaçant habilement son pouce par sa langue conquérante.

Dieu qu'elle avait bon goût ! Sucré comme sa glace aux noix de pécan, chargé de promesses et parfumé comme l'air après une pluie d'été.

Il lui monta à la tête comme l'aurait fait un alcool fort. Lui laissa entrevoir un monde sans plus aucune retenue.

D'un geste que le désir rendait brutal, il glissa une main habile dans ses cheveux, les serra de plus en plus fort et tira sa tête en arrière, jusqu'à ce que la bouche de Sophie soit à sa merci.

Il but le gémissement timide qui monta de sa gorge et lui répondit par un râle libérateur tandis qu'elle ouvrait encore un peu plus sa bouche pour lui.

Elle venait de le laisser entrer. De lui donner accès au seuil du paradis.Il continua de se frayer un chemin entre ces deux petites merveilles qu'étaient ses lèvres. Leurs langues dansèrent à l'unisson, se lancèrent dans un duel sensuel. Sophie n'avait rien d'une âme passive.

Tout comme elle lui avait tenu tête dans son bureau, dans les locaux du *Chronicle* ou à la salle de sport, elle combattait ici à armes égales avec lui, s'emparant de sa bouche comme elle l'entendait. Elle revendiquait sa part.

D'une main ferme, il saisit sa hanche, il l'attira tout entière contre lui, la maintenant contre son corps tendu.

Il avança un peu plus, lui faisant pleinement ressentir la force de son désir pour elle.

Il était en feu, elle était en train de le faire imploser

comme une pom-pom girl flirtant avec un jeune puceau au lycée dans les vestiaires du gymnase.

Il était ferré, il en voulait plus. Beaucoup plus.

— Josh, parvint-elle à articuler, haletante.

Entendre ce diminutif dans sa bouche redoubla l'intensité de son érection, devenue presque douloureuse. Il se devait de la récompenser – de la remercier – par un autre baiser fougueux, un nouveau coup de reins.

La sonnerie d'un téléphone les tira de l'épais brouillard de désir qui les encerclait.

Il releva la tête, les poumons à vif.

Elle leva les yeux vers lui et il lut dans leur couleur tempête une avidité, un appétit violent qui électrisa tout son corps.

La bouche de Sophie, rougie, mouillée par sa salive, brillait de leur baiser. Il allait se baisser pour les honorer une nouvelles fois quand le portable se remit à sonner.

Quoi encore ?

Il libéra sa main de la chevelure blonde et relâcha sa prise. Dans sa poche, son téléphone était silencieux. Sophie sortit le sien de son sac à main.

Elle appuya sur l'écran et le porta à son oreille.

— Bonjour Althea.

Elle croisa le regard de Joshua puis tourna la tête.

Althea Granger, la rédactrice en chef du *Falling Brook Chronicle*. Sa cheffe.

— Oui, bien sûr. Quelqu'un d'autre est déjà sur le coup ?

Joshua eut soudainement l'impression qu'on lui versait un saut d'eau froide sur la tête.

Pendant quelques minutes, il s'était senti de nouveau jeune et libre.

Mais il ne pouvait, ne devait pas laisser une telle place

à Sophie Armstrong. Et pas seulement parce qu'elle était journaliste – même si c'était une raison suffisante. En disparaissant, Vernon avait aussi anéanti sa capacité à faire confiance à quiconque. Ses frères, en quittant Falling Brook, physiquement ou par le biais des paradis artificiels, avaient fini de l'achever.

Même sa mère l'avait, d'une certaine manière, abandonné en se retranchant mentalement.

Les gens qu'il aimait finissaient immanquablement par s'en aller. Et il se retrouvait invariablement seul.

Et secrètement dévasté.

Non, il ne pouvait pas faire confiance à Sophie. Baisser la garde avait un prix bien trop élevé. Et il ne lui restait plus rien pour s'en acquitter.

— OK, j'arrive tout de suite. Bye.

Elle raccrocha et se tourna de nouveau vers lui.

— Désolée.

Elle s'éclaircit la gorge. Ses joues arboraient quelques rougeurs, souvenirs de leur fougue l'instant d'avant – ou simplement les marques du téléphone.

— Je dois aller au bureau, j'en ai pour quelques heures.

Il prit délibérément un ton froid.

— J'ai entendu.

On eût cru que l'instant d'avant n'avait jamais existé, que son désir n'avait été qu'un mirage. Il consulta sa montre.

— Ça tombe bien, il est l'heure pour moi aussi.

Le temps avait filé, il devait aller chercher sa mère dans cinq minutes.

C'était surtout une bonne excuse pour installer un peu de distance entre eux.

Sa résolution de ne pas aller plus loin avec elle restait

balbutiante, il devait tout faire pour qu'elle devienne immuable. Quitte à être radical.

— Bon week-end.

Sans attendre de réponse, il tourna les talons et rebroussa chemin. La chape de plomb qu'était son habituelle solitude retomba aussitôt sur ses épaules.

C'était toujours préférable à la douleur.

Préférable à la trahison.Et Sophie portait potentiellement en elle la promesse des deux.

- 6 -

Sophie se fraya un chemin parmi les hommes et femmes d'affaires, les personnalités mondaines, les philanthropes et les quelques célébrités rassemblées dans la rotonde du musée Guggenheim de Manhattan.

Le gala annuel des jeunes talents artistiques issus de milieux défavorisés attirait les intellectuels branchés de toute la région, venus soutenir l'action des États du New Jersey, du Connecticut et de New York.

Avalant une petite gorgée de son cocktail, elle fit un petit hochement de tête en réponse à une femme dont le collier de diamants valait certainement l'équivalent des prêts étudiants qu'elle avait encore sur le dos.

Elle se tenait droite et tâchait de maintenir bonne figure face aux membres de l'assemblée qu'elle croisait et qui ne manquaient pas de la jauger d'un regard plus ou moins discret.

Ils la toisaient comme pour voir ce qu'il y avait sous le maquillage parfaitement appliqué et la longue robe-bustier qu'elle avait dû enfiler à l'aide d'un pied-de-biche et d'une bonne dose de prières silencieuses.

« Est-elle des nôtres ? » semblaient demander ces regards.

À cette soirée sur invitation uniquement, avec un droit d'entrée de millecinqcents dollars et l'obligation d'une promesse de don conséquente, la réponse était clairement non.

Sophie était bien loin de son monde. Elle avait certes grandi à Falling Brook, l'une des bourgades les plus chics et privilégiées de la côte, mais sa famille comptait parmi les quelques foyers de classe moyenne qui y avaient un commerce ou travaillaient pour l'établissement scolaire municipal.

Le luxe qui émanait de ce vaste hall montant en spirale vers un imposant puits de lumière dépassait de loin son imagination et son compte en banque.

Fort heureusement, le compagnon d'Althea était styliste et lui avait prêté une robe de créateur pour la soirée.

Sophie se sentait telle Cendrillon allant au bal avant que son carrosse ne redevienne citrouille. Cette image ne l'avait pas quittée depuis qu'elle était descendue de voiture et avait levé les yeux vers le célèbre musée.

Si sa rédactrice en chef n'avait pas reçu cette invitation suite à un article sur l'événement, Sophie aurait été en ce moment même sur son canapé à se passer la saison 2 de *The Handmaid's Tale*.

Mais elle était l'auteure de l'article et Althea l'avait convaincue de se rendre à Manhattan pour assister à la soirée. Elle aurait dû se réjouir, se sentir flattée.

Suivre ainsi le train de vie de l'élite aisée du pays ne la dérangeait pas outre mesure. Elle n'avait en revanche aucune envie de faire ami-ami avec tout ce petit monde.

Cela lui rappelait trop l'époque de sa carrière où les paillettes l'avaient aveuglée, tout comme l'homme dont elle était tombée amoureuse et qui en était un pur produit.

Cela dit… n'avait-elle pas outrepassé ses bonnes résolutions avec Joshua Lowell le matin même ?

Elle cohabitait depuis avec un mélange d'embarras et

de colère retournée contre elle. Mais elle avait aussi soif de plus. Un cocktail que ne cessait de nourrir les images de cet homme caressant son visage, prenant possession de sa bouche.

Elle s'en voulait au point de se donner des noms d'oiseaux, serrant en vain ses cuisses afin de faire disparaître la tension sexuelle qui ne la quittait plus.

Et au bout du compte demeurait la gêne.

Cet homme lui avait pris la bouche comme il l'aurait prise elle tout court puis s'en était allé sans même se retourner.

C'était comme si cet ouragan qu'avait été leur baiser ne lui avait rien fait du tout. Fort heureusement, son membre imposant glissé entre lui et elle trahissait autre chose.

Il avait peut-être couvert sa bouche de son souffle rauque, dévoilé un avant-goût de ce que cela pouvait faire d'être dominée par cette large carrure… cela ne changeait rien à la réalité : où était passé l'homme enfin approchable, presque vulnérable, avec lequel elle s'était promenée dans le centre-ville, le regardant lécher sa glace avec un désir grandissant au creux de ses reins ? Il s'était transformé en iceberg et avait agi d'une manière bien étrange. Comme si elle n'était rien.

Pour lui tout du moins.

C'était d'ailleurs sûrement le cas.

Elle regarda dans le fond de son verre et n'y vit pas le cocktail, mais l'expression désemparée puis le regard brutalement indifférent de Joshua après l'appel d'Althea.

Elle frissonna, comme si la froideur de cet homme glissait à présent sur sa peau nue. L'échange avec sa rédactrice en chef avait sonné le glas de leur instant d'intimité, il était inutile de se raconter autre chose.

Il s'était soudain souvenu de ce qu'ils étaient l'un

pour l'autre : elle était la femme qui venait de remettre sur le devant de la scène les pires heures de son histoire personnelle. Qui les avait données – une nouvelle fois – pour pitance à un lectorat avide de sagas dramatiques.

Elle avait été pour partie surprise qu'il ne lui demande pas si leur baiser faisait partie de son job de journaliste.

Elle tenta de se contenir mais ne put réprimer un petit rire bête et esseulé : après leur petite visite chez le glacier, il l'avait peut-être prise pour un cône ? Dieu que son jeu de mots était pitoyable…

Réprimant un soupir après cette parenthèse légère, elle porta à ses lèvres la flûte de champagne qu'on venait de lui proposer et en but une petite gorgée. Ce gala allait au moins présenter l'avantage de la faire penser à autre chose. Autre chose que…

Joshua.

Elle venait de croiser ce regard caramel désormais familier. Un violent frisson parcourut son échine dénudée et vint se loger au creux de ses reins, entre ses jambes… Elle étouffa un soupir languissant et un peu honteux.

Un simple regard posé sur lui et sa chair la plus intime enflait sous l'effet du désir.

Doux Jésus, était-il apparu comme par magie et par le pouvoir de son esprit ?

Une voix discrète et élégante la tira de ses pensées :

— Madame Armstrong ?

Un bel homme svelte s'était approché. Front haut, cheveux bruns coiffés en arrière, traits racés, bouche sensuelle et yeux d'un bleu intense. Il lui sourit, affichant des dents impeccablement blanches.

Il lui tendit la main.

— Vous êtes bien Sophie Armstrong ?

— Oui.

Elle lui serra la main.

— Excusez-moi, mais, on se connaît ?

— Non, mais je vous suis depuis quelques années, de Chicago au *Falling Brook Chronicle*. J'aime ce que vous faites en tant que journaliste. J'ai notamment lu avec intérêt vos récents articles sur le programme de soutien aux jeunes talents et sur le scandale Black Crescent. C'est un sujet maintes fois réchauffé mais vous avez effectué un vrai travail de fond et traité le tout avec objectivité. Notamment sur Joshua Lowell et ses premières amours : l'art. Peu de gens, j'imagine, se souviennent de l'artiste accompli qu'il était et de la carrière qui s'offrait alors à lui.

De l'artiste accompli qu'il est.

Les mots lui brûlaient la langue. Un tel don ne s'effaçait pas avec le temps, surtout quand on parlait de sa passion avec une telle intensité et qu'on produisait des œuvres d'un tel niveau.

Joshua était peut-être le PDG de son entreprise, mais depuis sa conversation avec lui le matin même, elle était plus que jamais convaincue de la présence bien vivante de l'artiste sous ces costumes de créateurs.

— Je vous remercie pour vos compliments, monsieur…

— Christopher Harrison. Je suis l'un des organisateurs de ce gala et je fais partie de l'équipe qui pilote le projet jeunes talents.

Sophie hocha la tête.

— Monsieur Harrison, enchantée.

— Je vous en prie, appelez-moi Christopher. Et tout le plaisir est pour moi.

Il lui tendit un bras.

— Puis-je vous escorter jusqu'à votre table ? Il me semble que nous sommes assis l'un à côté de l'autre.

Un peu déconcertée, elle posa sa main dans le creux du coude qu'il lui présentait et demanda, incrédule :

— Nous sommes à la même table ?

Il étouffa un petit rire poli.

— Je vous avoue, j'ai usé de ma position pour bénéficier d'un petit traitement de faveur. Je vous ai changée de place.

— Dois-je m'inquiéter d'être ainsi invitée à votre table ?

Elle était amusée mais restait sur ses gardes.

Ce n'était pas la première fois qu'un homme dans son genre l'abordait en lui parlant de son travail. Celui qu'elle avait rencontré quelques années auparavant avait des desseins inavouables.

Elle l'avait compris trop tard, risquant de mettre son cœur et son intégrité en pièces. La méfiance était un réflexe dont il était difficile de se libérer.

D'ailleurs…

Un frisson réveilla sa nuque. C'était à croire qu'il lui indiquait où se trouvait Joshua. Elle se tourna et fut aussitôt envoûtée par ses yeux caramel. Elle s'en détacha une seconde, le temps de faire une risette à l'homme qui la guidait jusqu'à leur table.

Joshua était un homme compliqué, comme un puzzle auquel il manquait des pièces. Et elle avait une terrible envie de partir à leur recherche et de les remettre en place pour qu'apparaisse enfin le vrai Joshua Lowell. Le PDG arrogant, autoritaire et sur la réserve ou l'artiste passionné qui lui avait mis l'eau à la bouche avec ses confessions et son baiser ravageur ?

C'est un homme en quête de revanche après ce que tu as écrit sur lui et sa famille. Un homme qui nie l'existence de son enfant et se sert de toi pour t'empêcher de diffuser l'information.

Ou qui souhaite peut-être simplement découvrir si l'existence de cette petite fille dont il ne sait rien est bien réelle ?

Et voici qu'elle recommençait ces petits débats internes. Joshua – ou tout du moins la fascination qu'il exerçait sur elle – la rendait dingue.

Elle ne put d'ailleurs s'empêcher de lancer un regard furtif en direction de la table voisine. Elle aimait visiblement se faire du mal, pourquoi le faire sinon ? En une seconde, elle fut de nouveau sous l'emprise de ce regard magnétique.

C'était comme être dans un tambour de machine, en plus agréable. Ces yeux qui la scrutaient intensément étaient bien trop beaux, bien trop perspicaces.

Ils la mettaient à nu, corps et âme. Percevait-il les émotions contradictoires qu'il éveillait en elle ? Son envie de fuite et de proximité, de sentir contre elle l'expression dure et presque intimidante de son désir. En elle.

Profondément, intensément.

La femme assise à ses côtés, une splendide rousse vêtue d'une très élégante robe à sequins noirs, se pencha pour chuchoter quelque chose à son oreille. Il se tourna vers elle, décrochant enfin son regard de celui de Sophie.

Elle prit un méchant coup entre les côtes, un pincement au cœur qu'elle ne parvenait pas à identifier. Ou plutôt qu'elle ne *voulait* pas reconnaître : de la jalousie.

Cette jolie femme parée des plus beaux bijoux et lui, avec son costume de créateur, appartenaient au même monde. Ils étaient parfaits l'un pour l'autre.

— Vous connaissez Joshua ?

La voix de Christopher la tira de ses réflexions et du puits au fond duquel elle était en train de tomber. Il fit un geste discret pour indiquer le PDG de Black Crescent puis revint à elle avec une vraie curiosité dans les yeux.

— Vous vous fréquentez tous les deux ?

— Pas du tout.

Sophie pouffa d'un air méprisant. Ce n'était pas exactement un mensonge.

Et de toute façon, qui connaissait réellement Joshua Lowell ? Avait-il simplement envie qu'on le connaisse ?

— J'ai simplement signé un article sur la période sombre que lui et sa famille ont vécue. Je ne pense pas qu'il me porte dans son cœur.

— Mmm.

Christopher scanna son visage et elle lutta pour maintenir une contenance sereine.

— C'est compréhensible, en effet. Même si je continue de penser que votre papier n'était pas à charge.

Il leva son verre de vin et en but une gorgée, sans détacher son regard de Sophie.

— C'est l'un de nos plus importants donateurs. Rien de surprenant, compte tenu de son rapport passé avec l'art.

Souffrait-il de devoir participer à un gala célébrant l'art sous toutes ses formes en sachant que ce n'était plus son monde ? Que d'autres réalisaient son rêve ?

Elle se força à ne pas le regarder cette fois.

Elle craignait de voir ce qu'elle voulait plutôt que de constater qui il était vraiment.

Elle pensa aux paroles de Maya Angelou : *« Lorsque quelqu'un vous montre qui il est, croyez-le dès le premier instant. »*

Le jour où elle avait déboulé dans son bureau, il lui avait servi du businessman froid et hautain. Il ne fallait pas qu'elle l'oublie – pour ne pas se laisser berner par l'image qu'elle se faisait de lui, celle d'un homme sensible pris dans une tourmente sans nom, dans le chagrin de tout ce qui lui avait été arraché.

Si cela ne fonctionnait pas, penser à Laurence Danvers ferait son effet. Elle avait frôlé le pire et ne risquait pas de l'oublier.

Et elle ne laisserait plus jamais une telle chose se produire.Elle se tourna vers son voisin de table et ils passèrent leur repas à discuter. Christopher parvint même à en faire un agréable moment.

Il ne manquait ni de charisme, ni d'humour. Et encore moins de charme. Lorsqu'ils se levèrent de table, elle accepta de l'accompagner sur la piste de danse.

Il lui tendit un bras. Elle pencha la tête et lui sourit.

— Je ne doute pas que vous passez une très bonne soirée en ma compagnie, mais mon intuition de journaliste me dit que vous avez quelque chose derrière la tête et que cela n'a rien à voir avec mon irrésistible minois ou cette magnifique robe.

Il lui répondit par un large sourire et serra un peu plus ses doigts autour de son épaule tandis que les autres danseurs se laissaient porter par l'air de jazz qui passait.

— Elle l'est, mais pas autant que celle qui la porte.

Sophie leva un sourcil. Christopher émit un rire franc en basculant la tête en arrière. Les regards alentour se tournèrent vers lui.

— Votre réputation est méritée : vous avez les pieds sur terre, Sophie. J'ai effectivement quelque chose en tête.

— J'écoute.

— Notre association est sans cesse à la recherche de nouveaux financements et de visibilité dans les médias. Ce sont les fonds privés et les dons qui nous font vivre.

Son air se fit soudainement grave. Il émanait de lui une vraie force contenue.

— J'ai lu votre article avec intérêt, mais c'est surtout la partie sur la carrière artistique de Joshua Lowell, « l'artiste brimé », comme vous l'avez appelé, qui m'a marqué. Ça a tout de suite fait tilt : et s'il ne l'était plus, brimé ? S'il s'ouvrait de nouveau à une carrière prometteuse ? Vous imaginez l'attention et l'argent que cela pourrait rapporter à notre association ?

Sophie se sentit soudainement fébrile, enthousiaste malgré elle.

Oui, elle se le figurait très bien. Trop bien. Surtout depuis qu'elle s'était promenée avec lui et avait perçu au fond de ses yeux les vestiges de sa passion bâillonnée. Il lui en avait même parlé.

Son bel inconnu avait bien raison : le retour de Joshua dans le monde de l'art sonnerait comme un vrai coup de tonnerre – pour lui comme pour l'association.

— C'est vrai, cela ne pourrait être que positif, enchaîna-t-elle de façon assez vague. Mais quel rapport avec moi ?

— Je dois vous avouer quelque chose, Sophie.

Elle sentit son estomac se serrer devant l'air sérieux de Christopher.

— Après votre article dans le *Falling Brook Chronicle*, j'ai fait quelques recherches sur vous. Et je pense que vous, plus que quiconque, pouvez comprendre que je dois protéger mes sources. Toujours est-il qu'on vous a vue avec Joshua Lowell à plusieurs reprises.

Elle garda le silence, sans infirmer ou confirmer les dires de cet homme. Son cœur battait à tout rompre, alors même qu'elle n'avait rien fait de répréhensible – il y avait à peine conflit d'intérêts. *Ne repense pas à ce baiser.* Pas de quoi ruiner sa réputation non plus.

Sa méfiance instinctive envers Christopher remonta

à la surface et son visage se transforma en un masque poli mais distant.

— Je devine vos pensées, Sophie. Vous avez tort. Je ne vous accuse en rien, ne vous juge pas et je ne compte pas non plus utiliser ce que je sais contre l'un de vous deux.

— Alors c'est quoi ce petit jeu ?

— J'ai besoin de votre aide pour le convaincre d'exposer l'an prochain. À la fois car il s'agit du PDG de Black Crescent, mais aussi et surtout parce que tous les critiques d'art lui promettaient une brillante carrière.

Sophie avait déjà commencé à secouer la tête.

— Je ne vois pas ce qui vous fait croire que j'ai la moindre influence sur les décisions de Joshua Lowell, et…

— Ce qui me fait croire ça, c'est la manière dont il vous a dévorée du regard toute la soirée. Et la manière dont vous avez fait semblant de ne rien voir. Dites-moi que je me trompe.

Le sang battait dans ses tempes, elle n'entendait plus que les pulsations de son cœur. Elle grinça des dents et siffla :

— Vous vous trompez.

Son ton de voix impatient allait la trahir, elle se détestait de se dévoiler ainsi.

— Nous nous connaissons à peine. Et quand bien même… Cet artiste que vous évoquez n'existe plus. Et il faudrait bien plus que moi, Sophie Armstrong, pour le ressusciter.

Et s'il existait encore un espoir qu'il renoue avec sa passion ? Elle balaya l'air de la main qu'elle avait posée sur l'épaule de son partenaire de danse.

Pour faire disparaître la demande de ce dernier ou ses propres pensées ? Les deux.

Et cela ne le regardait pas. Joshua n'avait rien à faire dans sa vie. Fin de la discussion.

— Je suis navrée. Merci pour cette soirée, mais vos efforts étaient vains dès le départ. Ce que vous espérez relève du miracle et malheureusement je n'ai pas ça en stock.

Un sourire déçu barra le visage de Christopher mais son regard resta planté sur elle.

— OK, Sophie. Je vous demande toutefois de repenser à ce que je vous ai dit. Et si vous estimez un jour pouvoir influencer ses choix, n'hésitez pas à tâter le terrain en évoquant une possible exposition. Je parle en mon nom et en celui de notre association. Cela pourrait aider tellement de jeunes et même changer des vies.

— Franchement, vous n'exagérez pas un peu ? C'est ce qui s'appelle sortir l'artillerie lourde.

Il réprima un rire espiègle et lui serra la main un peu plus fort.

— Je suis du genre opiniâtre et persuasif. Et je ne recule devant rien.

Ils dansèrent encore un peu puis, par chance, il passa enfin à autre chose et Sophie en profita pour le saluer et aller récupérer son étole.

Quand elle sortit, elle fut immédiatement enveloppée par toute la douceur de cette soirée de mai, les bruits et les odeurs de la ville qui ne dort jamais.

À une époque, elle avait cru que son avenir l'attendait à New York ou dans une autre grande ville.

Mais Falling Brook, avec son rythme plus tranquille et sa taille modeste, était chez elle. Pour rien au monde elle n'aurait voulu vivre ailleurs.

- 7 -

— Vous partez déjà ?

Au son de cette voix grave, un frisson la traversa.

— Vous avez froid ?

Sans attendre de réponse, il ôta sa veste, s'approcha et la déposa délicatement sur les épaules de Sophie.

Son délicieux parfum de bois de santal et de nature après la pluie s'empara aussitôt de ses sens. C'est comme s'il venait de passer ses bras autour d'elle.

— Merci, finit-elle par répondre, regrettant aussitôt le ton un peu sec qu'elle avait employé.

Il hocha la tête. Un voiturier approcha et Joshua lui tendit un papier.

Dès que le jeune homme s'éloigna, il glissa les mains dans ses poches et retourna son attention sur elle.

— Vous écourtez votre soirée ? Christopher Harrison a-t-il dit ou fait quelque chose de déplacé ?

— Non, en aucun cas. Au contraire. C'est juste que je suis… fatiguée. Et j'en ai pour troisquarts d'heure de voiture.

— Vous prenez le volant ?

— Althea m'a commandé un VTC.

Il ne répondit pas, mais la courbe pleine et généreuse de ses lèvres se raidit. Il avait eu la même réaction auparavant à la mention de sa rédactrice en chef. Comme si ce prénom le dérangeait.

Sophie désigna du menton le musée derrière lui.

— Et vous, que faites-vous dehors ? Vous aviez l'air de passer un bon moment.

L'image de cette grande rousse lui revint en mémoire. Elle lui avait murmuré des choses à l'oreille. Lorsqu'elle avait quitté la salle de réception, Sophie n'avait pu s'empêcher de jeter un dernier regard à Joshua.

Il était devant la piste de danse, cette femme plus proche de lui qu'un virus sur d'une pipette de laboratoire.

Mon Dieu, la voici qui médisait sur les autres femmes !

— M'avez-vous épié, Sophie ?

Sa voix s'était faite veloutée, sombre, presque menaçante. Comme une caresse chaude sur sa peau. Sans répondre, elle continua sur le même ton :

— M'avez-vous épiée, Joshua ?

Leurs regards s'accrochèrent dans un duel silencieux. L'air se chargea d'une électricité nouvelle.

— Venez chez moi.

Cette invitation qui ressemblait davantage à une injonction lui fit perdre pied instantanément. Elle se tint un peu plus campée sur ses pieds pour ne pas chavirer.

Elle le regarda avec de grands yeux et sa bouche s'ouvrit sur un hoquet étouffé qu'elle fut incapable de réprimer entièrement.

— Mais…, lâcha-t-elle.

— Venez chez moi.

Il avait répété les mêmes mots avec cette légère impatience autoritaire dans la voix, mais aussi une note de frustration, de colère et même de surprise. Pas vis-à-vis d'elle, cependant.

À son grand étonnement, elle comprit rapidement que toutes ces émotions étaient dirigées contre lui-même.

— Je vous reconduirai chez vous à Falling Brook,

mais venez d'abord avec moi. Il nous faut un endroit pour nous entretenir en privé… en toute intimité.

— À quel sujet ?

Son cœur s'était emballé et il était désormais indomptable.

— Au sujet de choses qui ne concernent que nous…

Il maintenait délibérément un flou.

Là, devant le Guggenheim, dans les rues anonymes de Manhattan, il n'en dirait pas plus.

Elle l'examina, serrant fort les doigts autour de sa pochette à paillettes. Se retrouver seule avec lui. Pendant un long moment. Son cerveau et son bon sens lui hurlaient de partir en courant.

La dernière fois qu'ils avaient passé du temps ensemble, au grand jour, devant tout le monde, il lui avait pris la bouche et montré ce pour quoi elle était faite : entrer en collision avec la sienne.

Alors qu'allait-il se passer s'il n'y avait ni passants ni curieux pour les observer ?

Lui parviendrait certainement à maintenir sa maîtrise de façade, mais elle ? Autant confier un paquet de bonbons à des enfants en leur disant de ne pas y toucher.

Cet homme était son talon d'Achille, celui de sa vie professionnelle comme personnelle. Alors pourquoi tenter le diable en allant directement dans son antre ?

Eh bien… Elle sonda l'expression de Joshua et n'y vit que distance et froideur. Elle insista une seconde de plus et y devina soudainement comme une urgence… et une vraie solitude.

Deux sentiments qui résonnèrent en elle. Une part d'elle y réagit instinctivement, un élan l'attira vers cet homme décidément mystérieux. Joshua.

Elle recula d'un pas sans même y réfléchir. Pour se protéger. Pas de lui, non. D'elle-même.

Elle ressentait à présent ce besoin viscéral de consoler l'autre, de s'occuper de lui et d'être aimée en retour.

Elle s'était déjà fourvoyée ainsi, aveugle face aux manœuvres de Laurence. Elle savait pertinemment qui était Joshua et si elle refaisait un pas dans sa direction, elle ne pourrait s'en prendre qu'à elle-même quand surviendrait la catastrophe. Dans sa carrière, pour son intégrité et dans son cœur.

Et elle ne se leurrait pas : il allait faire de ce dernier un champ de ruines.

À voix basse, il insista une fois encore :

— Venez avec moi, Sophie.

Il lui tendit la main au moment où le voiturier garait son bolide noir qu'elle reconnut, malgré son incompétence en la matière, comme étant une Aston Martin.

Elle ne put détacher son regard de cette main puissante qui l'invitait et la faisait déjà vibrer. Oui, elle avait envie de lui – à quoi bon nier cette vérité criante ? Cependant ce n'était pas, ce n'était plus son corps qui aurait le dernier mot.

Si Joshua tenait à évoquer la question de sa paternité, ce trottoir n'était en effet pas le meilleur endroit. S'ils avançaient sur un terrain plus intime, il finirait peut-être par accepter l'interview qu'il lui avait jusque-là refusée.

Elle devait bientôt rendre son deuxième article.

Était-elle en train de trouver des excuses pour justifier un comportement inconséquent et le suivre ?

— OK, finit-elle par répondre dans un murmure, glissant sa main dans celle que Joshua lui tendit et empêchant son corps de flancher quand leurs peaux se touchèrent. Mais après vous me reconduisez chez moi.

Il acquiesça en la couvant du regard avant de baisser

les yeux vers son corps et de revenir à son visage. Sans dire un mot. Puis il l'emmena à sa voiture.

Quelques instants plus tard, elle était enfoncée dans le fauteuil en cuir de l'Aston Martin.

Lorsque Joshua démarra et s'inséra dans la circulation, elle ne put qu'admirer sa technique derrière le volant. Une pulsation chaude vint se loger entre ses jambes.

Si cet homme savait manier sa voiture de sport avec une telle dextérité, qu'était-il capable de faire avec…

Et comment cela faisait-il quand il lâchait enfin les rênes ?

Ces questions ne sont pas du tout à l'ordre du jour, jeune femme. Elle sortit son téléphone et annula sa course en VTC puis s'installa confortablement en vue des quarante-cinq minutes de trajet qui les attendaient pour rejoindre Falling Brook.

Hormis un bref échange sur la température et le volume de la climatisation, elles se firent en silence. Mais la tension qui régnait entre eux faisait un bruit assourdissant.Lorsqu'il entra dans le parking souterrain d'un grand immeuble en brique, elle n'était déjà plus à même de se concentrer sur autre chose que son corps tendu de désir, la soumettant aux pires tortures tandis qu'elle luttait pour dissiper les picotements moites entre ses cuisses.

Je suis là pour le boulot. Elle allait rester sur le terrain professionnel parce qu'elle en était parfaitement capable.

Elle n'attendit pas qu'il vienne lui ouvrir la portière. Il ne le faisait pas pour ses collègues chez Black Crescent, il n'y avait aucune raison qu'il en soit autrement avec elle.

Dis plutôt que tu ne veux pas qu'il s'approche trop près de toi.

Elle sortit la voiture, fit taire sa voix intérieure et ne dit rien lorsqu'il posa sa main dans le bas de son dos pour la guider. Par simple réflexe de politesse, bien entendu. Ils montèrent dans l'ascenseur.Les portes métalliques s'ouvrirent sur un vaste appartement. Il sembla à Sophie que sa maison d'enfance aurait pu y tenir.

La soirée au Guggenheim l'avait projetée dans un monde de luxe et cet endroit ne faisait que prolonger l'instant.

À travers la grande baie vitrée, le regard embrassait Falling Brook et ses alentours. Le roi souverain dominant son territoire. L'image lui revenait en mémoire, encore et encore. Elle secoua la tête pour la faire partir et continua sa découverte des lieux.

Le grand salon s'ouvrait de part et d'autre sur une enfilade de pièces.

Autour d'elle, un salon creusé, une cheminée, une salle à manger avec une table assez grande pour accueillir une famille nombreuse, une grande cuisine avec un îlot central, du chêne et un électroménager dernier cri.

Pourquoi se refuser tous ces conforts modernes, après tout ? Quelque chose lui disait toutefois que le grand réfrigérateur devait davantage lui servir à conserver les plats pris à emporter qu'à mitonner de bons petits plats sur le piano de cuisson.

Un long couloir longeait le mur opposé. Derrière elle, un escalier flottant menait à l'étage.

Le mobilier respirait le luxe mais l'appartement restait accueillant. Cependant il manquait quelque chose.

Des œuvres aux murs. De l'art. Il n'y avait chez Joshua ni tableau ni sculpture, pas même un bibelot sur la table basse.

Ce vide la frappa plus que tout. Elle jeta un regard

interrogateur à Joshua, qui se tenait à ses côtés, l'observant tandis qu'elle passait en revue ce sanctuaire personnel.

— Je vais vous débarrasser.

Il posa les mains sur ses épaules et la veste de son costume qu'elle avait encore sur elle. Il faisait semblant de ne pas voir qu'elle se posait des questions et cela l'agaçait au plus haut point.

Il ouvrit un placard, y suspendit sa veste et l'étole de Sophie.

— Vous voulez boire quelque chose ?

— Pourquoi pas.

Elle avança vers le salon. Un bar bien fourni se trouvait à côté de la cheminée en bois sombre.

— Qu'est-ce qui vous ferait…

Il fut interrompu par la sonnerie de son téléphone. Il le sortit de sa poche et consulta l'écran.

— Désolé, il faut que je décroche. Servez-vous, j'arrive.

Il s'enfonça dans le couloir et porta l'appareil à son oreille.

— Joshua Lowell.

Puis il disparut derrière une porte, qu'il referma silencieusement derrière lui. Elle soupira et balaya la pièce du regard.

Un bon scotch ne lui ferait pas de mal. Elle se servit un trait du liquide ambré et porta le verre à ses lèvres. Elle savoura le velouté du nectar généreux sur sa langue, le long de sa gorge et la douce chaleur qu'il fit naître dans sa poitrine.

Elle avançait vers la fenêtre pour admirer la vue quand son œil fut attiré par des papiers en désordre sur la petite table en verre près du canapé.

Comment avaient-ils pu lui échapper jusque-là ? Cette pile recomposée à la va-vite contrastait tellement avec l'ordre qui régnait partout ailleurs dans la pièce. Dans tout l'appartement, même.

Incapable de résister à sa curiosité, elle approcha. Un sentiment de culpabilité vint immédiatement se nicher au creux de son ventre. Joshua lui avait dit de se servir un verre, pas de fouiller dans ses affaires. Pourtant…

Elle pencha la tête et vit des notes tapées à l'ordinateur avec des noms de femmes et des commentaires. Impossible désormais pour elle de ne pas y regarder de plus près, même si Dieu en personne devait descendre du ciel et lui rappeler le onzième commandement : « Tu ne fourreras point ton nez dans les affaires de ton voisin. »

Elle reconnut certains noms – une avocate de premier plan qui vivait à Falling Brook, une starlette locale connue pour ses soirées dantesques et son indolence charmeuse, une actrice sur le point de percer à l'échelle internationale. Les trois autres lui étaient inconnus. À côté de chaque nom figurait une date et une mention, écrite à la main, précisant s'il l'avait eue au téléphone et ce qui en était sorti.

« Pas d'enfant », « Enfant mais de deux ans », « Pas le bon âge », « Petit garçon, même âge mais pas le bon sexe ».

La peau de ses doigts devenue blanche lui confirma qu'elle serrait son verre un peu trop fort. Joshua n'était clairement pas resté les bras croisés depuis leur dernière conversation.

Et il avait donc – vraisemblablement – couché avec six femmes en quatre ans.

Ce n'était peut-être pas beaucoup, mais elle sentit son estomac se retourner à l'idée que chacune d'entre elles avait pu vivre jusqu'au bout la passion à laquelle elle-même n'avait fait que goûter.

Elle rassembla toutes ses forces pour se concentrer sur les faits : il s'était attelé à la lourde tâche d'identifier la possible mère de son possible enfant.

Tout d'abord ébranlée, elle sentit bientôt une douce chaleur couler dans ses veines et posa sa main libre sur son ventre encore un peu tendu. Depuis la proposition qu'elle avait faite à Joshua de l'aider à éclaircir cette histoire d'analyse ADN, elle avait fouillé de son côté, en vain.

Elle ne comptait pas s'arrêter là, elle continuerait à mener son enquête.

Mais se pouvait-il que le test soit une erreur ? Que la réaction choquée de Joshua à l'annonce de cette paternité ait été sincère ? Il n'avait pas laissé ces feuilles traîner sur sa table afin qu'elle tombe dessus : comment aurait-il pu deviner qu'il allait la croiser au Guggenheim ?

Elle ferma les yeux et se repassa le film de leurs échanges, des différentes réactions de Joshua. La douleur, la colère et, inutile de le nier, la peine.

En regardant tout cela d'un autre œil, avec davantage d'objectivité, elle vint à l'unique conclusion possible : il disait vrai.– On fouine, Sophie ?

Elle sursauta et tourna la tête : Joshua l'observait d'un air mi-amusé, mi-soucieux qui laissa bientôt place à une colère à peine masquée. Un lourd sentiment de culpabilité lui noua le ventre.

— Oui.

Si cet aveu à voix basse fut une surprise pour lui, il n'en laissa rien voir. Son masque impassible resta bien en place.

— Je suis désolée, ma curiosité a été la plus forte. Je n'aurais pas dû.

Il ne répondit pas mais plissa un peu plus les yeux.

Il fit quelques pas dans sa direction avant de bifurquer vers le bar d'où il sortit une bouteille, dos à elle.

Il se retourna, verre à la main, et sirota quelques gorgées sans la lâcher un seul instant du regard.

— Allez-y, posez-moi vos questions, souffla-t-il de sa voix suave et rocailleuse. Je vous écoute.

Il fit un geste en direction de la table et de la pile de feuilles posée dessus.

— C'est pour ça que vous êtes ici ?

— Oui.

C'était la vérité. Du moins la moins dangereuse des vérités et la seule qu'elle était prête à avouer.

— D'après ce que je lis, vous n'avez pas identifié de mère possible à cet enfant.

Il lui répondit d'un mouvement de tête et avala une nouvelle gorgée d'alcool.

— Non, aucune d'elles n'est derrière l'e-mail que vous avez reçu ou à l'origine de ce test ADN. Retour à la case départ. Je ne sais toujours pas si je suis ou non le père d'une petite fille.

— Cette liste est-elle… complète ?

Elle n'avait, pour une part, aucune envie de connaître la réponse.

Joshua la fixa pendant quelques secondes puis bascula la tête en arrière et émit un rire acide.

— Vous êtes en train de me demander si j'ai d'autres pages comme celles-ci bourrées de noms de femmes ?

Sophie haussa les épaules.

— Quatre ans. Six partenaires.

Elle lutta pour ne pas rougir avant de continuer plus timidement :

— Avouez que cela peut surprendre, c'est peu.

— Un homme dans ma position ne peut pas se permettre de séduire à tour de bras. Surtout avec un père qui ne s'est jamais privé.

Il ricana.

— Allez, Sophie, ne me dites pas que vous n'en saviez rien, avec toutes les recherches que vous avez faites sur ma famille.

Elle plongea la tête dans son verre avant de le lever et de le terminer d'un seul trait, échouant à conserver une expression neutre.

— Bien sûr que vous êtes au courant. Arrêtez le suspens, dites-moi ce que vous avez trouvé sur Vernon Lowell, voleur et volage.

— Joshua…

Elle n'avait aucune envie que leur conversation prenne cette direction. Non par respect pour cette vermine, mais pour protéger Joshua. Car derrière ce masque sarcastique pointait le risque d'une nouvelle blessure, d'un énième coup de canif dans le cœur de ce fils déjà transi de douleur.

— J'attends.

Son ton se fit plus aigre encore :

— Racontez-moi.

Elle inspira, retint sa respiration puis abdiqua. Elle savait qu'il n'allait pas lâcher de sitôt.

Pour une raison qui lui échappait, Joshua semblait avoir envie de se faire du mal. Et semblait se servir d'elle comme d'une arme blanche.

— Vernon avait la réputation d'être un… charmeur.

— Dites plutôt qu'il sautait tout ce qui lui passait à portée de braguette.

Sa phrase fit l'effet d'un pavé lancé contre une vitrine.

— Il enchaînait les aventures sans lendemain avec zéro considération pour son épouse, son mariage, la peine qu'il pouvait causer. Et bien sûr que ma mère était au courant. Et mes frères et moi étions aux premières loges pour assister à leurs disputes homériques.

Sophie n'en revenait pas. Vernon avait fait un mariage intéressé, à n'en pas douter. Eve Evans-Janson lui avait ouvert les portes de la haute société. Sans être une belle femme, elle avait aux yeux de Sophie bien des charmes. Sur les photos, elle affichait un port digne et fier. Comment avait-elle pu accepter ainsi les infidélités de son mari ?

— Mais elle, pourquoi…

— Est-elle restée auprès de cet homme que la monogamie n'intéressait pas ? C'est simple : le confort, l'argent. Mon père lui a refusé ce qu'elle désirait plus que tout, une fille, mais un divorce aurait été trop honteux pour elle. La réputation, l'image d'une famille parfaite, elle ne pouvait pas vivre sans. Et elle l'aimait, cet égoïste sans foi ni loi.

Sophie fut envahie par une soudaine tristesse. Elle aurait dû s'offusquer de la passivité d'Eva, s'énerver à l'idée de sa soumission, de sa résignation. Mais n'avait-elle été cette femme elle aussi ? À aimer un homme au point d'ignorer ses propres sentiments, de se voiler la face et de faire fi de ses valeurs humaines et professionnelles ?

La seule chose qui les séparait était qu'elle n'avait pas d'enfant et qu'elle avait fini par quitter cet homme et décider que son indépendance serait désormais son bien le plus précieux.

Un nouveau rire crissa dans la pièce. Joshua passa une main fébrile dans ses cheveux blonds.

— Bon Dieu, pourquoi je vous raconte tout ça ?

« À vous en plus ! » aurait-il pu ajouter.

Il grogna et lui tourna le dos pour s'avancer vers la baie vitrée de l'autre côté du salon.

Sophie tenta vainement de ne pas se sentir blessée. Elle s'adressa à son dos :

— Je ne suis pas votre ennemie.

Elle vit ses épaules se raidir.

— Je m'excuse si vous avez cru que je vous comparais à votre père. Ce n'était en aucun cas mon intention.

Comment lui expliquer son étonnement ? Il était si sexy, si viril, il respirait la puissance et le pouvoir : on aurait pu s'attendre à davantage de conquêtes en quatre ans. Cela ne faisait même pas deux par an.

À la lumière de son histoire, elle pouvait cependant le comprendre.

Elle soupira doucement et le rejoignit face à la fenêtre. Falling Brook brillait de ses belles lumières nocturnes qui filtraient entre les arbres des rues. On aurait cru à une petite cité de conte de fées, sereine, lointaine presque.

— Que voyez-vous lorsque vous regardez par cette fenêtre ?

Elle avait parlé avec le plus grand des tacts mais elle sentait qu'il bouillonnait encore, en proie à de violentes émotions.

Après un moment, il répondit à voix basse :

— Un rappel.

— De quoi ?

Elle se retenait avec force pour ne pas tourner les yeux vers lui.

— De la raison pour laquelle je fais ce que je fais.

Faire quoi ? De quoi parle-t-il ?

Les questions fusaient dans son esprit mais elle se retint d'ouvrir la bouche. Sa patience fut bientôt récompensée.

— De pourquoi je continue de diriger cette entreprise, cet héritage dont je ne voulais absolument pas. La raison pour laquelle je vis une vie qui était celle de mon père, pas la mienne. Cela fait quinze ans que je donne tout à Black Crescent, mes pensées, mon temps, ma loyauté, mon âme bon sang. Et j'ai quoi en retour ? Ma mère devenue l'ombre d'elle-même et moi incapable de la tirer d'affaire. Mes frères qui me détestent car je leur rappelle trop mon père, qui lui-même s'est évaporé dans la nature. Est-il mort ? Planqué quelque part ? J'ai beau travailler comme un acharné, sortir des sommes faramineuses pour honorer nos dettes, cela ne suffit jamais. On me regardera toujours d'un air suspect, on me jugera jusqu'à ma mort d'avoir dans mes veines le sang d'un criminel.

Elle avait tellement envie de poser la main sur lui. De se glisser entre son corps et le verre qu'il tenait pour passer ses doigts sur son torse puissant, sa nuque, le long de sa mâchoire.

De porter la peine qu'il ne semblait pas vouloir entièrement dévoiler.

Elle se retint. Le magnétisme de cet homme chargeait n'importe quel espace d'une électricité pareille à celle des nuits d'orage. Mais comment ses proches faisaient-ils pour ne pas voir la tourmente derrière les apparences ?

— Ma vie est un trou noir que je ne pourrai jamais combler, quels que soient mes efforts.

Malgré les mots durs qui sortaient de cette bouche diablement attirante, sa voix enveloppante berçait la nuit de ses tons graves.

Il secoua la tête et réprima un rire ironique.

— Et le plus drôle dans tout ça, le plus pathétique en fait, c'est qu'une partie de moi s'est réjouie le jour où vous m'avez dit que j'étais vraisemblablement père. Ma vie n'était peut-être pas un si grand gâchis que ça. Cela donnait un sens à ce que je fais, à qui je suis, au-delà de la réparation des erreurs de mon père. J'allais pouvoir être autre chose que le fils de Vernon Lowell. J'allais à mon tour être le père de quelqu'un.

— Mais vous n'êtes pas votre père.

Elle fut surprise par la véhémence de son ton, par cette indignation qui s'était nichée au creux d'elle-même en son nom à lui.

Il s'était produit, entre leur première rencontre et la découverte de cette liste de noms, une révolution : elle le croyait à présent lorsqu'il disait ne pas être au courant de la naissance de cette petite fille.

Elle se sentit fébrile et posa une main sur son ventre de nouveau noué.

— Vous n'êtes pas Vernon, insista-t-elle avec davantage de force et d'aplomb encore.

Il perçut certainement la conviction dans sa voix car il finit par enfin la regarder, par enfin poser ses yeux couleur caramel sur elle. En elle.

— Qu'est-ce qui vous le dit ?

Avant qu'elle ne puisse répondre, il se retourna pour lui faire entièrement face. Il posa une main assurée sur le rebord de son verre et poursuivit :

— Vous êtes précisément celle qui m'a accusé d'ignorer sciemment l'existence de cette enfant. De n'en avoir rien à faire, même, d'avoir possiblement abandonné cette femme et le bébé à leur sort.

C'était exact. Elle s'en voulait terriblement. Elle ferma un instant les yeux pour résister à l'assaut de la culpabilité.

Son article avait fait resurgir le scandale, nouvellement lustré, et l'avait servi sur un plateau à une foule avide de commérages. Elle était en grande partie responsable du puits sans fond duquel il tentait vainement de se sortir à présent.

Elle lui devait bien la vérité. Sa vérité. Même s'il n'en avait cure.

— C'est vrai, murmura-t-elle en levant de nouveau les yeux à la rencontre des siens. C'était l'idée que je me faisais de vous. Avant de vous connaître.

— Vous ne me connaissez pas.

— C'est là que vous vous trompez.

Elle avait répondu sur le même ton assertif que lui.

Elle fit un pas dans sa direction Il en fut visiblement surpris et son regard s'alluma. Il se reprit bientôt, renfilant son masque impassible et détournant le regard.

Elle fit un pas de plus. Il lui suffirait de prendre une profonde inspiration et ses seins viendraient effleurer son torse dur et musclé.

Leurs chaussures se touchaient presque, le parfum de Joshua, viril, intense, divin, venait de l'assiéger. Elle résistait. Pour le moment.

— Il est clair que vous êtes impitoyable, fier, arrogant, grossier et parfois si froid que l'hiver semble vous habiter. Mais vous n'avez rien d'un mauvais père. Vous n'imposeriez jamais à un enfant la souffrance que vous-même avez subie. Encore moins au vôtre.

Il était immobile. On nc devinait pas de respiration saccadée sous son torse, alors qu'elle-même peinait à reprendre son souffle.

— Vous vous faites de fausses idées…

Écoutant son envie, elle tendit la main vers lui. Il attrapa son poignet plus rapidement qu'un serpent se jetant sur sa proie.

Il serra fort, sans pour autant lui faire mal. Ce geste de domination transforma immédiatement le sexe de

Sophie en brasier, accéléra les battements de son cœur, pris dans la tourmente non pas de la peur, mais de l'excitation affamée.

Elle se sentit à la fois survoltée et emportée par une vague brûlante.

- 8 -

Elle ne se laissa pas faire et leva son deuxième bras. Elle posa la main sur son visage, s'attendant à ce qu'il le retire brutalement.

Il n'en fit rien. Il ne bougea pas et la laissa explorer les muscles de sa mâchoire, le contour de ses joues. Elle sentait la barbe naissante lui griffer doucement la peau, précieux butin pour sa mémoire sensorielle.

— Je vous connais mieux que quiconque. Les autres ne voient de vous que ce que vous voulez bien leur montrer. Je vous connais mieux que vos frères qui vous ont laissé vous dépêtrer seul dans ce champ de ruines. Plus que les femmes à qui vous avez permis de poser les mains sur votre corps.

D'un doigt, elle dessina la courbe de sa lèvre inférieure.

— Cela vous effraie, Josh ?

Elle avait délibérément employé le diminutif de son prénom, intensifiant un peu plus encore l'intimité tendue qui s'installait entre eux, à la faveur d'un courant électrique et sensuel invisible mais de plus en plus palpable.

Il posa son verre et, dans un souffle rauque, prit sa main bien curieuse, la porta à sa bouche et mordit dans sa partie charnue.

Sophie soupira lascivement, sans aucune retenue.

Il lécha le même endroit, comme pour le panser, et provoqua un gémissent intense, affamé.

— Oh non, vous ne me faites pas peur, Sophie…

Il lui mordilla de nouveau un doigt.

— … Car cela voudrait dire que vous avez du pouvoir sur moi, si infime soit-il. Et je ne vous fais pas assez confiance pour vous accorder un tant soit peu ce plaisir.

Joshua lui tira légèrement le poignet pour l'amener un peu plus à lui et réduire à néant l'espace entre eux. Lorsque ses seins s'écrasèrent voluptueusement contre son torse, ses cuisses contre les siennes musclées, son ventre tendu contre sa glorieuse érection, un frisson chaud lui électrisa le bas des reins.

L'évidence de son excitation sexuelle ne fit que décupler la sienne. Elle avait ce pouvoir sur lui : le rendre dur, prêt à exploser.

— En revanche je ne sais pas ce que ça fait de moi, mais j'ai très, très envie de vous faire l'amour jusqu'à ce que vous ayez une extinction de voix à force de crier mon nom, que vous me gardiez en vous si fort que j'en aurai encore mal au petit matin. Je veux que mon corps soit courbaturé après nous avoir donné à tous les deux ce dont nous avons besoin.

Avec ses mots, il jouait de son corps comme d'un instrument aux cordes tendues.

Des spasmes tourmentaient sa féminité déjà moite qui ne désirait plus qu'une chose : être prise d'assaut, comblée, marquée au fer rouge.

Elle remercia intérieurement ce corps puissant et viril qui la soutenait autant qu'il lui faisait perdre pied.

Des doutes et un goût amer vinrent soudainement se mêler à cette fête des sens.

Si elle avait vraiment tiré une leçon de ses erreurs passées, c'était le moment de le montrer, d'arrêter cette machine folle avant qu'il ne soit trop tard.

Elle risquait déjà de perdre son travail pour des raisons évidentes de conflit d'intérêts.

Le vrai risque était néanmoins de redevenir la femme qu'elle avait été en la présence de Laurence. L'amour qu'elle lui portait l'avait transformée en une Sophie qui lui avait été jusque-là inconnue : dépendante de son approbation, de son affection et de son attention. Elle avait failli tout perdre pour ses beaux yeux : sa carrière, son avenir, elle-même…

La différence, de taille, était qu'elle n'était pas amoureuse de Joshua. Le besoin pressant de s'unir à lui, de mordre sa chair, n'avait rien d'affectif. C'était physique, chimique presque.

Tant que son cœur trop faible et tout aussi borné restait en dehors de cela, elle pouvait s'offrir cette parenthèse, donner à son corps ce qu'il lui réclamait.

— Une seule nuit.

Le son presque suppliant de sa voix l'irrita, et la soudaine immobilité de Joshua n'arrangea rien. Elle insista :

— Une seule. Rien de plus. Aucun lendemain. Simplement deux adultes libérant leurs démons l'espace d'une nuit.

Pourquoi diable avait-elle prononcé cette dernière phrase ? Elle se dévoilait trop.

— Vous avez des démons, Sophie ?

Il la scruta sans aucune pudeur, désireux d'obtenir la réponse par lui-même plutôt que d'attendre ses confidences.

Il était rusé.

— Comme tout le monde.

Sa réplique aurait pu faire l'affaire si la violence qu'elle gardait en elle ne transpirait pas par tous les pores de sa peau.

— Laissez-moi donc vous exorciser. Nous les battrons ensemble dans ce cas, ces démons.

Il lui saisit les bras et l'attira contre sa bouche.

Ses lèvres alanguies le laissèrent immédiatement entrer, avides de goûter à sa langue, de la laisser jouer à l'intérieur. Les mains enfin libres, elle l'attrapa par le col de sa chemise, sans aucune considération pour sa belle étoffe, ce tissu qui devait valoir une fortune. Elle voulait boire à sa source, se laisser envahir par sa passion, sa puissance.

Elle se hissa sur la pointe des pieds, aidée par la hauteur de ses chaussures à talons. Elle bascula la tête en arrière pour qu'il lui en donne plus encore.

Joshua glissa une main dans sa nuque et serra à la base de ses cheveux. Son crâne ne fut bientôt plus qu'un unique frisson, un courant électrique qui vint s'évanouir dans le bas de son dos.

Affamée, elle s'invita sous sa chemise, caressa son torse puis ressortit les mains pour agripper ses épaules. Elle resserra ses doigts à l'arrière de sa tête et le maintint en place, contre sa bouche, imprimant à tout son être ce baiser interdit, presque illicite.

Joshua écarta son visage, griffant au passage son menton de sa barbe naissante, pour se pencher vers sa gorge, le long de laquelle il passa une langue conquérante.

Sophie passa la sienne sur ses propres lèvres enflées, savourant le goût qu'il y avait laissé. Quand il lui mordit la base du cou, elle pencha la tête pour lui en donner le plein accès.

Elle ferma les yeux, en proie à la plus délicieuse des sensations.

Mais elle en voulait plus, bien plus. Elle posa les mains sur les boutons de sa chemise. Il se redressa comme pour la regarder le déshabiller. Elle ne leva pas la tête et s'attela à ôter le morceau de tissu qui la séparait de ce torse viril. Lorsque cette peau dorée fut enfin exposée, toute trace de gêne disparut.

Elle posa deux mains possessives sur ces abdominaux durs comme du bois, savourant le contact avec cette fournaise qu'il cachait habituellement sous son air impassible et ses tenues de gentleman.

Les pointes de ses seins se firent instantanément plus dures, ses mains plus aventurières. Elle sentait la chaleur humide entre ses cuisses et les serra pour apaiser cette tourmente lancinante.

Cela ne fit qu'accentuer le sentiment de vide qui y régnait.

— Vous êtes beau, admit-elle en caressant son torse exposé entre les deux pans de sa chemise.

Elle la lui retira et le tissu impeccablement blanc tomba au sol.

— Une véritable œuvre d'art.

Elle se raidit immédiatement après avoir prononcé cette phrase et leva les yeux vers lui. Il ne semblait pas avoir été heurté par l'allusion.

Il semblait penser à autre chose et elle accordait peut-être trop de poids à la nuit qui s'annonçait et au pouvoir de ses mots.

Il avait un corps à se pâmer, à faire naître une religion et fidéliser des millions de croyants.

Ses larges épaules encadraient un torse musclé qui se prolongeait en un ventre plat et dur. Un léger duvet ornait ce fier poitrail et descendait entre les tablettes de chocolat dont elle avait envie de ne faire qu'une bouchée.

Son appétit n'en fut que plus aiguisé et elle suivit le chemin que ce sillon châtain lui indiquait.

— Tout doux, ordonna Joshua d'une voix autoritaire.

Il joignit le geste à la parole en lui saisissant les poignets. Il la fit tourner et lui plaqua le dos contre la vitre. Il la maintint ainsi d'une seule main et lui colla les bras contre le verre froid.

Elle se débattit et donna un coup de reins, frottant son corps contre son érection arrogante.

— Bon sang, Sophie.

Et d'un geste qui lui coupa le souffle, il tira sur sa robe et exposa ses seins rebondis au grand jour, à la merci de *– oh mon Dieu* — ses lèvres.

Elle gémit, chancela sous les assauts de sa bouche qui les embrassa avant de les sucer avec une avidité qui réveilla le plus douloureux des désirs entre ses jambes. Il les aspirait sans pitié et elle crut un instant qu'elle allait jouir.

Avant lui, elle aurait cru cela impossible, mais cette langue qui s'enroulait autour de ses pointes dures, les titillait, cette bouche qui tirait, mordillait, balayèrent toutes ses certitudes.

Plus bas, sa chair humide était soumise à des secousses avides, ses hanches avançaient espérant un contact pour soulager momentanément cette insoutenable tension.

— Josh, implora-t-elle, se débattant avec délectation. Laissez-moi vous toucher.

Oui, c'était une supplication. Et cela lui était bien égal.

Il relâcha son emprise et elle planta aussitôt ses ongles dans les muscles épais de ses épaules. Un cri rauque lui indiqua qu'il y prenait plaisir et le savoir décupla sa propre excitation. Elle s'aventura plus bas puis écouta son besoin soudain de le… serrer dans ses bras. Le sentir vraiment contre elle.

Elle passa un bras derrière son cou, l'autre derrière sa

tête et le serra fort, savourant la chaleur de son corps, sa puissance, l'effet qu'il avait sur elle.

Basculant la tête contre la vitre, elle émit un petit cri lorsqu'il choisit de tourmenter son autre sein.

De ses doigts habiles, il continuait néanmoins de pincer et flatter l'autre pointe encore humide de ses lèvres.

Il était en train de lui faire perdre pied. Et Dieu qu'elle aimait ça.

— Ne vous arrêtez pas.

Cette prière l'incita au contraire à descendre plus bas. Elle enfonça ses doigts dans les cheveux blonds, tirant légèrement pour tenter de le stopper.

— Je n'ai pas, mais alors pas du tout fini, Sophie, murmura-t-il en se redressant et en la prenant dans ses bras.

Elle eut le souffle coupé, par sa force et par la douceur qui émanait pourtant de lui. Ils n'allèrent pas bien loin, juste un peu plus loin face à la cheminée.

Il l'allongea par terre et fit bientôt chanter la fermeture Éclair sur le côté de sa robe avant de lui ôter cette dernière d'un geste sûr.

Elle ne portait plus qu'un petit string noir et ses talons argentés. Son corps entier se raidit sous le regard de Joshua, à présent moins caramel que sombre et dangereux. Une flamme ardente y brûlait, la consumait un peu plus de désir.

— Pourquoi cacher ce splendide petit bijou de corps sous des vêtements ? Si j'avais su que vos chemisiers sages cachaient de si jolis seins, ces jupes droites de telles courbes…

Il lui caressa la cuisse d'un geste langoureux.

— Et des jambes parfaites pour s'enrouler autour d'un homme. Si j'avais su à quel point vous seriez mouillée ici…

Il plaqua une main triomphante contre son sexe et serra fort. Ce geste de possession envoya une décharge loin en elle.

— … Je vous aurais prise sur mon bureau la première fois que vous y êtes entrée. Aviez-vous remarqué à quel point j'avais déjà envie de vous ? Je vous imaginais étendue sur mes dossiers, offerte, grande ouverte pour moi, abandonnée à mes coups de boutoir et gémissant si fort que tout l'immeuble aurait su que j'étais en vous, à l'origine de chacun de vos cris, vous besognant, vous possédant entièrement.

Elle fut sous le choc de ses aveux, de ses mots crus et de l'idée qu'il l'avait désirée dès les premiers instants.

Une tendresse qui n'avait pas sa place dans leur parenthèse ardente tentait de percer, mais elle la rejeta de toutes ses forces. Elle ne devait pas se laisser toucher autrement que physiquement.

Joshua ne lui laissa pas l'occasion de répondre – en aurait-elle seulement été capable ?

Il s'agenouilla entre ses jambes après lui avoir enlevé ses talons hauts. Il caressa ses mollets, effleura ses genoux puis saisit l'intérieur de ses cuisses.

Elle n'entendait plus que sa propre respiration, suspendue dans une attente interminable, impatiente qu'il vienne éteindre le feu qu'il avait allumé sous la fine dentelle noire.

Il fit glisser ses doigts tout autour du tissu, la torturant tant et si bien qu'elle miaula de désir – un miaulement dont elle aurait peut-être honte plus tard.

Elle arqua son corps pour mieux sentir la pression de sa main, encore trop légère bien qu'omniprésente.

Elle était à vif, le sexe moite et tellement enflé qu'elle était prête à signer une supplication écrite entre deux spasmes dévastateurs. Il écarta délicatement le tissu humide de sa lingerie fine et s'invita en elle d'un geste ferme et assuré.

Elle cria.

La vague de son désir vint éclater contre ce doigt expert. Le soulagement passager était si bon qu'il en devenait presque douloureux. C'était… enivrant. Mais pas assez.

Même une fois l'orgasme venu, le besoin revint à la charge, grondant sous sa léthargie satisfaite.

Plus affamé que jamais, Joshua lui retira son string et écarta ses jambes dociles. Il se pencha vers elle sans hésiter un seul instant.

Il posa sa bouche sur son sexe humide, faisant résonner en elle les grognements sourds et virils de sa propre gourmandise. Il provoqua en elle une débauche de sensations dont il lui était impossible de s'extirper.

Il léchait, suçait, se repaissait d'elle, dans un mouvement délicieusement bestial et excitant.

— Josh…

Elle prononça son surnom dans un soupir aigu. Son plaisir monta en puissance, ses mains se perdirent dans les cheveux blonds, l'attirant un peu plus à elle puis le rejetant.

C'était trop. Pas assez.

Il devait arrêter mais elle le tuerait s'il s'avisait de le faire.

Son esprit s'affolait mais son corps savait pertinemment ce qu'il voulait.

Ses hanches donnaient le rythme, dansaient sous lui, réclamant, exigeant tout. Elle se cambra un peu plus encore et lorsque l'orgasme s'annonça, elle laissa échapper un son surpris. Elle n'avait jamais, *jamais*, joui deux fois de suite.

Elle pensait que ce genre de miracles n'était pas pour elle. Pourtant son corps lui promettait bien une suite. Il fallait juste que son partenaire soit le bon.

Elle fut bientôt au bord du précipice et se prépara à s'y jeter avec le plus grand des délices.

Non. Pas le bon partenaire : Joshua.

Un nouveau cri vint se loger dans sa gorge et résonna dans la pièce au moment où le PDG de Black Crescent releva la tête, la laissant pantoise, haletante, en proie à une avidité douloureuse, insupportable.

Elle parvint tout juste à articuler, la voix lourde :

— Non ! Tu fais quoi ?

Au-dessus d'elle, Joshua se mit debout, prit son portefeuille dans la poche de son pantalon et le jeta au sol près d'elle. Il mit ensuite à nu son corps musclé, d'une beauté extraordinaire et insoutenable.

Joshua en costume était très attirant. Privé de ses vêtements il était un joyau… dévastateur.

Comme attirée par un aimant, elle se releva, s'agenouilla et vint poser ses mains sur les cuisses athlétiques devant elle avant de les remonter pour saisir sa glorieuse fierté, plus dure et plus impressionnante encore qu'elle ne l'aurait cru.

Il lui saisit les mains avant qu'elles n'atteignent leur but.

— Non.

Il s'agenouilla à son tour et embrassa ses paumes à pleine bouche.

— Si je vous laisse faire ça, la fête sera abrégée. Et, madame Armstrong, je compte bien jouir en vous et non pas sur vos délicates petites mains.

Il avança le bras, ramassa son portefeuille et en tira une petite pochette carrée. Il l'ouvrit d'un geste sec et enfila le préservatif. Il fut bientôt – *enfin* - au-dessus d'elle, son érection titillant l'entrée de son sexe puis se frayant doucement puis plus brutalement un passage en elle, l'écartant entièrement.

La marquant au fer rouge.

Douleur et plaisir se mêlèrent avec une lascivité paralysante qui se transforma bientôt en ondes de choc lentes et profondes.

— Là, chuchota Joshua d'une voix apaisante en posant ses lèvres sur sa joue, sa tempe et, enfin, ses lèvres. Tout va bien, tu peux m'avoir tout entier.

Avant ce tutoiement et ces mots rassurants, elle n'avait pas eu conscience des gémissements qui émanaient d'elle ni de l'incessant mouvement de hanches qu'elle faisait, comme pour le fuir en même temps que de le faire entrer davantage encore en elle.

Elle était perdue. Ce sentiment d'être possédée par lui la remplissait au point de la faire déborder, la submergeait.

L'espace d'un instant, elle fut prise de panique. Il lui semblait qu'il avait pris possession d'elle, qu'elle n'était plus vraiment elle-même.

Plus il s'enfonçait en elle, moins elle s'appartenait. Elle dépendait de lui. De ce que tous deux formaient ensemble.

— Regarde-moi, Sophie.

Son ton de velours masquait une volonté de fer. Elle ne put qu'obéir et ouvrit les yeux pour faire face aux siens.

Elle y vit un feu sombre, qui lui brûla la peau.

— Tu veux savoir ce que moi je sens ? Tu es accueillante à l'intérieur, lubrifiée juste pour moi, serrée autour de moi. C'est la plus délicieuse des tortures. Je te domine peut-être de mon corps, si profondément en toi que je pourrais en perdre mes repères. Mais c'est toi qui règnes ici. Tu as tout pouvoir. Alors que vas-tu faire de moi, Sophie ? Que vas-tu faire de nous ?

En tension sur ses bras au-dessus d'elle, il vibrait d'une énergie qui démentait totalement ce qu'il venait d'affirmer.

Cette grande masse virile, ces mots… Ils s'étaient glissés en elle, lui avaient chauffé le cœur et le corps, détendu tous les muscles, assoupli le sexe tant et si bien que ne restait plus que le plaisir de sa domination et de son emprise sur elle.

Elle desserra les doigts qu'elle avait enfoncés dans ses bras et glissa les siens autour de ce cou puissant. Elle l'attira contre elle et l'embrassa brutalement, sans détour.

— Je vais te prendre tout entier, je vais faire de nous deux des naufragés, susurra-t-elle contre sa bouche.

Le plaisir et le désir se mêlèrent aussitôt sur le visage de Joshua, illuminèrent ses traits et enflammèrent ses lèvres.

Il reprit le contrôle de leur baiser, décolla son corps du sien, se retira un instant d'elle avant de la prendre de nouveau avec une force renouvelée.

Elle cria comme un animal blessé avant d'écarter un peu plus les jambes et de les enrouler autour de lui.

Il gémit et s'enfonça loin en elle, la comblant un peu plus encore. Elle répondait avec énergie à chacun de ses coups de reins, détruisant leur embarcation par ses mouvements de hanches voluptueux, à grands coups de lèvres voraces et de griffes passionnées sur sa peau.

— Encore. Plus fort, exigeait-elle.

Charnel. Sauvage. Brûlant.

Joshua la prenait avec une indicible vigueur, sans aucune pitié.

Il s'abîmait en elle, naufragé volontaire, pionnier

déterminé. Chacune de ses incursions en elle échauffait un peu plus encore son intimité, provoquait les plus insoutenables et les plus divines des sensations.

Elle gémissait, prise à la gorge par l'intensité de son offensive, par ses coups de reins implacables et puissants, par sa virilité toujours plus dure en elle. Elle s'arquait, se débattait sous lui, en quête de l'extase qui se profilait pour elle.

— Josh, gémit-elle dans une plainte langoureuse.

— Jouis pour moi, Sophie.

D'un geste de la main, il écarta un peu plus sa cuisse afin qu'elle s'offre à lui tout entière. Puis il passa la main entre ses seins et ne s'arrêta que lorsqu'il eut sous son doigt le bouton enflé et nerveux qu'elle cachait au creux de ses jambes.

Il caressa en cercles, encore et encore. Un coup de reins pour une caresse, un autre, un autre encore et son doigt expert toujours à la manœuvre.

Un cri d'extase éclata enfin dans sa bouche. L'espace d'une seconde, elle lutta contre cette explosion libératrice, effrayée par sa violence et sa férocité.

Mais ce séisme charnel était bien plus fort qu'elle et menaçait de la briser, de faire d'elle une personne qu'elle craignait de ne plus reconnaître.

Elle ferma les yeux et capitula.

- 9 -

Joshua fixait l'écran de son ordinateur. Les chiffres qui dansaient sous ses yeux n'avaient pas plus de sens qu'une heure plus tôt. Il ne parvenait pas à tirer quoi que ce soit du tableur que lui avait envoyé son directeur administratif et financier.

— Merde à la fin !

Il jeta son stylo et se leva d'un bond. Son fauteuil roula en arrière et vint percuter la bibliothèque adossée au mur.

Joshua se passa une main lasse sur le visage puis la serra autour de sa nuque.

Tout en massant ses muscles tendus, il avança jusqu'à la baie vitrée et regarda dehors. En temps normal, voir le parking de Black Crescent entièrement occupé par les voitures des employés lui procurait un intense sentiment de satisfaction.Lorsqu'il avait repris les rênes du fonds d'investissement, ce même parking était resté bien longtemps vide, à quelques exceptions près. Seul lui, Haley et une poignée d'autres collaborateurs fidèles étaient restés alors que tout s'écroulait.

L'épreuve avait été terrible. Il maintenait des apparences optimistes et joyeuses quand il n'était en réalité qu'angoisse et appréhension.

Il craignait de ne pas réussir à redresser l'entreprise ni à rembourser les familles que son père avait lésées. Détruites même.

De décevoir ceux qui croyaient encore en lui. Des personnes lui accordaient toute leur estime et leur confiance alors même que Vernon leur avait joué le pire des tours.

De donner raison à ceux qui répétaient sans cesse « tel père, tel fils ».

Son père. Tout le ramenait à lui, tout le temps.

Mais s'il ne parvenait pas à se concentrer en ce lundi matin, cela n'avait pour une fois rien à voir avec cet homme pitoyable. Joshua aurait pourtant préféré l'accuser lui. Plutôt qu'elle…

Sophie.

Le simple fait de prononcer silencieusement son prénom suffit à déclencher un flot ininterrompu d'images érotiques. Elles défilaient sous ses yeux et semblaient ne jamais vouloir sans aller.

Sophie, hanches en transe, corps arqué à la rencontre de sa bouche tandis qu'il se tenait entre ses cuisses grandes ouvertes pour lui.

Sophie se débattant langoureusement et ondulant sous lui, le suppliant d'une voix fébrile de la prendre toujours plus fort.

Sophic, seins fiers et rebondis, pointes dressées vers le plafond, le regard noyé dans un plaisir si violent qu'il avait dû se contrôler à l'extrême pour ne pas jouir à sa suite.

Sophie lovée contre lui, la tête posée sur son épaule, caressant sa peau humide de son souffle tiède. Sa petite main délicate reposant sur son large torse.

Si ces flashs incontrôlables l'excitaient sans relâche, raidissaient son corps et tendaient le tissu de son pantalon au niveau de l'entrejambe, le souvenir de ce corps blotti contre lui, alangui dans un sommeil confiant et réparateur, le prenait aux tripes… et au cœur.

Et cela lui était insupportable.

Une seule nuit. Aucun engagement.

Tel avait été leur accord. Et leurs motivations – tout du moins les siennes – n'avaient pas changé au petit matin, à l'heure où ils s'étaient rhabillés en silence avant qu'il ne la reconduise chez elle.

Elle était journaliste et venait de publier un article sur lui et sa famille.

Il ne comprenait toujours pas comment il avait pu baisser la garde, lui raconter le regard sombre qu'il portait sur sa vie et leurs déboires familiaux avant même que le scandale n'advienne.

Elle avait ce pouvoir si particulier : celui de réussir à le faire parler, jusqu'à lui confier ce qu'il n'avait jamais raconté à personne jusque-là. L'atoutmaître de cette femme était la pire des menaces pour lui.

Il lui avait en somme livré sur un plateau d'argent tout ce dont elle avait besoin pour rédiger une suite à son premier article.

Si elle venait à publier tous ces détails, il en serait l'unique fautif.

Comment arrivait-elle à le toucher de la sorte ? À lui faire oublier le plus ancré de ses réflexes de protection ?

Il était hors de question qu'il recommence. Il ne pouvait pas se le permettre, offrir Black Crescent en pâture à la presse, risquer une nouvelle controverse.

Pas plus qu'il ne pouvait lui laisser la moindre place dans sa vie. Dans son cœur.

Tous ceux qu'il avait aimés s'étaient évanouis dans la nature, l'avaient abandonné. Son père parti en cavale, sa mère perdue dans les limbes de son esprit, ses frères lui ayant tourné le dos, ponctuellement puis définitivement.

Elle avait eu raison. Si elle n'avait pas elle-même posé les conditions de leur nuit de débauche – la plus brûlante qu'il lui avait été donné de vivre et d'une intensité qu'il n'aurait jamais crue possible —, il s'en serait chargé.

— Joshua, ça fait plusieurs fois que j'appelle mais vous ne répondez pas. On vous a perdu ?

Haley se tenait derrière lui. Il se retourna brusquement, surpris et décontenancé.

Plongé dans ses pensées, il n'avait pas entendu les appels répétés de son assistante, pas plus qu'il n'avait senti sa présence dans son bureau.

— Vous étiez parti loin on dirait. Mais où donc ?

Il fronça les sourcils et battit l'air d'une main impatiente pour dissiper la question.

— Je passais juste en revue les différents points que je dois aborder avec Clark Reynolds de chez Venture Investments. Je le vois à 11 heures. Tu avais besoin de quelque chose ?

Haley inclina la tête et le scruta plus intensément encore. Elle n'émit aucune accusation officielle, mais ses yeux couleur noisette hurlaient au mensonge.

— Bien tenté. Cependant les fausses excuses ne marchent pas avec moi. Vous êtes sûr que vous n'étiez pas plutôt en train de rêvasser ? Si je vous dis Sophie Armstrong, vous me répondez quoi ?

Il balaya l'idée d'un bruit dédaigneux et avança d'un pas résolu vers son bureau.

— Le jour où je rêvasserai n'est pas encore arrivé, Haley.

— Je sais. C'est bien là qu'est le problème.

— Pourquoi tu parles de problème ?

Il se réinstalla dans son fauteuil.

— Ravi d'apprendre que j'en ai. Eh bien, hormis une assistante de direction qui m'évoque plutôt un caporal-chef et qui ferait parfois mieux de tenir sa langue…

— Je vous garantis que vous en avez un.

Haley se laissa tomber sur la chaise face à son bureau. Elle se pencha vers lui, le visage figé dans une expression soucieuse.

— Depuis combien de temps votre vie se résume-t-elle à cette entreprise ? Les comptes, les partenaires, les employés, les familles à rembourser…

Joshua se raidit soudainement.

— Haley, je n'ai aucune envie de…

Elle l'interrompit de nouveau :

— Je sais pertinemment que vous n'avez aucune envie d'en parler. Cette conversation est un sens interdit permanent. Et ça aussi c'est un problème.

Elle se redressa.

— Vous avez peut-être tiré Black Crescent d'affaire, Josh, mais votre vie ne se résume pas à ça.

Haley semblait émue, il la voyait rarement touchée de la sorte.

— Vous méritez autre chose. Du temps pour vous, déjà. Des vacances, des horaires décents. Une vie privée. Certes, vous n'avez pas vécu comme un ermite. Mais, soyons francs, depuis quand ne vous êtes-vous par autorisé une vraie relation ? Vous ne laissez personne bousculer votre quotidien, votre emploi du temps chronométré. Vous bousculer vous, tout court, avec des rires et de l'affection. Vous savez comme moi que cela n'arrive jamais.

Joshua serra les dents, retenant le chapelet de formules peu convenables qui lui chatouillait le palais.

Il ne voulait pas blesser Haley. Elle était avant tout son assistante, certes, mais il la considérait aussi comme un membre de sa famille. Une petite sœur.

Cependant elle allait trop loin. Ce sujet ne la concernait pas.

— Haley, loin de moi l'idée de te blesser, mais tout cela est strictement…

— Personnel. Je le sais très bien. Enfin, tout le monde le sait à présent.

Elle se leva et lui tendit la tablette qu'elle tenait jusque-là entre les mains.

Il la scruta un long moment avant de baisser les yeux vers l'écran.

Son agacement fit bientôt place à un sentiment bien plus violent.

Sous ses yeux s'étalaient des photos du gala au Guggenheim. Il figurait sur certaines, aux côtés d'autres invités endimanchés, parmi lesquels sa voisine de table, cette grande rousse qui lui avait proposé de venir boire un dernier verre chez elle.

Ces clichés n'attirèrent pas spécialement son attention, encore moins ses foudres.

Ce ne furent pas eux qui déposèrent une enclume au creux de son ventre, refermèrent leurs griffes autour de sa gorge et réveillèrent son appétit sexuel avec férocité.

Non.

Tout cela fut provoqué par la photo de Sophie – si belle dans sa robe argentée qui sublimait son corps aux proportions parfaites, ses alléchantes courbes féminines – et lui, devant le musée.

Il dut refréner de toutes ses forces le désir ardent qui monta en lui.

Sur les premières photos, aux côtés de cette grande

rousse, il portait le masque distant et impassible qu'il arborait en toutes occasions.

Mais sur celle-ci, son visage montrait une tout autre expression.

Ils se tenaient relativement éloignés l'un de l'autre mais il la regardait avec une intensité – un appétit non feint – qui n'avait rien, mais alors rien de courtois.

Et Sophie, tête basculée en arrière, affichait une vraie vulnérabilité. Joshua n'en maudit que plus le paparazzi qui avait saisi cet instant.

Il détacha son regard de la photo et lut la légende qui l'accompagnait.

« *Le PDG du fonds d'investissement Black Crescent en bonne compagnie avec une inconnue. Le (tristement) célèbre homme d'affaires a-t-il enfin décidé de se caser ?* »

Il vérifia le nom du site en haut de la page et cogna son poing à côté de la tablette : les « rois du gossip » comme les appelait Haley, des receleurs de ragots en tout genre sur les grandes fortunes du pays.S'il avait dû toucher un dollar à chaque fois que son nom ou celui de ses proches avait été mentionné dans les pages de ce site ou dans la presse à scandale, il aurait depuis bien longtemps remboursé les familles mises en banqueroute par son père, intérêts compris.

Nom de…

Sophie était-elle tombée dessus ? Il était probable que non. Elle était peut-être journaliste, mais certainement pas du côté des colporteurs de rumeurs. Elle menait de vraies enquêtes.

— Il se passe quoi entre vous et Sophie Armstrong ?

Le ton de Haley s'était fait plus doux.

Il releva la tête : il avait oublié sa présence.

— Rien. Il s'avère qu'elle était à la même soirée de

gala que moi à Manhattan. Et on est partis à la même heure. Point. Il ne s'est rien passé entre nous.

Haley était d'humeur insistante.

— L'article dit que vous êtes partis *ensemble*. Qu'elle est montée dans votre voiture.

C'est pas possible !

Le vent de la colère se leva en lui. Que toute cette presse, ces soi-disant journalistes aillent se faire...

— Je l'ai simplement reconduite chez elle. Nous habitons tous les deux Falling Brook. Le covoiturage, vous connaissez ? Voilà, fin de l'histoire.

Enfin, il y avait eu un épilogue à cette histoire. Après avoir pris le volant il avait pris Sophie, sur le tapis de son salon qui lui rappellerait à jamais l'orgasme mémorable auquel elle s'était abandonnée.

Haley l'étudia en silence, lisant entre les lignes, percevant bien plus de choses qu'il ne le voulait.

— C'est étonnant, à lire les expressions sur vos visages, on a du mal à croire à une rencontre fortuite, et encore moins à un covoiturage en mode écoresponsable.

Avant qu'il n'ait le temps de répliquer, elle poursuivit, d'une voix plus souriante :

— Et je m'en réjouis.

Il leva un sourcil, l'air soudainement étonné.

— Ah, c'est une bonne nouvelle qu'on se soit encore une fois mêlé de ma vie privée pour l'étaler en ligne et générer des commentaires à tout-va ? Merci de me l'apprendre, je ne savais pas.

Haley se raidit, visiblement traversée par une émotion qu'il ne parvint pas tout de suite à déchiffrer. Elle leva les yeux au ciel puis darda son regard sur lui, sans flancher un seul instant.

— Bien sûr que non. En revanche je trouve ça fantastique que quelqu'un soit enfin parvenu à fendre votre armure, celle dans laquelle vous vous êtes glissé il y a quinze ans.

Elle lui lança un regard lourd de sens.

— Donc oui, je suis ravie que vous ayez autorisé une femme à vous approcher suffisamment longtemps pour être pris en photo sur le vif.

Son grand sourire s'éteignit et laissa place à une expression plus grave.

— J'espère simplement que vous n'allez pas tout gâcher en la rejetant.

Elle se retourna et parcourut les quelques mètres qui la séparaient de la porte, qu'elle referma derrière elle sans dire un mot de plus.Le bureau de Joshua résonna longtemps encore de ses paroles, comme l'écho prolongé d'une déflagration : « J'espère simplement que vous n'allez pas tout gâcher en la rejetant. »

Tout gâcher ? La rejeter ?

Encore faudrait-il qu'il la laisse entrer.Et ça, il en était hors de question. Point. Final.

- 10 -

Mais qu'est-ce que je fais là ?

La question lui martelait le crâne tandis que son chauffeur garait sa Lincoln devant l'immeuble de Sophie.

Il ferma la portière derrière lui et traversa la rue pour rejoindre le petit bâtiment en brique, distribué sur deux étages, bordé d'une pelouse bien entretenue. Des chèvrefeuilles étaient plantés le long du trottoir.

Il s'approchait de la porte d'entrée quand sortirent du hall un couple et son jeune enfant.

L'homme s'excusa avec un large sourire.

— Oups, désolé ! Il y en a une qui a hâte d'aller au parc.

Joshua s'écarta.

— Aucun problème.

Il retint la porte afin qu'elle ne claque pas mais ne put détacher son regard de la petite fille. Elle ne devait guère avoir plus de quatre ans.

Autrefois, quand il avait eu la vie devant lui et un monde à conquérir, il espérait exactement ça : être mari et père. Fonder une famille.

Aujourd'hui ? Avoir une femme et un enfant signifiait deux fois plus de risques de perdre quelqu'un.Il leva son poignet : le cadran de sa montre affichait 18 h 48. Elle était sûrement rentrée à cette heure-ci. Quoique… Sophie était, comme lui, une acharnée du travail. Malgré ses choix de carrière douteux, il admirait ce trait de sa personnalité.

Il était donc tout à fait probable qu'elle soit encore au bureau. Arrivé devant sa porte, il tourna brusquement les talons.

Il entendit le bruit de la poignée.

— Joshua, mais qu'est-ce que tu fais là ?

« Joshua ». Le « Josh » de leurs heures exaltées, de leurs étreintes débridées avait disparu.

— Je dois te parler de quelque chose. Je suis désolé de passer comme ça à l'improviste, mais tu ne répondais pas au téléphone.

— Oui…

Elle se passa la main dans les cheveux, dégageant ainsi son visage.

— J'ai vu tes appels en absence. Je voulais te rappeler mais j'étais super occupée.

Il pencha la tête sur le côté.

— Tu mens très mal.

Elle laissa tomber ses bras et soupira bruyamment.

— Que fais-tu là, Joshua ?

— Il faut que je te parle. Et pas ici sur ton palier.

— Je…

Son regard trahissait son indécision. Elle mordilla sa jolie lèvre inférieure et finit enfin par acquiescer.

Elle recula pour le laisser entrer.

— Entendu, mais juste une minute, pas plus. J'ai du boulot. Je te sers quelque chose ? J'allais me préparer un café. J'ai aussi du vin ou de l'eau si tu veux.

Elle le lui proposait à contrecœur. Un demi-sourire désabusé barra le visage de Joshua. Ses bonnes manières, plus que son envie de passer un moment en sa compagnie en lui offrant un bon verre, l'incitaient à se montrer accueillante.

Il accepta, simple retour de politesse.

— Un café, ce sera très bien.Il profita de cet instant pour étudier l'intérieur de son appartement.

Le salon n'était pas grand mais, le canapé douillet, la table basse en bois et les arches que dessinaient les fenêtres en faisaient une pièce très agréable et certainement pas confinée.

Un lieu de vie.

Cet appartement était habité, contrairement au sien. Ce n'était pas qu'une alternative au canapé du bureau.

— Tu travailles sur quoi ?

Il posa la question pour se rappeler qui elle était. Ce qu'elle faisait. De quoi elle était capable.

— La suite de mon article sur Black Crescent, après ma visite dans vos locaux. Je dois le rendre avant la fin de la semaine.

Bingo. Si cela n'était pas une bonne piqûre de rappel ! Son sang se glaça dans ses veines.

— Quoi ?

Sophie appuya sa hanche contre le comptoir de sa cuisine et croisa les bras.

— Tu n'es plus partant ? C'est toi qui m'as invitée chez Black Crescent, tu te souviens ? Cette fois je n'ai pas eu à forcer le passage.

Elle acheva sa phrase sur une note espiègle.

— Je n'ai aucun mal à me rappeler. Je me souviens… de tout.

Oui, il était probablement un goujat, mais il jubila quand sa phrase ambiguë fit monter le feu aux joues de son interlocutrice.

Cela lui était bien égal d'en être un, surtout quand il

devina dans les yeux de Sophie une étincelle d'excitation purement sexuelle.

Elle ne tarda pas à dissiper la tension naissante en revenant à son café et aux tasses qui attendaient sur le plan de travail.

— Lait ? Sucre ?

— Ni l'un ni l'autre.

Quelques secondes plus tard, elle lui tendit un mug barré de la phrase « Tu ne devrais pas être en train d'écrire, toi ? » et orné d'un Thor torse nu, marteau à la main.

Il aurait pu croire au hasard d'une tasse saisie dans le placard sans plus de réflexion si elle n'avait eu ce petit sourire au coin des lèvres.

— Mignon.

— C'est l'un de mes mugs préférés. Tu as de la chance, je te le prête, commenta-t-elle en passant devant lui avec une démarche féline, tasse entièrement noire à la main.

Son ordinateur était posé sur la table basse, ouvert.

— Je sais que mon café est réputé dans toute la ville, mais qu'est-ce qui t'amène ici, Joshua ?

— Des photos de nous deux, le soir du gala au Guggenheim. Je ne savais pas si tu étais au courant. Dans le doute, j'ai préféré te prévenir pour que tu puisses prendre les devants. Ton nom ne figure pas dans l'article, mais on y parle d'une soi-disant relation entre nous.

Elle pouffa de rire.

— Mais oui, j'ai vu ça. Althea m'a convoquée dans son bureau pour demander s'il se passait quelque chose entre nous. Elle craignait un conflit d'intérêts. La journaliste qui signe un papier sur Black Crescent alors qu'elle a une relation avec le PDG de la boîte, tu vois ?

— Tu lui as dit quoi ?

— J'ai nié, bien sûr.

— Tu as menti, donc.

— Pas franchement. Il n'y a rien entre nous. Samedi, c'était juste pour une nuit. C'est exactement ce qu'on s'est dit, une seule nuit. Rien de plus.

— Et s'il me prenait l'envie de me remettre à la table des négociations pour réviser cet accord ?

— Joshua…

Elle secoua la tête et baissa les yeux au sol. Elle mordilla de nouveau sa lèvre inférieure.

— Je ne pense pas que…

— Regarde-moi et dis-moi que tu ne sens pas déjà mes mains sur toi.

Il glissa un index replié sous le menton de Sophie et fit basculer sa tête en arrière.

— Dis-le-moi et je m'en irai.

— C'est si facile que ça pour toi de faire semblant ?

— Semblant de quoi ?

— De ça.

Dégageant son visage, elle balaya l'espace entre eux dans un geste de va-et-vient.

— Tu ne me fais pas confiance, Joshua.

— Non, en effet.

L'expression peinée sur son visage fut de courte durée et céda bientôt le terrain à un masque froid qui semblait ne pas lui appartenir, à l'image d'un vêtement trop grand ou mal taillé.

— Alors pourquoi insistes-tu pour te rapprocher d'une personne qui serait, d'après tes dires, prête à vendre son âme au diable pour un bon article ? Hein ?

Elle réprima un rire désabusé où l'on sentait poindre un début de rage.

— Une relation et une partie de jambes en l'air sont deux choses bien différentes, si tu m'autorises à le souligner. Et si c'est la première que tu attends de moi, alors en effet autant arrêter tout de suite. Les histoires qui durent ce n'est pas du tout mon truc. Je ne suis pas celui qui peut t'offrir une maison avec une jolie famille et son labrador. En revanche, pour te faire jouir et t'offrir ce que ton corps désire, je suis là.

Le simple fait de prononcer ces mots l'excita au point de lui couper la respiration. Il s'efforça de terminer :

— Et dans tout ça, on se fiche bien de la confiance que je t'accorde ou pas.

— Très bien, mais j'ai mes conditions. Je n'ai pas ta confiance, soit. Mais je veux ta fidélité. Pendant toute la durée de notre… petit arrangement, je suis la seule avec qui tu couches. Et c'est non négociable.

Il grogna.

— Cela va de soi. Et la même chose s'applique pour toi : je suis le seul homme à entrer en toi.

— Cela va de soi, lança-t-elle à son tour. Et si l'un de nous deux veut se retirer du jeu, fin de la partie, point barre.

Il hocha la tête. Elle n'avait pas fini :

— Une dernière chose. Tout ça reste entre nous. Personne d'autre ne doit être au courant. Mon poste est en jeu. Écorner ma fierté dans cette histoire, passe encore. Mais je refuse de mettre ma carrière en péril. On est d'accord ?

Il regarda dans le vide, sentant monter en lui de la colère et un désir sauvage, à l'état brut.

Sa fierté ? Coucher avec lui écornait sa fierté ? Il allait lui faire changer d'avis…

Il lui saisit le poignet et porta cette petite main délicate à sa bouche. Il lécha le creux de sa paume, dessinant des courbes prometteuses sur sa chair tendre. Son petit cri de surprise ricocha sur leurs corps tendus.

Elle tenta de replier ses doigts mais il l'en empêcha avec son autre main, tenant la sienne grande ouverte, entièrement offerte à lui.

Il aventura sa langue entre ses doigts, les caressant de sa pointe humide, puis enfonça ses dents dans la partie charnue de sa main.

Un violent frisson parcourut le corps de Sophie et fut suivi par un gémissement sourd qui le mit immédiatement au garde-à-vous.

— Joshua…

— Josh, corrigea-t-il d'une voix sèche que le désir rendait presque brutale.

— Dis-le.

De son doigt, il suivit la ligne élégante de sa gorge, dessina un collier imaginaire à la base de son cou.

— Josh…

Ce murmure, cette capitulation sans condition furent comme une caresse sur son membre déjà dur. Et un souffle chaud sur son cœur.

Elle avança jusqu'à ce que leurs cuisses se frottent, jusqu'à ce que ses seins heurtent son torse solide.

Il lutta pour ne pas céder à l'urgence de l'allonger sur le sol et de s'emparer d'elle.

Elle se hissa sur la pointe des pieds et lui offrit sa bouche entrouverte. Il y glissa sa langue, en prenant le temps d'honorer ses lèvres charnues et tentatrices.

— Josh, répéta-t-elle d'une voix plus suave encore.

La réponse, la récompense vint aussitôt : il prit pleinement possession de sa bouche.

Il relâcha la main qu'il tenait encore et enveloppa son visage d'un geste délicat.

Il posa le pouce sur son menton pour ouvrir davantage encore sa bouche. Elle bascula la tête dans un geste de soumission voluptueuse.

Il soupira lascivement au bord de ses lèvres et joua de sa langue pour la titiller, l'inviter à le suivre. Elle n'avait pourtant pas besoin d'une incitation : elle allait à sa rencontre, dansait avec lui.

Elle le défiait, même, enfonçant ses ongles dans sa peau à travers le tissu de sa veste.

Elle enroula sa langue autour de celle de Joshua, avant de la prendre entièrement en bouche et de la sucer avec passion. L'aspiration envoya d'intenses décharges entre ses jambes, dans son sexe tendu où pulsait le désir.

Son avidité en fut décuplée, devenant sauvage, presque animale. Il plia les genoux, l'attrapa par les fesses et la souleva à sa hauteur.

Elle enroula ses jambes autour de sa taille, ses bras autour de son cou et posa son sexe sur son érection.

Nom de… Il serra fort les mâchoires pour garder le contrôle de son corps qui menaçait à tout instant de lui échapper.

Rien ne put cependant empêcher son coup de reins puis les suivants. Le pantalon de yoga qu'elle portait était si mince qu'il sentit bientôt qu'il pouvait commencer à se glisser en elle, entre ses lèvres chaudes et moites.

— Chambre ?

— Au bout du couloir. Dernière porte à droite.

Il la porta jusqu'à la porte, qu'il poussa d'une épaule, puis redéposa doucement Sophie au sol.

Il dessina de ses mains la courbe de ses hanches, de sa taille, de ses seins et prit enfin son visage entre ses mains.

Il lui inclina la tête et plongea son regard en elle.

Pris dans une course sensuelle qu'il semblait ne plus

pouvoir maîtriser, il se força à s'arrêter pour voir si la moindre trace d'hésitation, le moindre doute subsistait encore en elle.

— J'ai besoin de te l'entendre dire, Sophie.

Sa voix résonna dans le lourd silence de la chambre.

— Dis-moi que c'est ce que tu veux. Que je te touche. Que je vienne en toi.

Il attendit. Il attendrait jusqu'à la fin des temps.

Car une partie de lui – celle que le chagrin, la douleur et la trahison n'avaient pu anéantir – réclamait ces mots, comme un homme pris dans les flots et cherchant une bouffée d'air salvatrice.

— C'est exactement ce que je veux. J'ai envie de toi, dit-elle tout bas en traçant des sillons dans la chevelure blonde de Joshua.

Elle tira doucement pour l'amener à elle, jusqu'à ce que leurs lèvres s'effleurent.

— Je veux que tu me touches. Je te veux en moi, si fort et si loin que je le sentirai encore demain. Tu veux bien faire ça pour moi, Josh ?

Il ne répondit pas. Du moins pas avec des paroles.

Mais avec sa bouche, sa langue, ses mains ? Dieu que oui.

Il enfonça ses doigts dans la courbe de ses hanches et la plaqua contre lui afin de la rassurer : il était dur et prêt pour elle.

Incapable de se retenir, il frotta son membre arrogant contre son ventre tandis qu'il dévorait sa bouche.

Elle s'abandonna sans aucune retenue, corps et cris, caresses et gémissements.

Jamais une femme ne s'était ainsi dévoilée devant lui. Décomplexée et fragile.

Jamais il ne s'était ainsi dévoilé devant une femme.

Face à Sophie, il lui était impossible de conserver son bouclier protecteur, de maintenir son armure en place.

Pas ici, pas maintenant.

Leur jeu sexuel était celui de la vérité. Bas les masques.

Mis à nu, corps et âme.

Nu.

Le mot eut à peine résonné en lui que son empressement se fit plus entêtant, litanie infinie chantant au creux de ses reins.

Il se dégagea de leur étreinte, de leur baiser et, d'un geste ferme, lui ôta son T-shirt.

Oh.

— Tout ce temps dans la cuisine tu me parlais comme si de rien n'était alors que tu ne portais pas de soutien-gorge ?

Il grogna en saisissant ses seins ronds et en flattant les pointes roses de ses pouces vengeurs.

Elles durcirent et se dressèrent un peu plus encore sous l'effet de ses caresses. Le Seigneur en personne n'aurait pu refréner son désir de plonger pour goûter à ces deux merveilles.

Et lorsqu'elle gémit en agrippant ses cheveux, il savoura ce cadeau charnel, prit sa belle poitrine en bouche et tourmenta les boutons roses de sa langue.

Il s'en écarta bientôt et frotta ses lèvres sur la peau rosie de Sophie.

— Si j'avais su que tu ne portais rien sous ce haut, tu te serais retrouvée plaquée contre le mur avec ma bouche sur toi en un rien de temps.

Il mordilla sa chair tendre, provoquant des petits cris de plaisir.

Il avait pour mission d'en susciter d'autres encore, de

faire trembler et danser ce corps gracile. Pour mission et pour plaisir.

Il s'occupa d'un sein puis de l'autre tandis que Sophie s'attela à lui retirer sa veste, la faisant glisser sur ses épaules puis ses bras avant de la jeter au sol. Ce fut ensuite au tour de sa chemise.

Elle griffa son dos mis à nu, en fit un brasier sur lequel naquirent des frissons indomptables.

Dans un bruit sec, il libéra ses seins de l'étreinte de ses lèvres, allongea Sophie sur le lit et avança jusqu'à plaquer ses cuisses fines et musclées contre le matelas.

Au dernier instant, elle se dégagea et, avec toute sa belle énergie, le retourna. Ils changèrent ainsi de position.

Appuyant sa paume brûlante contre son torse, Sophie annonça :

— C'est à mon tour.

Son regard était si lumineux qu'il passa un doigt juste en dessous de sa paupière et se hissa pour poser ses lèvres au même endroit.

— Si tu comptes me faire flancher, c'est raté.

Elle le repoussa.

Il s'effondra sur le lit, bras allongés le long du corps.

Sans une hésitation, elle s'agenouilla face à lui. Il ouvrit les cuisses pour la laisser approcher.

L'air lui brûlait les poumons. Son corps se figea, cloué sur place par l'excitation, l'ardeur et l'anticipation.

Il ne pouvait qu'admirer la beauté, la sensualité de cette femme qui s'attaquait à présent à sa ceinture en cuir.

Le bruit métallique de sa braguette emplit tout l'espace. Elle écarta le tissu et exposa son boxer noir. Tous deux observèrent la bosse presque obscène que formait son érection, épaisse, longue.

Pensait-elle à la même chose que lui ?

Combien son membre entrait à merveille dans son sexe étroit et parfaitement dessiné ? La façon dont il avait dû s'insérer, centimètre par centimètre, jusqu'à ce que son accueil soit moelleux, l'étranglant en même temps qu'elle l'acceptait en elle.

Car lui, oh que oui, s'en souvenait. Les sensations étaient si vivaces qu'elles lui faisaient mal.

Elle tira sur l'élastique noir. Sa paralysie disparut aussitôt : il mit sa main sur celle de Sophie et serra.

— Tu n'es pas obligée, ma belle, admit-il dans un souffle rauque, lui offrant la possibilité d'arrêter alors même que d'imaginer sa langue le long de son sexe le faisait presque exploser.

— Je sais que je ne suis pas obligée, répondit-elle en levant les yeux vers lui. Mais j'en ai envie.

Et elle l'agrippa de ses dix doigts. L'enjôla, l'amadoua.

Le plaisir monta en lui, presque insoutenable. Il bascula la tête en arrière et enfonça la paume de ses mains dans le matelas pour mieux tenir le choc.

Rien, *bordel*, rien n'avait jamais été aussi bon que les mains de cette femme sur sa…

Oh !

Jusqu'à maintenant. Une chaleur brûlante et humide, suivie de délicats coups de langue : il leva la tête, répondant au besoin impérieux de voir Sophie la bouche pleine de lui.

Il banda ses muscles pour lutter contre la boule de feu logée au fond de lui et prête à exploser. Il allait jouir.

Dans sa gorge, par la simple caresse de sa langue.

Il ferma les yeux mais les rouvrit aussitôt, incapable de ne pas regarder. Fixer cette scène d'une incroyable sensualité, l'imprimer pour toujours dans son cerveau.

Paupières baissées, rose aux joues, pommettes saillantes,

elle émettait des gémissements affamés à mesure qu'elle le prenait en bouche, toujours plus loin, le flattant sans relâche de sa langue et de ses lèvres.

L'aspirant plus profondément encore.

Le poing refermé autour de la base de son membre imposant, elle le faisait glisser de haut en bas, de bas en haut, en cadence, venant heurter ses lèvres humides avec ses doigts besogneux.

Elle dansait au-dessus de lui, le torturait, l'aimait, faisait de lui son esclave.

Car en cet instant il était prêt à tout pour elle. Prêt à tout pour qu'elle n'arrête jamais.

— Sophie…

D'une voix rauque, il poursuivit :

— Tu veux me faire ployer avec ta bouche de petite gourmande. Et je vais te laisser faire. Je vais te laisser faire de moi ton naufragé.

Ses mots semblèrent la galvaniser, nourrir son embrasement.

Il glissa ses mains dans les cheveux de Sophie, les emmêlant, tirant dessus non pas pour la contrôler, mais pour suivre l'ondulation de ses mouvements.

Elle le prit tout entier en bouche, gorge détendue, jusqu'à ce qu'il vienne en heurter le fond.

Elle le laissa se glisser dans ce passage étroit, aspirant l'air autour de lui.

Elle déclencha ainsi les plus violents des frissons, des râles venus du fond de son âme.

Lorsque le bas de ses reins se transforma en fournaise, annonçant les cimes du plaisir jusque dans ses pieds, il s'abandonna à cette débâcle délicieuse.

Il lui donna tout. Elle prit tout.

Cherchant à retrouver son souffle et sa vision, il s'agrippa encore un peu à Sophie. Il finit par relâcher son étreinte, avalant une bouffée d'air libératrice.

Cet orgasme l'avait laissé pantelant, mais pas pour longtemps.

Il sentit le désir couler en lui, source inépuisable et bien vivante.

Il posa les mains sur Sophie, acheva de la déshabiller et l'allongea sur le lit.

Installé au-dessus d'elle, il lui prit la bouche dans un geste vorace. Elle avait goût de lui, de sa plus secrète intimité. Son désir n'en fut que décuplé.

Dans un grognement sourd, il lui mordit la lèvre inférieure puis descendit pour en faire de même sur son menton et le long de sa gorge.

Après ces morsures érotiques, il but à ses seins, lécha, pinça jusqu'à sentir ce corps délicat entrer dans une transe de plaisir. Dieu qu'il aimait ces gémissements de chaton.

Il les savourait un à un pour mieux s'en souvenir plus tard, lorsqu'il serait seul dans son lit.

Il secoua la tête pour faire disparaître ces pensées et le spectre de la solitude qui rôdait.

Ses lèvres voyagèrent un instant de plus sur ses seins avant de poursuivre leur descente initiatique vers son nombril, qu'il encercla de sa langue.

Il atteignit bientôt ce qu'il était venu chercher.

Il inspira pour s'envelopper de son odeur, bouquet sucré, aigre et musqué. La veille, il avait été réveillé en pleine nuit par le souvenir tourmenté de ce parfum envoûtant.

Incapable de résister, il plongea la tête vers le sexe de Sophie.

D'une main, qu'il posa à plat sur le bas de son ventre, il la maintint fermement. De l'autre, il caressa l'intérieur de sa cuisse. Il avait ainsi un accès de choix à cette chair tendre, à ce sexe humide auquel il était avide de goûter encore et encore.

Le cri qu'elle ne put retenir au moment où il y glissa sa langue fut une douce chanson à son oreille.

Il trouva son chemin dans les voilages soyeux de son intimité et s'empressa d'honorer le bourgeon qu'il sentit bientôt sous sa langue.

Il se délectait encore et encore de ce festin sensuel et addictif qu'elle lui offrait.

Sophie serra la tête de Joshua et ses mèches blondes entre ses cuisses, enfonça ses ongles dans ses cheveux. Il ne s'arrêta pas. Pas avant de l'avoir entraînée dans les brumes languissantes du plaisir, où elle se perdit avec délectation.

La laissant un instant en proie aux répliques sismiques de son orgasme, il se leva et ôta entièrement ses vêtements.

Il prit un préservatif dans son portefeuille, jeta son pantalon au sol et grimpa sur le lit, au-dessus d'elle.

Il recouvrit sans tarder son érection renouvelée, plus dure que jamais.

D'un mouvement assuré, il installa Sophie au-dessus de lui, son membre gonflé dardant entre eux, caressé, il l'aurait juré, par le souffle chaud et saccadé de sa partenaire.

Empoignant son érection, il la lui offrit.

— Viens sur moi, toi. Approche. Prends moi.

Elle arrima son regard au sien et, sans cesser de le fixer, s'éleva légèrement avant de redescendre sur lui. Autour de lui.

Il fut le premier à rompre leur contact visuel. Il ferma les yeux et réprima un geignement tandis qu'elle le prenait progressivement en elle.

Il posa ses deux mains sur ses hanches, la stabilisant d'un geste ferme et protecteur. Elle se laissa tomber en avant, les paumes appuyées sur ses pectoraux.

Buste penché, elle opéra un petit mouvement de va-et-vient tout en retenue jusqu'à ce que, enfin, elle fût assise sur lui, qu'il fût entré tout entier en elle.

À ce contact, il dut une fois de plus retenir la montée de son orgasme.

— Sophie, lança-t-il dans un grognement sourd en essayant de s'inviter un peu plus en elle d'un coup de reins.

Mais il était profondément, pleinement ancré déjà.

— Tu es si serrée, si humide, si chaude. Je ne croyais…

Il se tut avant de trop se dévoiler. Il ne croyait pas possible qu'il puisse ainsi trouver sa place au creux d'une femme.

Et se perdre en elle tout autant.

— Tout va bien pour toi ?

Il avait donné un nouveau coup de reins, poussé par son instinct et son désir inaltéré.

— Oui, murmura-t-elle en se penchant pour déposer un baiser sur ses lèvres. Oh que oui.

— Alors monte-moi, ordonna-t-il.

Elle souleva les hanches de manière à ne garder en elle que l'extrémité tendue de son sexe, resta ainsi un court instant avant de redescendre pour le faire glisser en elle. Quelques instants auparavant, rien ne lui avait paru plus délicieux que la bouche de Sophie sur lui.

Il avait eu tort.

La voir ainsi danser au-dessus de lui, *autour* de lui, visage dévoré par la volupté… Sentir son membre chevauché par elle. Rien ne pouvait égaler ça.

Il se redressa et glissa sa main dans les cheveux de

Sophie, l'embrassa, avalant chacun de ses soupirs, de ses cris de plaisir.

Elle passa les bras autour de ses épaules et imprima sa fougue sur lui, ondulant des hanches dans une danse rythmée par un instinct charnel.

Elle arracha sa bouche de celle de Joshua, bascula la tête en arrière et laissa ses cheveux caresser son dos tandis qu'elle partit à la conquête de son plaisir.

Celui-là même qui menaçait de s'emparer de lui aussi d'un instant à l'autre.

Pas sans elle. Il l'attendrait.

Il glissa une main entre leurs deux corps et aventura ses doigts sur sa peau frémissante jusqu'à atteindre son clitoris enflé.

Il le caressa une, deux, trois fois puis exerça une pression plus forte.

Un spasme étreignit son membre comme pris dans un fourreau chaud et tendu. Cet étau féminin était prêt à extraire et recueillir son nectar.

Il la saisit par les hanches et la souleva pour mieux entrer en elle encore, avant que la secousse de l'extase ne la terrasse comme une feuille au cœur d'une tornade lascive.

Lorsque ses cris devinrent de faibles gémissements, il s'autorisa enfin à s'évanouir à son tour dans l'abysse sombre et dévastateur de la jouissance

Il s'échoua, naufragé volontaire que vinrent encercler deux bras comme une délicate bouée.

À laquelle il s'accrocha.

- 11 -

Sophie posa sa tête sur le torse de Joshua, bercée par les pulsations régulières de son cœur.

Il fallait qu'elle se lève. Qu'elle lui demande de partir puisque leur petite parenthèse était terminée et qu'elle avait repris ses esprits.

Mais son corps entier était en proie à une douce langueur, née de l'intensité du plaisir. Lové contre Joshua, il refusait d'obéir.

Ce dernier s'était levé pour jeter le préservatif et avait rapporté une serviette humide et chaude pour la laver. Il s'était si bien occupé d'elle.

Il aurait été grossier de le jeter dehors après une telle marque d'attention.C'était la première fois qu'elle faisait une fellation à quelqu'un.

L'avait-il deviné ?

Aucun autre avant lui n'avait fait naître en elle ce besoin d'intimité, de vulnérabilité partagée. De tout donner : sa bouche, sa gorge… son lâcher-prise.

Joshua n'était pas n'importe quel homme.

Sans qu'elle puisse l'expliquer, il s'était frayé un chemin sous l'armure qu'elle portait, pourtant résistante, et l'avait touchée à bien des égards.

Il s'était invité dans son cœur.

Il l'avait cependant prévenue : il ne voulait pas d'une relation.

— C'est le deuxième soupir que j'entends. À quoi penses-tu ?

À mes sentiments grandissants pour toi alors que je sais pertinemment que je vais m'y casser les dents... et le cœur.

— Eh bien pour tout te dire je pensais à toi.

Ce qui n'était pas exactement un mensonge.

— Et tu te disais quoi ?

— En travaillant sur la suite de mon article, je n'ai pas pu m'empêcher de repenser à tout ce que tu fais pour tes employés et pour les autres au sens large. Je suis admirative et si je pouvais le partager en gros caractères dans le journal, je le ferais sans hésiter une seconde. Tu te soucies vraiment des gens, de leur bien-être et de leur réussite.

— Je ne le fais pas pour être applaudi ou valorisé, Sophie. Tout ça m'importe peu.

— Peut-être pas aux yeux du grand public, mais à titre personnel j'imagine que ça compte pour toi.

Il se raidit et répondit d'un ton sec.

— D'où sors-tu cette histoire ?

Sophie poursuivit avec la plus grande douceur :

— Tu vis dans l'ombre toxique de ton père depuis toutes ces années. Quand est-ce que tu respires un peu ? Tu as le droit de vivre dans la lumière, de profiter de la vie.

— Ça c'est dans les contes de fées. Il n'y a pas d'échappatoire pour moi. Pas tant que je porterai le nom de Lowell.

Sophie se leva et s'absenta quelques instants. Lorsqu'elle revint, elle tenait dans ses bras un grand classeur noir.

— Regarde...

Il posa sur elle son regard inflexible et pénétrant. Il cherchait des réponses sur son visage.

Tout en elle lui criait de se protéger de ce regard bien trop perspicace, pourtant elle l'accueillit et le soutint.

— C'est quoi ?

— Eh bien regarde par toi-même. S'il te plaît.

Après un instant qui s'étira encore et encore, il hocha la tête et accepta ce qu'elle lui tendait.

Elle sentait son cœur cogner contre sa poitrine, prêt à s'envoler, se débattant comme un animal sauvage pris au piège. Elle n'entendait plus que ses pulsations qui résonnaient dans ses oreilles et la rendaient sourde au reste du monde.

D'un geste lent, il ouvrit le classeur. Et se figea.

Dix longues minutes s'écoulèrent durant lesquelles il passa en revue ce qui avait été son passé et promettait à l'époque d'être son futur. Il finit par lever les yeux et, d'une voix légèrement éraillée, demanda :

— Pourquoi ?

Sophie ne fit pas semblant de mal comprendre la question.

— Au cours de mes recherches sur toi et ta famille pour mon premier papier, je suis tombée sur plusieurs articles qui brossaient ton portrait d'artiste. Il faut croire que c'est ensuite devenu un peu comme une obsession pour moi. Je suis partie en quête de toutes les images que je pouvais trouver portant sur ton travail. Je me suis évertuée à essayer de réconcilier les deux personnes en toi.

— Cet homme n'existe plus, annonça-t-il comme pour lui opposer une fin de non-recevoir. Tu cours après un fantôme. Cet artiste comme tu dis a été enterré il y a quinze ans.

— Je suis convaincue du contraire.

Le regard de Joshua vira au noir mais elle n'en fut nullement intimidée.

— Tu as certainement essayé de l'enterrer. Mais tout cela émane encore de toi, par exemple quand tu aides d'autres jeunes artistes à poursuivre leur rêve. Quand tu leur apportes ton soutien, ton temps, ton argent. Si cet homme était vraiment mort, il ne tendrait pas la main à d'autres. Cette passion que tu as et qui te pousse à faire découvrir le monde à ceux qui sont autour de toi, mais aussi à ceux que tu ne connais pas, ne prend peut-être plus forme à travers des toiles ou des installations, mais elle s'illustre encore dans tes actions.

Elle marqua une pause et inspira profondément.

— Je ne t'en ai pas encore parlé, mais Christopher Harrison, qui siège au conseil d'administration de l'association de jeunes talents que tu soutiens, m'a approchée lors de la soirée de gala. Il voulait me parler de toi. C'est d'ailleurs pour ça qu'il m'a placée à sa table.

Elle hésita, avant de poursuivre :

— Il a lu mon article, il y a vu les photos de tes œuvres. Il veut te proposer ta propre exposition à Manhattan, au Guggenheim, l'année prochaine. À la fois pour recueillir des fonds à destination de l'association, mais aussi pour voir renaître l'artiste que tu étais. Que tu es.

L'espace d'un instant – bref et angoissant – une lumière s'alluma dans les yeux de Joshua. Une lueur d'espoir ou de joie. Mais elle disparut dans la seconde, remplacée dans ce regard aux reflets caramel par son éternel masque impassible et froid.

Une profonde déception noua le ventre de Sophie, lui serra le cœur.

Il détourna bientôt le regard et fixa le mur opposé, comme s'il détenait de précieuses réponses.

— Ce n'est pas envisageable… Et quoi qu'il en soit je ne suis pas intéressé.

D'une voix basse, il ajouta :

— Tu n'as aucune idée de ce que ça fait de vivre sous le regard des autres. Tu ne mesures pas le poids que ça représente. On m'attend au tournant, Sophie. Le moindre faux pas et on dira que je suis exactement comme mon père.

Elle se pencha et effleura ses lèvres puis s'approcha un peu plus encore et couvrit sa bouche de la sienne. Il y avait encore de la vie en lui.

Il lui répondit par un râle rauque qui vit vibrer leurs deux corps à l'unisson.

Quand il se retourna pour mieux lui faire face, le classeur glissa et tomba au sol.

Joshua attira Sophie à lui, prit le contrôle de leur baiser et trouva son chemin entre ses cuisses, en elle.Tandis que sa passion brûlante les consumait tous les deux, elle laissa les sanglots monter silencieusement en elle.

Ces pleurs muets étaient pour lui. Et pour elle.

- 12 -

La voix de Haley résonna de l'autre côté de la cloison :

— Je vais y aller, Joshua. Vous avez besoin de quelque chose ?

Il leva les yeux de son ordinateur.

— Non c'est bon, merci.

Elle passa la tête dans l'entrebâillement de la porte et lui fit un petit signe de la main. Elle fronça alors les sourcils et se figea.

— Vous êtes sûr que tout va bien ?

Il recula dans son fauteuil, l'air importuné.

Si on laissait de côté cette journée harassante et tous les rendez-vous qu'il avait dû honorer, tout allait bien.

Il prévoyait de retrouver Sophie à son appartement un peu plus tard dans la soirée : les choses allaient même très bien. Mais il garda cette information pour lui.

À quel moment Sophie avait-elle pris une telle importance dans sa vie ?

La réponse ne tarda pas à s'imposer à lui, brutale et évidente : dès l'instant où elle avait mis les pieds dans son bureau sans même y être invitée, si belle et si déterminée.

Depuis la sortie de l'article, ses révélations sur la possible existence d'un enfant de lui, sa passion chaude et dévorante, sa bienveillance…

Elle avait transformé sa vie.

Elle l'avait transformé lui.

Une peur qui ne disait pas complètement son nom s'était nichée au creux de son ventre, distillée dans tout son être. Il tentait vainement de la faire disparaître.

Elle s'était insinuée en lui au début de la semaine, après le choc du classeur qui contenait, page après page, son travail d'artiste.

Son corps, l'abandon de Sophie dans le plaisir avaient presque eu définitivement raison de lui.

Il ne s'était pas senti si heureux depuis des années. Quinze exactement.

Il lui fallait pourtant rester dans l'ici et maintenant, savourer ce moment tant qu'il durait.

Avant que tout s'arrête.

Un petit son annonça l'arrivée d'un nouvel e-mail, confirmé par la notification en bas de son écran.

Joshua scruta l'écran d'un air inquiet. Il hésita à cliquer.

Mais qu'est-ce qui lui arrivait ? Ce message pouvait venir de n'importe qui. Certains de ses clients et de ses collaborateurs faisaient régulièrement des heures supplémentaires.

C'était certainement l'un d'eux.

Sa mâchoire se contracta involontairement au moment où il cliqua sur la notification.

« Anonyme. »

Le même nom d'expéditeur que pour l'e-mail qu'il avait reçu la veille.

Félicitations, papa ! Ta fille a hâte de faire ta connaissance…

Il avait tout d'abord cru à une mauvaise blague.

Personne ne l'avait contacté au sujet de cette enfant.

Sophie n'avait, de son côté, aucune piste plus concrète pour le moment.

Il en était venu à la conclusion que toute cette histoire de test ADN était une erreur. Ou un faux destiné à le déstabiliser ou à faire grand bruit dans la presse.

Ne le saurait-il pas, ne le *sentirait*—il pas s'il avait un enfant quelque part ?

L'e-mail l'avait bouleversé mais il s'était efforcé de l'oublier. Et il n'en avait pas parlé à Sophie.

Et voici qu'il en recevait un autre, provenant de la même personne, de la même adresse anonyme. Ses pensées se troublèrent, il se sentit soudainement oppressé.

Le souffle coupé, il appuya sur le bouton de sa souris, qui grinça en s'actionnant.

Il ne voulait pas ouvrir ce message. Alors il le fit.

Pourquoi nier l'évidence quand elle est si criante ? J'ai dépensé une belle petite somme pour m'assurer que tu en aurais la preuve.

Sa vision se brouilla et le message ne fut plus qu'un enchevêtrement de mots.

Puis leur sens lui apparut clairement, les phrases se détachèrent de l'écran et lui sautèrent au visage, l'aveuglant presque.

Il détourna le regard et repoussa son fauteuil. Il se passa la main dans les cheveux en arpentant son bureau dans un sens puis dans l'autre.

Il ne parvenait pas à effacer l'image, à gommer ces mots qui revenaient sans cesse à la charge :

J'ai dépensé une belle petite somme pour m'assurer que tu en aurais la preuve.

Une seule personne lui avait parlé de cet enfant illégitime.

Une seule personne lui avait soumis les soi-disant preuves.

Sophie.

La fureur monta en lui, son animosité soudaine chargea l'air d'une électricité violente. Dangereuse.

Comment avait-il pu être si naïf ? Si aveugle ?

Sophie sortit de l'ascenseur. La soirée s'annonçait parfaite. Elle s'autorisa une petite danse de joie intérieure et sourit.

Joshua serait surpris de la trouver là : ils avaient convenu de se retrouver plus tard à son appartement. Mais elle ne tenait plus.

Elle avait achevé son nouvel article sur Black Crescent et voulait le lui faire lire en exclusivité avant de le soumettre à Althea en toute fin de semaine.

Mon Dieu, tout cela lui rappelait son histoire avec Laurence. Elle avait fait l'erreur de lui faire lire son travail avant publication.

Mais contrairement à son ex, Joshua n'allait pas en profiter pour le saboter ou lui demander d'en modifier certains passages pour servir ses propres objectifs et ambitions.

Déjà parce qu'il n'en avait pas. Et surtout parce qu'il n'était pas Laurence.

— Josh, appela-t-elle en poussant la porte de son bureau, de son antre. On avait dit qu'on se retrouvait chez…

Elle se tut, arrêtée dans son élan par le masque froid

et impassible qu'elle n'avait pas vu sur lui depuis une semaine.

— Que se passe-t-il ? Tu as reçu une mauvaise nouvelle ?

Elle se précipita vers lui, mais se figea lorsqu'il se leva et darda sur elle un regard perçant et glacial, sans ciller un seul instant.

Il se raidit, l'expression sur son visage se durcit un peu plus encore. Le ventre de Sophie se noua sous l'effet de la peur. Que lui arrivait-il, bon sang ?

Elle prononça son nom dans un murmure :

— Josh ?

— C'est Joshua, corrigea-t-il d'un ton lui aussi glacial.

— Mais que se passe-t-il ? Pourquoi…

Sans la quitter des yeux une seule seconde, il fit lentement pivoter son ordinateur vers elle.

Elle détacha son regard de ce visage tordu par la colère froide et le mépris pour consulter l'écran.

Des e-mails. Envoyés d'une adresse baptisée « Anonyme ».

Elle parcourut leur contenu et la danse de la joie qui s'ébattait en elle quelques instants plus tôt fit progressivement place à un sentiment d'horreur.

La nausée ne tarda pas à suivre.

Pas à cause de ce qu'affirmait l'expéditeur dans ses e-mails, non. Elle n'avait aucune idée de son identité ni de ce que signifiait cette histoire d'argent.

Elle n'avait absolument rien à voir avec cela.

Mais apparemment, à en juger par la violence et le mépris qu'elle lisait dans le regard de Joshua, lui était persuadé du contraire.

Son écœurement redoubla.

— Je ne sais pas d'où ça sort. Je n'ai touché aucune

somme d'argent, personne ne m'a payée pour te montrer ce test ADN. Mais tu ne me crois pas, hein ?

— Tu insinues quoi ? Que je devrais te croire ? Je me suis demandé pourquoi tu m'avais montré ce papier alors que tu ne voulais surtout pas dévoiler tes sources.

Un rire amer et glaçant sortit de sa gorge.

— J'ai ma réponse maintenant.

— Tu me crois vraiment capable de ça ? Accepter qu'on me graisse la patte pour te faire croire que tu es le père d'une petite fille ?

Elle aussi était en colère à présent. Son indignation était si violente qu'elle lui faisait oublier sa peine.

Pour le moment.

— Et pourquoi ? Pour quelle raison aurais-je fait une chose pareille, dis-moi ?

— Tu es journaliste, Sophie. Je n'en sais rien, moi. Un joli petit article à mettre en une du journal ? Ce n'est pas une bonne raison, ça ?

La bouche de Joshua se tordit en un détestable rictus.

— Que dirait ta chère rédactrice en chef si elle apprenait que sa collaboratrice prodige accepte les pots-de-vin et a recours à des méthodes peu louables pour récolter des infos ?

Sophie leva le menton et serra les poings.

— Je ne sais même pas pourquoi je suis surprise, en fait. C'est exactement ce que tu voulais. Tu n'attendais que ça. Cet e-mail tombe à pic.

— Et madame aurait-elle l'amabilité de m'expliquer à quoi elle fait allusion ?

L'homme qui lui posait cette question était-il vraiment le même que celui qu'il l'avait fait rire et ployer sous le plus indicible des plaisirs ?

Il semblait avoir été remplacé par le PDG au cœur

de pierre dont elle avait fait la connaissance quelques semaines plus tôt.

— Tu es tellement prévisible, Joshua, souffla-t-elle à voix basse en secouant la tête. Tu n'attendais que ça : que je dérape, que je fasse un pas de côté. Que je te déçoive. Que je t'abandonne. Comme tous les autres. Et le plus triste dans tout ça c'est qu'il n'y avait aucun risque que ça arrive. Je serais restée à tes côtés aussi longtemps que tu me l'aurais demandé. Et plus longtemps encore. Mais ça, tu n'y crois pas un seul instant.

Elle soupira.

— Tu es incapable de faire confiance, de penser que quelqu'un puisse vouloir ton bien avant tout. Qu'on puisse t'aimer au point de ne jamais te faire du mal ou t'abandonner.

D'une voix sèche, il tenta de l'interrompre.

— Sophie…

Elle ne lui offrit pas l'occasion de continuer et lui intima de se taire en levant une main.

— Non. Tu préfères te saboter, saborder ta vie et détruire ce que nous avions, ce que nous aurions pu avoir si tu m'avais laissée t'aimer et si tu t'étais autorisé à aimer. Mais non, tu préfères m'accuser d'une chose horrible. Tu sais quoi ? Tu es un lâche, Joshua Lowell.

Elle fit un pas en arrière, s'adressant à elle-même une promesse muette, celle de pouvoir s'effondrer lorsqu'elle serait seule dans sa voiture. Loin d'ici, loin de cet homme.

Mais pas maintenant.

Elle avança vers la porte, posa la main sur la poignée et, sans se retourner, lui adressa une dernière fois la parole :

— Je t'aime, Joshua. Tu m'as montré que c'était encore possible quand moi-même je n'y croyais plus. Et je n'ai aucun regret. Ce que je regrette en revanche, c'est que tu préfères t'accrocher au passé plutôt qu'à moi, à ce cœur que je t'ai ouvert en grand. Tu sais quoi ? J'ai pitié de toi.

Elle sortit et referma la porte derrière elle.

Sur lui… et sur ce qu'ils auraient pu vivre tous les deux.

- 13 -

— Eh ben ça alors, Joshua Lowell en train de se la coller, dans un bar, avec le petit peuple.

Joshua leva les yeux de son verre de whisky et tourna la tête vers le type assis sur le tabouret d'à côté. C'était un grand brun, fin mais tout en muscles et tension. Il dardait son regard bleu clair sur lui.

— Qu'est-ce qui nous vaut un tel honneur ?

Ignorant son voisin au désagréable rictus, Joshua but une nouvelle gorgée et fixa l'écran de télévision au-dessus de lui.

Le bar diffusait un match de basket dont il se fichait royalement.

Mais tout était préférable à l'impénétrable solitude de son appartement.

Là-bas, tout lui renvoyait l'image de Sophie. Son salon, le tapis devant la cheminée, sa cuisine. Son lit.

Quatre heures seulement s'étaient écoulées depuis qu'elle était sortie de son bureau.

Ses paroles avaient résonné entre ses quatre murs longtemps après son départ : « Je t'aime Joshua… Ce que je regrette, c'est que tu préfères t'accrocher au passé plutôt qu'à moi, à ce cœur que je t'ai ouvert en grand. Tu sais quoi ? J'ai pitié de toi. »

Elle l'aimait. Comment était-ce possible ? Il l'avait prévenue : les relations amoureuses, très peu pour lui.

Il ne croyait pas aux contes de fées. Elle l'avait traité de lâche, mais il avait ses raisons.

En premier lieu…

Merde.

Il se passa une main sur visage et puis avala une rasade de whisky.

Il en était réduit à regarder un match de basket ennuyeux, à se noyer dans le brouhaha d'un bar de seconde zone… Tout pour éviter de penser.

Mais il n'avait aucune envie d'être abordé par un parfait inconnu qui semblait vouloir en découdre, pensa-t-il au moment où son voisin, appelant le serveur par son prénom, commanda une nouvelle bière.

Avec une telle entrée en matière, Joshua avait vite compris que le type ne le portait pas dans son cœur.

Ça ne s'arrête jamais.

Il avait fait le trajet jusqu'à la ville voisine pour trouver un bar tranquille où boire en paix, pas pour se faire railler par un pauvre type un peu trop imbibé.

— J'ai lu que vous aviez un petit penchant pour l'alcool, mais j'avais du mal à le croire. Daryl, sers un coup à M. Lowell.

Il fit signe au serveur.

— On dirait qu'il en a bien b'soin.

Joshua s'adressa directement à l'homme derrière le bar :

— Non, je vous remercie, j'ai ce qu'il me faut.

— Quoi ? Mon argent n'est pas assez bien pour un Lowell ?

Son voisin aviné avait quelque chose de métallique, d'agressif dans la voix.

Il le défiait.

Pas de chance, Joshua n'était pas du tout d'humeur à

se bagarrer. Cela requérait trop d'efforts et il se sentait bien trop las pour les rassembler.

Il se tourna néanmoins pour contempler ce type.

— Je vous connais ?

Son visage lui disait vaguement quelque chose mais il ne le remettait pas.

— Car si ce n'est pas le cas, dites-moi une bonne fois pour toutes ce qui vous démange afin que je puisse finir mon verre au calme.

La bouche de l'inconnu se tordit en une grimace déplaisante.

— Pourquoi ne suis-je pas surpris que tu ne me reconnaisses pas ? Difficile depuis ta tour d'ivoire de distinguer un paysan d'un autre. Même ceux que tu as contribué à détuire.

Avant que Joshua ne puisse répondre, l'inconnu lui tendit la main.

— Zane Patterson. Si mon visage ne te dit rien, peut-être mon nom réveillera quelques souvenirs.

Patterson. Dans son œsophage, le whisky se transforma en bile.

Bien sûr qu'il connaissait ce nom. Ses parents avaient compté parmi les clients de son père.

— Ah, je vois que la mémoire te revient. On va dire que ça te rend un peu moins pire que ton père, qui s'est fait la malle sans se poser de questions.

— Vous avez raison. À mon sujet et à celui de mon père.

Zane leva un sourcil circonspect. S'attendait-il à ce que Joshua récuse toute accusation ? À ce que le fils défende l'image de son père ?

Il ricana silencieusement. Ce jour n'était pas venu et ne viendrait jamais. Encore moins si son père était quelque part au soleil, dans les bras d'une jeune femme à siroter un cocktail exotique.

— Qu'est-ce que tu fais ici, Lowell ?

Zane attrapa la bière que le serveur venait de poser sur le comptoir. Il leva le verre à ses lèvres tout en scrutant Joshua.

— On vient soigner ses bobos au whisky ?

— Écoutez, j'imagine très bien que vous ne puissiez pas supporter de voir ma tête. Mais j'essaie juste de boire mon verre tranquillement. Si vous pouviez me détester depuis l'autre extrémité du comptoir, ça m'arrangerait.

— Dieu tout-puissant vient de parler, marmonna Zane. Alors que tu ne vaux pas mieux que nous, mon vieux. T'es même pire. Moi au moins je n'abandonnerais jamais un enfant. Mais comme on dit, tel père tel fils.

Joshua faillit perdre l'équilibre.

— Qu'est-ce que vous venez de dire ?

Un sourire mauvais barra soudainement le visage de Zane.

— Tu m'as très bien entendu. Ne me dis pas que cette journaliste ne t'a pas montré le test ADN. J'ai spécifiquement choisi Sophie Armstrong pour partager cette bonne nouvelle avec toi.

Joshua, tout d'abord abasourdi, reprit rapidement ses esprits et la fureur monta en lui comme une marée dévastatrice.

— Vous avez payé Sophie pour vous assurer que je verrais bien ce papier ?

— Payé ? Pas le moins du monde. C'était gratos. Ne me remercie pas.

Zane sourit, mais son rictus ne parvint pas à ses yeux pareils à deux glaciers. Non, pas exactement. Ils n'étaient pas d'un bleu limpide. Quelque chose de sombre et d'insaisissable s'y baladait. De la douleur.

Si lui-même ne l'avait pas connue sur le bout des doigts, il n'aurait pu l'identifier dans les yeux de son interlocuteur.

— Quelqu'un m'a envoyé ce document par e-mail de façon anonyme.

Cet homme tâchait de conserver son air fier et sa posture de défiance, tenant absolument à masquer la détresse qui était la sienne.

— Je me suis juste contenté de faire suivre l'information. Le document parlait de lui-même, qu'est-ce que j'avais besoin de savoir d'où il venait, moi ? Enfin celui ou celle qui me l'a envoyé devait bien se douter que j'allais me faire un grand plaisir de partager l'info. Ton père et vous, les Lowell, m'avez tout pris. Ma vie, ma famille, tout.

Sa voix était lourde de colère. Il détourna le regard. Un muscle se tendit dans sa mâchoire tandis qu'il luttait contre ses émotions. Il se détestait certainement de se montrer ainsi devant son ennemi juré.

Après quelques secondes, il lui fit de nouveau face, une expression neutre sur le visage. Trop neutre.

— Je me suis réjoui de pouvoir être utile. Tout le monde te croit parfait, irréprochable, alors que tu as un gamin quelque part dont tu nies jusqu'à l'existence. J'ai hâte qu'on sache partout le type que tu es vraiment.

Mais non !

Il avait dérapé dans les grandes largeurs.

Hébété, Joshua pivota et posa ses coudes sur le bar. La souffrance de Zane lui griffait la peau, ses propos acerbes résonnaient dans ses oreilles. Il avait envoyé le test ADN à Sophie. Sans monnayer quoi que ce soit.

Sophie lui avait dit la vérité.

Personne ne l'avait payée pour lui montrer ce document. Elle n'avait pas menti.

Mais il le savait déjà, au moins un peu.

Au fond de lui, là où vivait encore ce jeune homme en colère, seul et terrifié, il avait su qu'elle était incapable de le trahir.

Elle avait raison sur toute la ligne : il était lâche.

Craignant qu'elle ne l'abandonne comme tous ceux qu'il aimait, il avait sauté sur la première occasion pour la faire sortir de sa vie.

Pour éviter qu'elle ne le fasse avant lui.

Il savait pertinemment qu'elle n'aurait jamais pu commettre ce geste malveillant dont il l'accusait.

Pas Sophie. Elle était trop douce, trop droite, trop forte pour ça. Elle avait dit le connaître mieux que quiconque. Il pouvait en dire de même.

La peur l'avait empêché d'admettre l'évidence dans son bureau. Mais pourquoi nier cette vérité ? Oui, il savait lire en elle.

Et il l'aimait.

Il l'aimait.

Elle avait su voir au-delà de son passé sombre, des crimes de son père, et l'avait accepté, avait cru en lui quand lui-même en était incapable.

Elle ne le croyait coupable de rien. Elle le considérait même comme un héros à certains égards.

Elle avait salué tout ce qu'il faisait pour les autres.

Et elle voyait l'artiste en lui. Sa passion, son rêve. Elle y avait cru pour deux.

L'heure était venue pour lui d'en faire autant.

De croire en lui.

De croire en eux.

Il posa son verre sur le comptoir, plongea la main dans la poche de sa veste et déposa une poignée de billets pour payer ses consommations et laisser un généreux pourboire au serveur.

Il se tourna ensuite vers Zane.

— Je suis désolé de tout le mal que mon père a fait à votre famille. C'était un homme rongé par la cupidité et l'égoïsme. Il n'avait aucune considération pour les autres et se fichait éperdument des conséquences de ses actes. Sachez que j'en ai fait les frais autant que vous. J'ai souffert, j'ai perdu ma famille moi aussi. Mais je refuse de m'excuser ou d'en porter la responsabilité. C'est fini tout ça. J'ai tout fait pour racheter ses péchés. Aujourd'hui je suis fatigué. J'arrête.

Sans attendre un instant de plus ou écouter ce que Zane Patterson allait lui dire, il fit volte-face et sortit du bar.

Pour la première fois depuis quinze ans, il se sentit… libre. – Mince !

Sophie luttait avec la lanière de son sac d'ordinateur, coincé dans la portière de la voiture.

Elle soupira bruyamment et laissa la sacoche tomber à terre. Elle se pencha vers la banquette arrière et attrapa le carton qui contenait ses effets personnels du bureau.

Les larmes lui montèrent aux yeux lorsqu'ils se posèrent sur la photo d'elle et sa mère lors de leur séjour en bord de mer en Caroline du Sud, sur son mug qui disait « Seules les femmes les plus solides sont amenées à prendre la plume », et sur les autres objets qui racontaient sa vie.

Elle avait attendu que tout le monde ou presque soit

parti avant de rassembler ses affaires dans le carton et de le descendre à sa voiture.

Elle voulait éviter les questions, notamment car elle n'avait pas encore prévenu sa cheffe qu'elle quittait son poste au *Falling Brook Chronicle*.

Elle avait pris cette décision seule et après mûre réflexion.

Pas parce qu'elle craignait que Joshua mette ses menaces à exécution et aille raconter à Althea ses histoires de pot-de-vin au sujet du test ADN.

Pas non plus parce qu'elle craignait d'être licenciée quand la rédactrice en chef découvrirait sa liaison sulfureuse avec lui.

Non, elle quittait le journal et Falling Brook pour elle.

Pour s'offrir un nouveau départ.

Sans le souvenir de Joshua ni celui de son propre manque de clairvoyance.

Elle allait peut-être retourner à Chicago ou dans une toute nouvelle ville, Seattle par exemple, qu'elle avait découvert lors d'un voyage d'études et dont elle avait adoré l'énergie et le souffle créateur.

— Sophie.

Non. C'était impossible.

Son cerveau buté et particulièrement doué avait invoqué sa voix. Elle ferma les yeux et serra fort les paupières pour la chasser.

C'était bien la dernière chose dont elle avait besoin : l'imaginer quand elle cherchait précisément à s'en débarrasser.

— Sophie, s'il te plaît, je peux te parler ? Une minute, pas plus.

OK, donc ce n'était pas un rêve. Car aussi doué que

fût son cerveau, il ne pouvait pas un instant imaginer Joshua Lowell disant « s'il te plaît ».

Elle déposa soigneusement le carton sur le siège arrière, se redressa et se retourna.

Elle aurait bien aimé avoir eu le temps de se retourner métaphoriquement aussi, pour se montrer sous un meilleur jour après leur échange de la veille.

Bon sang tout cela était d'une injustice crasse.

Il avait dévasté son cœur : ça vous brisait un homme un minimum, non ?

Non. Pas un cerne, pas une ride nouvellement apparue. Des cheveux gris au moins ? Allez, des cornes ?

Pas plus.

Il était plus beau que jamais.

Qu'il soit maudit.

— Que fais-tu là, Joshua ?

Il fit un geste du menton en direction de la banquette arrière de sa voiture :

— C'est quoi ce carton ?

Il la dévisagea.

— Tu prévois de partir, Sophie ?

— Attends un peu, laisse-moi réfléchir. Ah ! Cela ne te regarde pas du tout.

Cela ne le regardait plus. Elle soupira, claqua la porte arrière de sa voiture et déposa son ordinateur sur le siège passager. Elle passerait prendre le reste de ses affaires plus tard.

— Je t'en prie, réponds-moi. Il se passe quoi ? Je suis venu pour te voir.

Elle haussa les épaules et passa devant lui pour entrer dans son immeuble.

— Eh bien voilà, tu m'as vue. Maintenant, si tu veux bien m'excuser…

Une main douce mais ferme la retint par le coude. Elle ferma les yeux un court instant, se félicitant intérieurement d'être dos à lui. Il ne verrait ainsi pas la douleur ternir son visage, ses traits s'effondrer sous l'effet de son contact.

Elle hésita entre lui intimer de ne plus jamais poser la main sur elle ou lui sauter au cou, le supplier de tout lui raconter… Et de l'aimer.

Oui, elle était pathétique.

Elle fit un pas de côté pour se dégager de son emprise. Puis un pas en arrière pour que son parfum ne vienne pas lui chatouiller les sens.

Elle redressa le menton dans un geste fier et se força à soutenir son regard.

Un regard qui n'avait plus rien d'impassible ou de froid.

Non, il était doux, tendre presque.

Elle serra les dents et tâcha de se souvenir des accusations qu'il avait portées contre elle. Il avait parlé de mensonge, de trahison.

Elle se rappela qu'il avait brisé son cœur en mille morceaux, dont certains étaient encore introuvables.

— Sophie, juste une minute. C'est tout ce que je te demande. Ensuite, si tu me le demandes, je partirai et tu ne me reverras plus jamais.

— Tu as très exactement trente secondes, rétorqua-t-elle.

C'était le temps qu'il lui avait alloué lorsqu'elle était entrée comme une furie dans son bureau.

Il sembla relever la référence : un petit sourire vint s'évanouir au coin de ses lèvres.

— Je prends.

Il se passa une main dans la nuque et avança avant de se figer sur place pour respecter la distance qu'elle avait installée entre eux.

— Sophie, je suis tellement désolé. Désolé de ne pas t'avoir crue. De t'avoir accusée d'être une journaliste corrompue. D'avoir imaginé des choses et de m'être positionné comme victime de toi, la méchante. De t'avoir regardée à travers le prisme de mon histoire passée plutôt que de te voir vraiment. Tu avais raison. J'avais tellement peur que tu t'éloignes que j'ai préféré te rejeter le premier, préféré être seul plutôt que de risquer une nouvelle blessure, une nouvelle trahison. Je t'ai infligé ce que je refusais de m'infliger à moi-même. Tu as payé pour mes peurs, mes manquements. Je ne me pardonnerai jamais de t'avoir vue partir en te laissant croire que je t'en voulais vraiment. Je ne sais pas comment te le dire autrement mais crois-moi, je suis vraiment, vraiment désolé.

Ses poumons brûlants réclamaient leur dose d'oxygène.

Ses excuses étaient venues se poser sur sa peau comme autant de caresses, s'étaient glissées en elle jusqu'à son cœur. L'avaient bercé, apaisé.

Mais elles arrivaient trop tard. Le mal était fait.

Elle ne pouvait revenir en arrière, effacer la douleur et l'humiliation. Le rejet de son amour.

Il l'avait rejetée elle, tout court.

— Joshua, il y a quelques années, j'ai rencontré un homme. Je suis tombée amoureuse de lui. Je ne le savais pas à l'époque, mais il cherchait simplement à m'utiliser. Je sais que ce n'est absolument pas ton cas, je te rassure. Mais toujours est-il que j'ai failli tout perdre, ma carrière et mon estime de moi. Tout ça pour avoir aimé la mauvaise personne. Un homme qui ne m'aimait pas en retour. Je me suis perdue dans cette histoire, mes repères tout du moins. Après ça, je me suis juré de ne plus jamais renoncer à mon travail, à mon indépendance ou à mon intégrité pour les beaux yeux d'un homme. Le prix à payer me semblait – me semble – trop élevé. Je n'ai aucune envie d'en faire de nouveau les frais. Hier soir dans ton bureau, j'étais sur le point de le faire. Si je ne t'ai pas trahi, j'ai failli me trahir moi-même. Et il est hors de question que je me mette une fois de plus dans une telle position. Je le refuse, tout simplement.

Elle secoua la tête, lourde de leur histoire qui ne grandirait jamais, lourde d'un avenir qu'ils ne partageraient pas.

— Merci d'être venu jusqu'ici, mais je n'ai pas besoin de tes excuses. Je sais qui je suis. Je sais ce que je mérite. Un homme qui m'aime et me fait confiance. Qui ne me demande pas de m'effacer au profit de son confort à lui. Je mérite une vie où je puisse jouir de tout et sans entrave, sans me sentir coupable de m'être compromise pour y parvenir.

— Tu mérites effectivement tout ça, Sophie. Vraiment.

Il avait une telle conviction dans la voix qu'elle se sentit chanceler.

— Tout cela et plus encore. Je…

Il fit ce pas de plus vers elle, celui qu'il ne s'était pas autorisé l'instant d'avant.

— Je suis cet homme qui t'aime et te fait confiance. Je ne te demanderai jamais de t'effacer au profit de mon propre confort, parce que plus tu brilles, plus tu es heureuse, plus tu réussis, meilleur je suis. L'homme qui t'aime et te soutient. Te compromettre ? Si tu prenais ce chemin, je ne connaîtrais pas la joie de te découvrir pleinement, dans tout ce que tu es. Telle que tu es. Brillante, forte, déterminée, passionnée, belle. Sophie…

Il se passa la main dans les cheveux, domptant l'espace d'une seconde sa chevelure blond foncé.

— Tu m'as prouvé que je n'avais pas, que je n'avais plus à porter le poids de la responsabilité de mon père. Tu m'as montré que Josh n'est pas mort, que je suis bien plus que ce que j'imaginais. Je pensais que la disparation et les malversations de mon père étaient la pire chose qui puisse m'arriver. Mais sans cet épisode douloureux, tu n'aurais jamais écrit cet article et tu n'aurais pas fait ton entrée fracassante dans ma vie. Mon cœur… Toute cette souffrance, ce chagrin, cette angoisse : je serais prêt à revivre tout ça juste pour te rencontrer de nouveau, te toucher… t'aimer.

Il combla le vide entre eux et posa sa main sur la joue rose de Sophie.

— Si ce carton veut dire ce que je crois, à savoir que tu quittes ton travail, je t'en prie ne fais pas ça. C'est un compromis que tu ne peux pas faire.

Les larmes emplirent ses yeux et elle réprima un sanglot d'espoir.

Elle l'avait traité de lâche la veille, mais aujourd'hui c'était elle qui était morte de trouille.

Elle avait peur d'être de nouveau blessée. Contrairement à Laurence, Joshua avait le pouvoir de la détruire. Elle parviendrait à se relever, mais amputée d'une partie d'elle-même.

Non, elle n'y parviendrait pas.

Elle n'y parviendrait plus.

Elle l'aimait, mais ce qu'il lui demandait était impossible.

— Joshua, je suis désolée. Je ne peux pas. Je t'aime – probablement pour toujours – mais je ne suis pas assez forte. Je… C'est impossible.

Les larmes coulaient sur ses joues. Elle prit la main de Joshua, y posa sa joue et l'embrassa.

Puis elle tourna les talons et pressa le pas pour rentrer chez elle.

- 14 -

Joshua se tenait devant les ascenseurs. Un brouhaha général et le bruit étouffé de conversations animées lui parvenaient aux oreilles depuis le hall d'entrée de Black Crescent.

Là-bas l'attendait un parterre de journalistes et de cameramen venus des trois États : Connecticut, New York et New Jersey.

Tous étaient avides de savoir ce que Joshua Lowell avait à leur annoncer.

Tout ce qui concernait le fonds d'investissement Black Crescent les intéressait, mais recevoir l'invitation un samedi matin du PDG en personne, qui ne donnait habituellement aucune conférence de presse, était du jamais-vu. Personne ne voulait rater l'événement.

C'était exactement ce qu'il espérait.

La presse s'attendait à une annonce liée aux résultats de l'entreprise.

Ils n'allaient pas être déçus.– Prêt, Josh ?

Haley posa une main sur son avant-bras. Ses yeux couleur noisette étaient légèrement voilés par une légère inquiétude et une tristesse un peu plus grande encore.

— Vous êtes sûr de vous ?

Il hocha la tête.

— Absolument. Je n'ai même jamais été aussi sûr.

Il couvrit la main de son assistante avec la sienne et lui donna une tape affectueuse.

— Et juste au cas où je ne te l'aurais pas suffisamment dit : merci. Merci pour tout ce que tu as fait pour cette entreprise et pour moi. Durant les premières années, je ne sais pas si j'aurais pu m'en sortir si tu n'avais pas été là.

Ses yeux s'emplirent de larmes, mais Haley ne craquait pas facilement. Elle releva le menton et s'éclaircit la gorge.

— J'ai la réponse : vous n'auriez pas pu.

Elle esquissa un sourire malicieux qui le fit rire.

Il lui fit un signe de la tête et avança dans l'arène.

Lorsqu'il apparut, il fut assailli de toutes parts par des journalistes armés de micros et de centaines de questions.

Il balaya l'assemblée du regard, à la recherche d'un seul visage.

Là.

Sophie était au milieu de tous.

Si jolie. Si digne.

Il soupira, bercé par un immense soulagement. Il avait eu si peur qu'elle ne vienne pas. Il avait même appelé Althea pour exiger sa présence.

Encore fallait-il qu'elle accepte de venir.

La voir chassa immédiatement l'angoisse qui l'avait accompagné durant toute la matinée.

Ce moment était le plus important de toute sa vie. Il était là pour se battre, pour s'offrir un avenir.

« Je t'aime – probablement pour toujours – mais je ne suis pas assez forte. »

C'étaient les dernières paroles qu'elle avait prononcées. Elles tournaient en boucle dans sa tête.

Il y avait eu une telle résolution dans sa voix. Son cœur était au bord du gouffre, paniqué à l'idée de la perdre.

Un savant cocktail d'amour, d'espoir et de désespoir : voilà ce qui l'avait poussé à ne surtout pas baisser les bras.

Il devait se raccrocher à sa déclaration d'amour, à la certitude qu'il avait au fond de lui : elle était plus forte qu'eux deux réunis.

Il se pencha vers le micro.

— Je vous remercie d'être venus aujourd'hui, je vous ai prévenus au dernier moment !

Les voix se turent immédiatement mais l'assemblée était en effervescence.

— Je vais vous faire mon annonce et n'accepterai que quelques questions à l'issue de cette prise de parole.

Il inspira profondément, chercha le visage de Sophie et s'y accrocha. Il croisa son regard aux reflets argentés et y trouva la force de continuer.

— Il y a quinze ans, j'ai repris les rênes de Black Crescent après les malversations de mon père. Il venait de détourner des millions de dollars, de mettre à terre ses clients et leur famille. Tout ce temps, j'ai œuvré à remettre l'entreprise sur pied, j'ai veillé à ce que tous puissent obtenir réparation. Mais aujourd'hui je quitte mon poste de PDG.

Une rumeur incrédule balaya l'assemblée. Joshua fut aveuglé par les flashs. Mais pas un instant il ne détacha son regard de Sophie. Il lut le choc et la confusion sur son visage, vit ses yeux et ses lèvres s'ouvrir sous l'effet de son annonce.

Les questions fusèrent et il leva immédiatement les mains. Le silence revint dans la salle.

— Dans les mois à venir, nous nous attacherons à me trouver un successeur. Il ou elle prendra ma place après avoir fait ses preuves lors du processus de recrutement.

Je suis certain que vous vous demandez tous pourquoi je démissionne. Eh bien je compte revenir à mes premières amours : l'art. Et aussi – si la femme que j'aime accepte de m'épouser – organiser mon mariage.

Les cris fusèrent dans la salle. Les journalistes étaient en ébullition.

Mais il n'avait d'yeux que pour Sophie. Son cœur menaçait de céder sous le poids de l'émotion. Il vit dans son regard de la surprise, des larmes et… de l'amour.

Seigneur, faites que cela soit de l'amour.

— Je me suis laissé aveugler par ma fierté et ma peur. J'en ai été l'otage bien trop longtemps. Et j'espère ne pas avoir perdu l'amour de cette femme à cause de ça. J'ai passé trop d'années dans l'ombre de mon père, à me soucier de ce qu'on pensait de moi. De ma valeur. Elle m'a tiré du puits sans fond dans lequel je me trouvais et qui menaçait de m'avaler pour de bon. J'ai de la valeur car elle m'aime. Et je veux passer le reste de ma vie à lui prouver qu'elle a eu raison de me confier son amour. Si elle veut bien de moi.

Il la fixa intensément, lui demandant silencieusement l'autorisation de dévoiler son nom au monde entier et, plus silencieusement encore, la suppliant de lui accorder son pardon et son amour. Sa main.

Une éternité sembla s'écouler.

Il se tenait debout sur l'estrade, les flashs comme des éclairs dans sa nuit, les journalistes hurlant leurs questions. Mais il les vit quand même. Son hochement de tête. Ses yeux, ce magnifique sourire qui lui éclairait le visage.

— Sophie, veux-tu bien me rejoindre ?

Elle n'hésita pas un seul instant et se fraya un passage dans cette petite foule, tel Moïse écartant les eaux. Tous lui ouvrirent un chemin.

Joshua était captivé, ne voyait qu'elle, le cœur prêt à exploser lorsqu'elle s'avança vers lui.

Il lui tendit une main, qu'il referma sur ses cinq doigts délicats.

Alors ce qui n'avait été que vide en lui fut comblé.

La pièce qui manquait à son puzzle trouva immédiatement sa place.

Il se retrouvait lui-même.

Grâce à elle.

Il l'attira contre lui, encore et encore, jusqu'à ce qu'elle fût dans ses bras. Il pencha la tête et embrassa ses cheveux.

Il frissonna, ému. Peu importait qu'on le voie ainsi.

Sophie était de nouveau là, avec lui. Contre lui. Son parfum délicieux l'enveloppa.

Elle le réchauffait. Il avait eu froid pendant si longtemps.

De son pouce, il essuya les larmes qui coulaient sur sa joue. De ses lèvres, il effleura sa peau si douce, son front, son nez, sa bouche.

— Sophie Armstrong, avec toi je suis enfin moi. Je suis né pour t'aimer et je ne peux imaginer mon avenir sans toi. Me feras-tu l'honneur d'être ma femme ?

Elle répondit sans aucune hésitation :

— Oui, Josh.

Son aplomb, sa certitude et son sourire effacèrent la honte, la douleur et le chagrin qui l'avaient suivi toutes ces années.

Au beau milieu d'une assemblée de journalistes survoltés, il embrassa l'amour de sa vie. Il embrassa son avenir.

SHERI WHITEFEATHER

Un plan (presque) parfait

Traduction française de
ROSA BACHIR

PASSIONS

HARLEQUIN

Titre original :
NASHVILLE SECRETS

- 1 -

Assise sur un banc dans un parc de Nashville, Mary McKenzie attendait que Brandon Talbot apparaisse. Il avait pour habitude de promener son chien dans ce parc du centre-ville chaque dimanche de bon matin. Elle ne l'avait pas encore rencontré, mais elle en savait déjà beaucoup sur lui.

D'une beauté classique et sophistiquée, Brandon était un avocat très réputé. Et il était aussi l'homme qu'elle était censée séduire… Pas au point de coucher avec lui, bien sûr. Jamais elle n'irait jusque-là. Mais il s'agirait tout de même d'une entreprise de séduction.

Si elle avait de la chance, Brandon ne se montrerait pas. Ou alors, il serait accompagné de l'une de ses belles et élégantes maîtresses. Auquel cas, elle serait libérée de sa mission.

Mais apparemment, ce n'était pas son jour de chance… Lorsqu'elle leva les yeux, elle aperçut Brandon au loin, accompagné de son chien, un husky de Sibérie au pelage argenté. Devrait-elle renoncer à ce plan insensé et rentrer chez elle ?

Non, certainement pas. Si elle baissait les bras maintenant, ce serait comme excuser le père de Brandon, un célèbre chanteur de country, menteur et infidèle, qui avait fait souffrir la mère de Mary. Et Brandon aussi était coupable.

Elle se replongea dans le livre qu'elle faisait semblant de lire. En temps normal, elle aimait la lecture. C'était même l'un de ses passe-temps préférés. Mais depuis quelques semaines, les livres étaient un moyen d'espionner Brandon en douce. Qui soupçonnerait une fille seule, le nez dans son roman ? Elle n'avait pas eu à se forcer beaucoup pour rentrer dans ce rôle.

Elle tenta de déterminer le meilleur moment pour l'approcher afin que cela paraisse naturel. Après quelques secondes, elle ferma le livre et le rangea dans son sac, comme si elle s'apprêtait à quitter le parc.

Tandis qu'elle se dirigeait vers Brandon, elle songea qu'il était bien trop séduisant. La dernière chose dont elle avait besoin, c'était d'avoir un faible pour son ennemi.

Elle rajusta son cardigan sur son chemisier. L'air matinal était un peu frais pour un mois de juin.

Elle continua d'avancer vers Brandon. Il portait un pull-over gris, un pantalon de jogging et des baskets de marque. À présent, elle pouvait distinguer le logo sur ses chaussures.

Une fois qu'ils furent assez près pour échanger un regard poli, elle leva les yeux vers lui. Il lui adressa un signe de tête amical. Si elle ne savait rien de lui, elle aurait pu penser que c'était quelqu'un de bien.

Saisissant cette occasion de lui parler, elle lança :

— Cela fait plusieurs fois que je vous vois dans ce parc. Et je tenais à vous dire que je trouve votre chien superbe.

Une réplique qu'elle répétait depuis des semaines, en prévision de ce moment.

Brandon sourit. Il semblait si sûr de lui. Si fichtrement séduisant… Grand et musclé, il avait des cheveux d'un noir de jais et des yeux d'un bleu éclatant.

Mary avait le cœur qui battait si fort qu'elle craignait qu'il bondisse hors de sa poitrine.

— Merci, répondit-il. Il s'appelle Cline.

Elle connaissait déjà le nom de son chien. Elle avait vu des tas de photos de lui sur la page Instagram de Brandon.

— J'adorerais avoir un husky, dit-elle. Mais je vis dans un petit appartement avec ma sœur. C'est un endroit charmant, mais nous avons à peine assez de place pour nous deux, alors pour un gros chien…

Elle avait décidé que mêler les mensonges à la vérité était la solution la plus sûre. Ce qui était vrai, c'était que leur appartement était petit et charmant.

— Je peux le caresser ? demanda-t-elle.

— Bien sûr.

Elle se pencha pour caresser l'épaisse fourrure du husky. L'animal ne bougea pas. Apparemment, il était très bien dressé.

— Regardez-moi ces yeux ! Ils sont si bleus ! s'extasia-t-elle.

Comme ceux de son maître. Mais elle n'allait pas le dire à voix haute.

Elle se releva et se retrouva de nouveau face à Brandon.

— Cline, voilà un nom peu commun pour un chien, commenta-t-elle.

— Cline comme Patsy Cline. C'est ma chanteuse préférée.

Il sourit de nouveau. Il avait de belles dents blanches rectilignes et une mâchoire carrée. Décidément, cet homme était beau à se damner !

Elle se força à lui rendre son sourire, bien qu'elle soit gênée par son diastème. Certains considéraient que les dents du bonheur étaient à la mode, puisque plusieurs top models étaient devenus célèbres grâce à cette particularité.

Mais Mary ne trouvait pas son sourire très charmant. Avec son mètre soixante, ses cheveux naturellement roux et ses taches de rousseur, elle n'était que moyennement jolie. Sa sœur Alice n'était pas de cet avis. Elle affirmait que Mary était la *girl next door* idéale, créée pour les fantasmes masculins secrets. Il fallait dire qu'Alice avait une imagination débordante. En fait, c'était elle qui avait concocté ce plan. Mary n'en aurait jamais eu l'idée elle-même. Elle n'avait rien d'une femme fatale. Et elle ne savait même pas comment elle allait susciter l'intérêt de Brandon…

Avant d'être submergée par son anxiété, elle retourna à leur discussion.

— J'aime certaines chansons de Patsy Cline. Ma grand-mère l'écoutait.

Tout comme sa mère, grande admiratrice de la musique de Patsy. Mais Mary prit soin de ne pas parler d'elle.

Brandon fronça les sourcils. Soudain, il la regarda d'un air intrigué.

— Est-ce que vous savez qui je suis ? demanda-t-il.

Mince ! Brandon avait-il des soupçons ? Était-ce son instinct d'avocat, sa capacité à détecter les menteurs qui l'avaient alerté ? Même Cline l'observait, imitant son maître.

Décidée à tenir bon, elle répondit :

— Je suis désolée, est-ce que je devrais vous connaître ? Êtes-vous un homme politique ou une célébrité ?

Une brise légère secoua ses cheveux bien coupés et soigneusement coiffés en arrière.

— Vous trouvez que j'ai l'air d'un homme politique ?

— Un peu. Mais c'était juste une supposition.

Elle craignait encore qu'il ait des soupçons sur elle.

— Alors, vous allez me dire qui vous êtes ? demanda-t-elle d'une voix qu'elle espérait détachée.

— Je viens d'une famille célèbre.

— Vous n'êtes pas lié aux Kennedy, dites-moi ?

Elle était restée dans le domaine politique, pour ne pas trop s'éloigner de ce qui était censé être sa première impression.

— Un neveu ? Un cousin ?

— Non, rien de ce genre. Je m'appelle Brandon Talbot. Je suis avocat spécialisé dans le spectacle. Mon frère et mon père sont musiciens de country. Tommy et Kirby Talbot.

— Oh ! s'exclama-t-elle, feignant la surprise. Vous êtes parent avec Tommy Talbot ?

Il était plus facile de diriger la conversation sur son frère. Car Tommy n'avait fait aucun tort à la mère de Mary.

— Il est très connu, surtout dans cette ville, dit-elle.

— Et mon père est considéré comme une légende. Parfois, il est le premier à l'affirmer, observa-t-il avec un petit rire.

Il plaisantait sur l'ego de son père alors qu'elle repensait au passé. À ce terrible été, huit ans plus tôt, quand sa mère avait fait le voyage jusqu'à Nashville dans l'espoir de devenir une autrice-compositrice reconnue.

Le tout-puissant Kirby avait appris qu'elle frappait à toutes les portes pour essayer de vendre ses chansons. Après l'avoir séduite et attirée dans son lit, il lui avait promis d'acheter ses morceaux. Après la fin de leur courte liaison, il n'avait plus répondu à ses appels. Sa mère était retournée dans l'Oklahoma, avec l'impression d'être une traînée et une ratée. Seulement, elle n'avait pas baissé les bras. Elle avait tenté sans relâche de joindre Kirby, afin de le convaincre de tenir sa promesse. Mais il l'avait traitée comme une groupie déséquilibrée, et avait même porté plainte contre elle. C'était à ce moment-là que Brandon était entré en scène. C'était lui, l'avocat qui avait rédigé l'ordonnance de protection, faisant passer sa mère pour une harceleuse.

Après cela, plus rien n'avait jamais été pareil, et Mary avait eu beau essayer de maintenir les liens familiaux, elle n'y était pas parvenue. Sa mère s'était enfoncée dans une terrible dépression, et Alice était devenue une enfant sombre, puis une adolescente rebelle. Aujourd'hui, Alice tenait plus que tout à se venger de Kirby, et Mary s'était fait le serment de l'y aider. Après la mort de leur mère, quelques mois plus tôt, elles avaient mis leur plan en action.

Au départ, elles avaient envisagé de poursuivre Kirby en justice, mais puisqu'elles n'avaient aucun document prouvant qu'il avait promis d'acheter les chansons de leur mère, elles avaient renoncé. Elles avaient alors décidé de vendre leur histoire à la presse à scandale, afin que tout le monde sache que Kirby était une ordure. Mais elles avaient changé d'avis lorsque la biographie de Kirby était parue. Après avoir lu le livre, elles avaient découvert qu'il regorgeait d'histoires scandaleuses, bien plus croustillantes que tout ce qu'elles auraient pu raconter aux médias.

Alice avait alors élaboré un nouveau plan, qui impliquait Brandon. Elle avait découvert sur les réseaux sociaux que les amis de Brandon l'encourageaient à se trouver « une gentille fille » pour se ranger. Mary avait jugé que ce n'étaient que des plaisanteries. Mais Alice avait estimé que c'était une piste à suivre. Si Brandon délaissait les jeunes femmes mondaines qu'il fréquentait d'habitude pour s'intéresser aux filles ordinaires, Mary avait toutes ses chances de le conquérir, avait plaidé sa cadette. Une fois qu'il serait mordu, Mary pourrait l'abandonner du jour au lendemain, comme son père avait abandonné leur mère. Après cela, Alice et elle pourraient révéler à Kirby qui elles étaient et pourquoi elles avaient dupé Brandon, donnant une bonne leçon à la fois au père et au fils.

Voilà pourquoi Mary était là, à admirer les grands yeux bleus de Brandon, tout en essayant de ne pas s'y noyer.

— Votre père a sorti une biographie récemment, il me semble ? demanda-t-elle, le cœur battant. Ou est-ce que je confonds avec une autre star de la country ?

— Non, vous avez raison. Le livre a beaucoup de succès.

Il est dans la liste des meilleures ventes.

Elle fit mine d'être indifférente.

— Je prends la plupart de mes livres à la bibliothèque, dit-elle. Les grands classiques, en tout cas, car je préfère les avoir en livres reliés. Sinon, j'utilise une liseuse électronique.

Elle marqua un temps, puis demanda :

— Vous pensiez que j'étais une fan, et que je vous avais abordé à cause de votre famille ?

Il hocha la tête.

— Oui, ça m'arrive souvent. Et c'est pire depuis que le livre de papa est sorti. Mais c'est surtout Matt qui fait les frais de cette célébrité. C'est notre demi-frère, il vit au Texas. Tommy et moi ne connaissions pas son existence quand nous étions petits.

Elle avait lu des articles décrivant la façon terrible dont Kirby avait traité Matt. Il n'avait pas été un très bon père pour Brandon ou Tommy non plus. Il avait abusé de l'alcool et des drogues pendant l'essentiel de leur enfance et de leur adolescence. Kirby se disait sobre et sevré à présent. Mais selon sa biographie, Brandon avait toujours eu de bons rapports avec lui, même dans les pires périodes – contrairement à ses frères, qui n'avaient pas cessé de se disputer avec leur père. Aujourd'hui, tous s'efforçaient de former une grande famille heureuse. Mary ignorait à quoi cela ressemblait. Sa mère avait perdu le goût de la vie bien avant de mourir.

— Qui êtes-vous ? demanda-t-il.

Elle sursauta.

— Comment ça ?

— Quel est votre nom, que faites-vous dans la vie ?

— Ah, oui, pardon.

Il fallait vraiment qu'elle cesse d'être si nerveuse avec lui.

— Je m'appelle Mary McKenzie.

Elle n'avait pas à craindre que son nom de famille lui mette la puce à l'oreille, puisqu'elle ne portait pas le même que sa mère.

— Je travaille chez Sugar Sal, une boulangerie-pâtisserie.

— J'ai entendu parler de cet endroit, mais je n'y suis jamais allé. Pourtant, j'ai un bec sucré. La gourmandise est l'un de mes vices.

Elle n'avait pas envie d'imaginer ce que pourraient être ses autres vices.

— Je n'y travaille que depuis trois mois. Avant cela, j'étais employée dans une boulangerie à Oklahoma City.

— C'est de là que vous venez ?

— En effet.

Elle ne prendrait pas le risque de se trahir en prétendant venir d'un autre État. Des tas de gens venaient d'Oklahoma, et pas seulement la femme que le père de Brandon avait détruite.

— Je ne suis à Nashville que depuis peu.

Il lui offrit un sourire parfait.

— Alors, bienvenue dans le berceau de la musique country. Qu'est-ce qui vous amène ici ?

Si seulement il savait… Heureusement, elle avait une réponse toute prête. Alice et elle avaient bien préparé leur histoire.

— Ma sœur a rencontré sur Internet un jeune homme qui vit dans le Tennessee. Après quelques mois de relation à distance, elle a déménagé pour le rejoindre, mais ça n'a pas marché entre eux. Alice n'a que dix-neuf ans mais elle a déjà eu beaucoup de petits amis.

Cette dernière phrase était vraie. Alice aimait attirer l'attention masculine.

— Ça explique pourquoi votre sœur est venue ici, mais vous ?

— J'avais besoin d'un changement de décor.

Elle ne put s'empêcher de contempler ses yeux, d'un bleu si troublant.

— Je suis aide-pâtissière, mais je suis une formation continue pour devenir une chef pâtissière certifiée. J'aurai bientôt mon diplôme, et maintenant, j'essaie d'aider Alice à trouver sa voie.

— Elle a quelques idées ?

— Elle ne s'est pas encore décidée, mais elle penche pour la mode. Le stylisme, peut-être. Elle intégrera l'université publique en août. Elle est parfois inconstante, alors j'espère qu'elle s'accrochera.

Mary n'avait pas menti sur la personnalité de sa sœur. Si jamais Brandon la rencontrait, il le constaterait par lui-même.

— Parfois, je m'inquiète parce qu'elle passe beaucoup de temps à surfer sur Internet et à faire la fête. Je l'ai convaincue d'effacer tous ses comptes de réseaux sociaux lorsque nous avons emménagé ici. Je voulais qu'elle reparte de zéro, mais elle a vite oublié ses bonnes résolutions. Elle a ouvert de nouveaux comptes et s'est remise à sortir beaucoup, avec les nouveaux amis qu'elle s'est faits ici, à Nashville.

En réalité, Alice avait effacé ses anciennes pages pour qu'il soit plus difficile de retracer son passé et celui de Mary. Mais la vie sociale d'Alice était, encore maintenant, plus intense qu'elle ne le devrait.

Brandon hocha la tête, l'air compréhensif.

— Je sais ce que c'est que de s'inquiéter pour un membre de sa famille. Tommy était inconstant, lui aussi. C'était surtout son côté casse-cou qui me faisait peur.

— Difficile de prédire l'avenir en ce qui concerne Alice. Peut-être qu'elle deviendra une styliste réputée un jour. Elle est assez douée. Elle doit juste apprendre à aller au bout des choses.

— Je connais bien l'industrie de la mode. Ma mère était mannequin. Aujourd'hui, elle dirige un grand groupe de produits de beauté. Melinda Miller, vous la connaissez peut-être ?

— C'est votre mère ? s'exclama Mary, feignant d'être impressionnée. J'ai vu ses publicités à la télévision. Eh bien, vous venez vraiment d'une famille très célèbre ! Pas autant que les Kennedy, mais…

Il émit un petit rire.

Mais une seconde plus tard, un silence gêné s'instaura entre eux.

Elle finit par murmurer :

— J'espère que ça ne vous semble pas bizarre que je vous en aie tant dit sur ma sœur. D'habitude, je ne me confie pas autant à des inconnus.

— Moi non plus. Nous avons abordé beaucoup de sujets, c'est sûr.

Il lui fit clin d'œil malicieux.

— Mais vous ne m'avez pas encore parlé de vos petits amis.

Mary se sentit rougir. Brandon était en train de flirter avec elle, et elle restait là, comme une idiote. Devrait-elle lui avouer qu'elle était célibataire ? Oui, évidemment. Son plan était de lc séduire, non ?

Elle opta pour la vérité, et la laissa se déverser de ses lèvres.

— Ma vie amoureuse n'est pas très intéressante. J'ai vingt-cinq ans, et je n'ai eu qu'une seule relation sérieuse. Et même cette histoire n'a pas compté autant qu'elle aurait dû.

Brandon approcha.

— Vous êtes encore jeune. Vous avez tout le temps de rencontrer quelqu'un. Qu'est-ce que je devrais dire, moi ? J'aurai trente-sept ans cette année.

— Je parie que vous avez fait beaucoup de conquêtes.

Elle savait déjà que c'était le cas. Sur les réseaux sociaux, il avait publié de nombreuses photos de lui avec de belles jeunes femmes.

— Oui, mais pas autant que Tommy. Les femmes se jetaient littéralement à ses pieds. À présent, il est marié et va bientôt devenir papa. Je ne l'ai jamais vu aussi heureux.

— Tant mieux. J'imagine que les avocats spécialistes du spectacle n'ont pas de groupies, alors ?

— Non, dit-il, approchant encore. Mais c'est une idée intéressante.

Mary sentit la nervosité l'envahir. La façon « intéressée » dont il la regardait laissait penser qu'il voyait en elle sa jolie petite groupie. Elle eut même l'impression que l'air s'était chargé d'électricité. Son esprit troublé s'emballa, imaginant quel genre d'amant il serait.

Un amant puissant, sans doute, qui la ferait haleter et gémir de plaisir.

La panique monta en elle

— Je devrais vous laisser, lâcha-t-elle.

Elle était soudain envahie par le désir enivrant de partager son lit.

— Vous êtes venu pour promener Cline, et je suis en train de vous prendre tout votre temps.

Mince. Elle était censée lui tendre un piège, et non détaler comme un lapin. Pour éviter que son plan tombe complètement à l'eau, elle ajouta :

— Je tomberai peut-être sur vous dimanche prochain.

— Bien sûr, j'en serais ravi.

— Moi aussi.

Son cœur battit de manière désordonnée dans sa poitrine. Car elle venait de respirer une bouffée de son parfum frais.

— Je serai là, même heure, même endroit. Même husky, plaisanta-t-il en montrant la laisse de son chien.

— Très bien.

Bon sang, pourquoi fallait-il que son cœur batte si vite ? Elle avait réussi à susciter l'intérêt de Brandon. Mais maintenant, elle devait fuir, pour ne pas être submergée par ses émotions.

— Au revoir, Brandon.

— Au revoir, Mary.

Elle s'éloigna, faisant de son mieux pour garder son calme. Mais alors qu'elle s'en allait, elle sentit que Brandon s'était retourné pour la regarder. Apparemment, cette rencontre l'avait troublé autant qu'elle.

Dès que Mary entra dans leur appartement, sa sœur se précipita pour l'accueillir et s'exclama :

— Alors, que s'est-il passé ? Tu lui as parlé ?

— Oui.

Et elle essayait encore de se remettre de ses émotions. Elle retira son pull et le posa sur le dossier d'une chaise.

— J'étais si nerveuse que je ne sais même pas comment j'ai réussi à lui parler.

— Il faut que tu me racontes tout, lui intima Alice, la prenant par la main et la conduisant vers le canapé.

Elles s'assirent côte à côte. Dieu merci, la baie coulissante donnant sur leur petit patio était ouverte. Mary avait bien besoin d'air frais.

— Alors ? la pressa Alice.

— Je peux avoir une minute ? Laisse-moi reprendre mon souffle.

— Mais ça fait des heures que j'attends !

— Et moi je ne te demande qu'une minute.

— Si tu veux.

Alice leva au plafond ses yeux lourdement maquillés. Elle passait par différentes phases, et en ce moment, elle était dans une période country-punk. Aujourd'hui, elle portait un ensemble moulant de style western et des bijoux gothiques. Ses cheveux teints en platine étaient courts et coiffés en épis. Néanmoins, malgré son apparence excentrique, sa beauté restait évidente. Leur mère aussi était magnifique. Comparée à elles, Mary s'était toujours trouvée ordinaire. Pourtant, c'était elle qui venait d'aborder le séduisant fils de Kirby Talbot.

— Le temps est écoulé, déclara Alice, désignant l'horloge murale. Ça fait au moins une minute.

Si Mary n'était pas si épuisée, elle aurait ri. Sa sœur

était l'une des personnes les plus impatientes qu'elle connaisse.

— Apparemment, je lui ai plu, commença-t-elle.

Rien que de penser à lui, elle sentait sa respiration se raccourcir.

— Il est encore plus beau en vrai. Quand j'ai plongé le regard dans ses yeux, ça semblait très… réel.

— Donc, il est plus séduisant que tu ne le pensais ? Et apparemment, tu lui as plu ? résuma Alice en agitant les sourcils de manière suggestive. Tu ne devrais avoir aucun mal à l'attirer dans ton lit.

— Je ne compte pas…

Elle fronça les sourcils, ébranlée par ses propres désirs interdits.

— Je t'ai déjà dit que même s'il s'intéressait à moi, coucher avec lui est hors de question. Je ne pourrais pas…

— Tu es tellement prude ! maugréa Alice en secouant la tête. Il faudra que tu retiennes son attention par d'autres moyens, alors.

Elle se pencha en avant.

— Raconte-moi la suite.

Mary relata le début de leur conversation, lorsqu'elle n'avait pas encore commencé à fantasmer sur Brandon.

Alice l'écouta attentivement, puis conclut :

— Tu as dû avoir la frousse quand il t'a demandé si tu le connaissais.

— J'étais pétrifiée.

Elle avait eu très peur qu'il l'ait démasquée.

— On dirait que tu t'en es très bien sortie. Je savais qu'en te présentant comme une gentille fille, tu réussirais.

— Je n'avais pas l'impression d'être très gentille.

Et maintenant, elle se sentait juste perdue.

— Et si nous nous étions trompées sur son compte ?

avança-t-elle. Il ne sait peut-être pas que son père a menti au sujet de maman. S'il a demandé une ordonnance de protection parce qu'il croyait que maman était une harceleuse, alors il a simplement fait son travail d'avocat.

Alice la dévisagea, bouche bée.

— Tu n'es pas sérieuse ?

Maintenant qu'elle avait rencontré Brandon, Mary détestait l'idée qu'il soit un homme mauvais. Ou peut-être détestait-elle se dire qu'elle était attirée par un homme froid et calculateur.

— Je ne fais qu'envisager toutes les possibilités, plaida-t-elle.

— Allons, Mary ! Tu ne me feras pas croire qu'il est innocent. Les avocats sont connus pour être rusés.

— Je veux juste être sûre, c'est tout.

— Moi je n'ai pas de doutes, et je te garantis que quand tout sera fini, tu seras convaincue qu'il est aussi impitoyable que son père.

— Tu as sans doute raison.

Mais maintenant que leur plan était en action, Mary voulait avoir des certitudes.

— Quoi qu'il en soit, je le verrai la semaine prochaine.

— Tu devrais lui apporter quelques pâtisseries. Tu pourrais préparer quelque chose de spécial, rien que pour lui. Un peu de sucre pour tenter son palais.

— Il m'a justement dit qu'il avait un bec sucré. Il faudrait que je réfléchisse à des recettes. Je devrais prévoir des biscuits pour Cline, aussi.

— C'est parfait ! C'est exactement ce que ferait une gentille fille. Apporter des douceurs à cette bête féroce aux yeux bleus.

— Cline n'est pas une bête féroce, rétorqua-t-elle pour défendre le husky. Il semblait vraiment gentil.

— Peut-être, mais ça ne fait pas de son maître un type bien.

Le dédain d'Alice pour Brandon était palpable.

— S'il succombe à ton charme, je me demande s'il publiera des photos de vous sur sa page Instagram. Ou peut-être des selfies de vous deux avec son chien ?

Mary ne voulait pas se projeter aussi loin. Mais elle ne put s'empêcher de se rappeler avec quelle intensité Brandon, et Cline, l'avaient observée.

— Quand on les voit de près, leurs yeux sont presque de la même couleur, fit-elle remarquer.

— C'est dommage que tu ne veuilles pas séduire Brandon pour de bon. Le sexe rendrait la vengeance bien plus douce.

— Pas pour moi. Ce serait aller trop loin.

Coucher avec lui pourrait être dangereux pour son âme.

— D'accord, tu as ta morale. Mais ce n'est pas comme si tu étais vierge, fit valoir Alice.

— Ce n'est pas la question.

Sa vie sexuelle n'était pas le problème. Ou son absence de vie sexuelle, plutôt. Elle avait couché avec un seul homme : le petit ami qui avait à peine compté.

— Brandon n'est pas mon genre, de toute façon, affirma-t-elle.

— J'ignorais que tu avais un genre.

— En tout cas, si j'en avais un, je ne choisirais pas un avocat qui pourrait me dominer.

Sa sœur sembla stupéfaite.

— Bon sang ! Est-ce qu'il t'a fait des allusions coquines ?

— Quoi ? Non ! Je ne parlais pas de domination dans ce sens-là. Il me semble simplement qu'il serait aussi puissant dans une chambre qu'il doit l'être dans un tribunal.

— Sacrée observation.

Alice s'adossa contre leur canapé à l'imprimé fleuri – celui qu'elles avaient acheté pendant la phase bohème d'Alice – et posa ses pieds bottés sur la table basse.

— Sérieusement, tu n'espères pas que je vais te croire ? Tu veux coucher avec lui, c'est évident.

— Peut-on changer de sujet, s'il te plaît ?

— Tu sais, je ne vois pas d'inconvénient à ce qu'il devienne ton amant. Tant que tu le fais souffrir une fois que vous aurez rompu.

— Je ne veux pas continuer à parler de ça, insista Mary.

Alice remit ses pieds sur le sol.

— C'est toi qui as parlé de domination, pas moi.

— Et c'est toi qui en fais tout un plat.

— Soit. Mais même si ce type t'attire, souviens-toi que nous faisons cela pour maman. Alors, quoi que tu décides, ne tombe pas amoureuse de lui pour de bon.

— Je ne ferais jamais une chose pareille !

Mary savait bien qu'elle ne devrait pas développer des sentiments pour un homme en qui elle ne pouvait pas avoir confiance.

- 2 -

En ce vendredi soir, Brandon était installé avec sa cavalière à l'arrière d'une limousine et se demandait à combien de soirées habillées il avait assisté dans sa vie. Des centaines ? Des milliers ? À cet instant, il lui semblait que c'étaient des millions.

Il était déjà las alors qu'ils n'étaient pas encore arrivés à destination. Il était membre du comité qui organisait le gala de ce soir. Il s'investissait beaucoup pour ses œuvres caritatives, mais combien de dîners de luxe et de valses sur la piste pourrait-il encore supporter ?

Pour être honnête, le vrai problème était qu'il pensait sans cesse à la jeune femme rousse qu'il avait rencontrée au parc. Mary McKenzie. Si saine, si charmante, si normale. L'Américaine moyenne typique. Elle n'avait sans doute jamais porté de robe de soirée à paillettes, ni assisté à un bal chic.

— Tout va bien ? demanda Doreen.

C'était l'une de ses maîtresses occasionnelles. Brune, grande et élancée, Doreen était une héritière deux fois divorcée qui comptait sur son régime pauvre en glucides pour maintenir sa ligne et sur le Botox pour se préserver des rides. Ce soir, elle portait une paire de faux cils épais. Brandon s'était habitué à la voir en porter, mais il n'avait jamais vraiment compris le but de ce genre d'artifices. Comment pouvait-on se coller quelque chose sur les paupières ?

— Ça va, répondit-il.

— Tu m'as l'air distrait.

— Je suis juste silencieux.

En fait, il pensait à sa prochaine rencontre avec Mary, une jeune femme de vingt-cinq ans qui travaillait dans une boulangerie-pâtisserie. Elle était si différente des femmes qu'il fréquentait en temps normal…

— Dis-moi, Doreen, est-ce qu'il t'arrive d'être fatiguée de la routine ?

Elle lui lança un regard aiguisé.

— Tu vois, je savais bien qu'il se passait quelque chose.

— Peut-être que je traverse une crise existentielle, que je désire des choses que je ne devrais pas désirer.

Cela pourrait expliquer qu'il soit obsédé par une femme qu'il connaissait à peine.

Elle alluma le plafonnier de l'habitacle.

— Tu as rencontré quelqu'un qui te fait de l'effet ? demanda-t-elle.

Il tressaillit comme si elle l'avait frappé.

— Je te demande pardon ?

— C'est le cas, n'est-ce pas ?

Mince. Doreen était vraiment très perspicace.

— Tu ne sais pas de quoi tu parles.

— Oh ! si, crois-moi. Une femme sait quand un homme a une autre femme en tête.

— Il n'y a personne.

Il ne lui avouerait pas qu'il était impatient de retourner au parc dimanche afin de retrouver une inconnue qui éveillait son désir. Cela faisait bien longtemps qu'il n'avait pas ressenti cela pour une femme. Il était en pilote automatique depuis si longtemps qu'il ne s'en était même pas rendu compte.

Doreen soupira.

— Ça ne me dérange pas que tu aies des vues sur une autre personne. Car je suis dans la même situation.

Devrait-il la croire ? Ou Doreen était-elle en train d'inventer des mensonges pour lui soutirer la vérité ?

— Si tu as des vues sur un autre homme, qu'est-ce que tu fais ici, avec moi ?

Elle sortit un poudrier doré de son sac de soirée.

— Eh bien, nous avions prévu ce rendez-vous il y a un moment. Et puisque nous n'avons pas couché ensemble depuis des mois, je me suis dit que nous assisterions à cette soirée en tant qu'amis.

C'était une supposition légitime. En fait, il n'avait pas couché avec une femme depuis une éternité. Et il n'en avait pas eu envie, d'ailleurs, jusqu'à ce qu'il rencontre Mary.

Doreen ouvrit son poudrier et vérifia son apparence dans le miroir.

— L'homme que j'espère séduire sera aussi à la fête, alors je me suis dit…

— Que tu te servirais de moi pour attirer son attention ?

Si Brandon était amoureux de Doreen, il serait furieux. Mais en l'occurrence, il se moquait bien qu'elle coure après un autre homme.

— Qui est-ce ? demanda-t-il.

— David Norton.

— Le milliardaire ?

Il aurait dû se douter qu'elle viserait haut.

— Il vient d'entrer dans la liste des hommes les plus riches des États-Unis, non ? Il est douzième, si je me souviens bien.

Elle fit la moue devant son miroir.

— Neuvième, mais qui s'en soucie ? répliqua-t-elle.

— Toi, manifestement.

Elle referma son poudrier et le rangea dans son sac.

— Je n'ai pas besoin de son argent. J'en ai déjà beaucoup.

En effet. Entre son héritage et ses ex-maris, Doreen avait de quoi vivre très confortablement pour le restant de ses jours.

— C'est vrai. Mais n'est-il pas un peu vieux pour toi ?

David Norton était un homme bon et charitable, mais il approchait aussi des soixante-dix ans. Doreen n'avait que quarante ans.

— Il apprécie les femmes de mon âge. Et dans notre cercle social, c'est plutôt rare. Tu sais combien de filles de vingt ans m'ont volé mes amants ? Je parie que celle qui a attiré ton regard est une belle et douce jeune femme.

Peut-être un peu trop douce. Les tigresses comme Doreen étaient davantage son style.

— Ta nouvelle amie sera à la soirée ? demanda-t-elle.

— Elle n'est pas…

Il s'interrompit et marmonna un juron. Il venait plus ou moins d'admettre qu'il avait une autre femme en tête.

— Elle n'est pas quoi ? insista Doreen.

Manifestement, elle ne renoncerait pas. Autant lui dire la vérité.

— Elle n'est pas de notre milieu.

— Oh ! Seigneur ! s'exclama-t-elle d'un ton théâtral, plaquant la main contre sa robe. Tu t'aventures hors de ton royaume ? Tu vas avoir des ennuis.

Il détestait quand elle se moquait de lui. Parfois, elle l'appelait même « le roi de la haute société de Nashville ».

— Arrête.

— Je suis sérieuse, Brandon. Ces relations-là ne fonctionnent pas.

— Je n'ai jamais dit que j'avais entamé une relation avec elle.

Il en avait envie, bien sûr, mais pour l'instant, Mary et lui étaient seulement convenus de se revoir au parc.

— Je ne veux pas parler d'elle, de toute manière. Allons à cette soirée, pour que tu puisses décrocher un rendez-vous avec David.

Un sourire s'accrocha aux lèvres pulpeuses de Doreen.

— Tu vas m'y aider ?

— Bien sûr, pourquoi pas ?

Tout ce qui lui importait, c'était que dimanche matin arrive, afin qu'il puisse revoir Mary.

Mary gara sa voiture dans une petite rue et prit la direction du parc. Aujourd'hui, elle devait essayer de percer Brandon à jour. Ce serait plus facile si, comme Alice, elle était convaincue que Brandon n'était pas un homme bien. Mais pour l'instant, elle n'était sûre de rien.

Elle accrocha son grand sac isotherme sur son épaule. Il contenait diverses pâtisseries, ainsi que du café, des tasses et des assiettes. Elle était douée pour préparer des pique-niques. Si toutefois ce petit déjeuner improvisé en était un.

Tandis qu'elle traversait la pelouse, elle chercha Brandon du regard. Quand elle l'aperçut, son cœur tressauta. Elle continua d'avancer, nerveuse. Brandon l'avait vue aussi et allait à sa rencontre, son chien à ses côtés. Ce matin, il faisait plus doux que la semaine dernière. En adéquation avec la météo, Brandon portait un bermuda beige et un T-shirt vert pâle. Malgré sa tenue décontractée, il semblait tout droit sorti d'un magazine de mode. Manifestement, il tenait son sens du style de sa mère. Son père, toujours habillé de noir, ressemblait à un hors-la-loi.

Tandis qu'ils se rapprochaient, Brandon lui offrit un de ses sourires éclatants. Un léger frisson la traversa. Elle avait l'impression qu'elle allait se faire mordre par un beau vampire qui ne craignait pas le jour. Brandon était-il sans âme ? Ou juste trop séduisant ? Quoi qu'il en soit, elle lui rendit son sourire.

— Bonjour, Mary, dit-il lorsqu'ils furent face à face.

— Bonjour, Brandon.

Elle remonta le sac sur son épaule.

— Je n'ai pas de livre aujourd'hui. À la place, j'ai apporté des douceurs pour Cline et pour vous.

Brandon sembla surpris. Apparemment, la possibilité qu'elle pâtisse pour lui ne lui avait pas traversé l'esprit.

— Quel genre de douceurs ? demanda-t-il.

— Pour vous, des muffins framboise-gingembre, des scones chocolat-cannelle et des beignets croustillants aux pommes. Pour Cline, j'ai préparé des biscuits beurre de cacahuète-bacon-citrouille.

— C'est très gentil à vous. Peut-on les goûter maintenant ?

— Bien sûr.

Elle marqua un temps d'hésitation puis ajouta :

— J'ai apporté du café, aussi, au cas où.

Il avait mentionné sur les réseaux sociaux qu'il était amateur de café, mais elle faisait comme si elle l'ignorait.

Elle s'efforça de ne pas fixer sa bouche tentante.

— Si on s'installait ? suggéra-t-il, désignant une table de pique-nique.

Elle hocha la tête, s'intimant de se ressaisir. Fantasmer sur les lèvres de Brandon ne faisait pas partie du plan.

Ils s'assirent l'un en face de l'autre, et Mary se réjouit qu'ils soient séparés par la table. Bien que Brandon ait lâché la laisse de Cline, le husky fidèle ne quitta pas son maître.

Mary installa tout sur la table, de façon aussi jolie que possible. La présentation était l'une des facettes de son métier.

Elle versa le café dans les tasses et en tendit une à Brandon.

— Crème ou sucre ? demanda-t-elle.

— Deux doses de crème.

Elle lui donna la crème ainsi qu'un bâtonnet.

— Moi, je le prends avec du sucre, dit-elle.

Elle sucra son café pendant que Brandon allégeait le sien.

Puis elle prit un sac de biscuits en forme d'os.

— Ces gâteaux sont pour Cline, comme vous l'avez sans doute deviné. Vous voulez peut-être lui en donner un ?

— À vous l'honneur. Appelez-le et demandez-lui de s'asseoir.

Elle suivit les instructions de Brandon, et après quelques secondes, Cline était assis devant elle, la truffe en l'air.

Elle lui lança un biscuit, qu'il attrapa. Il s'allongea à côté d'elle pour le manger.

— Je crois que je viens de me faire un ami pour la vie, conclut-elle.

— Je ne peux pas le lui reprocher.

Brandon la regardait comme si elle était aussi alléchante que les gâteaux qu'elle avait apportés.

— Laquelle de ces douceurs devrais-je goûter en premier ? demanda-t-il.

— C'est à vous de voir.

Elle avala une gorgée de café, en regrettant que ce ne

soit pas de l'eau glacée. Cela aurait pu l'aider à éteindre le feu qui s'était allumé en elle.

Brandon se décida pour un scone au chocolat et à la cannelle. C'était le gâteau le plus moelleux des trois, avec son glaçage épais et crémeux. Elle le regarda en croquer une grosse bouchée.

— Bon sang, c'est délicieux ! s'exclama-t-il.

— Merci. Je suis contente que ça vous plaise.

Elle remarqua sur la table un graffiti : un cœur gravé, avec des initiales à l'intérieur. Il y avait aussi des mots injurieux gravés dans le bois. Rien n'était jamais aussi innocent qu'il n'y paraissait, pas même elle. Si Brandon savait ce qu'elle tramait, il lui jetterait ses gâteaux à la figure.

— Vous ne mangez pas ? s'étonna-t-il.

Tentant de mettre de l'ordre dans ses pensées, elle prit un muffin à la framboise et le posa sur une assiette en papier.

— Je vais prendre ce muffin. Vous pourrez emporter chez vous tout ce que nous ne mangerons pas.

— J'en serais ravi.

Avec tout ce qu'elle avait apporté, Brandon en aurait au moins pour trois jours.

Il but une gorgée de café.

— Quand j'étais petit, j'avais une nounou qui s'appelait Fleur, et qui me donnait des cookies en douce. Elle disait que c'était parce que j'étais très sage, et que cela méritait une récompense.

— Est-ce qu'elle a participé à votre éducation ?

Mary n'avait pas eu de nourrice. Elle avait du mal à imaginer une autre femme que sa mère l'embrasser sur le front, lui donner des biscuits ou la border le soir.

— Non, elle n'est pas restée très longtemps. J'ai eu

des tas de nourrices, mais c'est celle qui m'a le plus marqué. J'avais sept ou huit ans à l'époque. Je crois qu'elle a démissionné pour retourner aux Pays-Bas. J'avais un gros faible pour elle.

Il sourit.

— Mon premier béguin, tout ça à cause de ces cookies.

— Ils étaient aux pépites de chocolat ? demanda-t-elle.

— Je crois bien, oui.

Il porta un toast avec son scone, qui contenait aussi des pépites de chocolat.

— Et vous, qui était le vôtre ? questionna-t-il.

Elle détacha un morceau de son muffin doré.

— Mon quoi ?

— Votre premier béguin.

— Ah, oui.

Elle avait un béguin malvenu pour lui, en tout cas.

— Il s'appelait Kasey. J'étais au collège, et il était un peu plus âgé. Mais il ne m'a jamais remarquée.

Il l'observa de près.

— Vous lui plairiez sans doute, aujourd'hui.

Elle sentit son pouls s'accélérer.

— Je l'ai oublié il y a bien longtemps.

Le regard de Brandon se fit plus profond, plus intense.

— Toute la semaine, je n'ai pas cessé de penser à vous, avoua-t-il. Je n'arrivais pas à vous chasser de mon esprit.

Elle tenta de garder la tête froide, de combattre les envies sensuelles qu'il faisait naître en elle.

— Parce que je suis nouvelle à Nashville ? plaisanta-t-elle.

— Entre autres. Mais pas seulement. J'aimerais vous inviter à dîner, Mary.

Mince. Il venait de lui proposer un vrai rendez-vous. Les choses allaient plus vite qu'elle ne l'aurait cru. Mais elle ne pouvait pas décliner son offre, pas si elle voulait apprendre à le connaître mieux.

— Où irions-nous ? parvint-elle à demander.

Il sourit.

— Dans un bel endroit.

— Je ne suis pas habituée aux beaux endroits.

— Dans ce cas, nous pouvons choisir un lieu chaleureux.

Il marqua un temps puis ajouta :

— Et conclure la soirée par un baiser.

Elle sentit la panique l'envahir.

— Et si je décide que nous ne devrions pas nous embrasser le premier soir ?

— Alors je devrai attendre notre second rendez-vous.

Il termina la dernière bouchée de son scone.

— Mais j'espère ne pas avoir à en arriver là. Quel homme sain d'esprit n'aurait pas envie de vous embrasser ?

Mais il n'était pas n'importe quel homme. Il était l'avocat qui avait fait passer la mère de Mary pour une harceleuse.

— Vous allez un peu trop vite pour moi.

— Je vous mets mal à l'aise. Pourquoi ? Qu'ai-je fait de mal ?

— Rien.

Rien aujourd'hui. Mais il lui avait fait du mal des années plus tôt.

— C'est simplement que je n'ai pas eu de rendez-vous galant depuis longtemps.

— Ce n'est pas un problème, je vous remettrai à niveau. Vous aimez la cuisine chinoise ? Je peux nous réserver une table privée au Crystal Buddha.

— Ça me plairait, dit-elle, triturant sa serviette. Je n'y suis jamais allée mais j'en ai entendu le plus grand bien.

— Que diriez-vous de jeudi soir ?

— D'accord. Je vous donne mon numéro, et vous n'aurez qu'à m'envoyer un message quand vous aurez fait la réservation. Vous devriez peut-être me donner votre numéro aussi.

Une fois qu'ils eurent échangé leurs coordonnées, il jeta un coup d'œil à Cline.

— Je crois que mon chien s'ennuie, observa-t-il.

Cline était étalé sur la pelouse et dormait profondément.

— Il a peut-être besoin d'un rendez-vous galant, lui aussi, plaisanta-t-elle.

— Je crois qu'il est heureux comme il est.

Elle hocha la tête. Le husky ne semblait pas avoir le moindre souci au monde.

Après un instant, elle demanda :

— Cela vous ennuierait si j'achetais la biographie de votre père ? Je suis très curieuse de la lire maintenant.

Il pencha la tête.

— Ah, oui ? Pourquoi ?

— Pour en apprendre plus sur votre famille et sur vous.

Elle pourrait discuter du livre avec lui, et observer ses réactions.

— Cela pourrait faire un sujet de conversation intéressant, fit-elle valoir.

— Bien sûr, nous pourrons en parler pendant le dîner. Autant que vous connaissiez mon parcours, puisqu'il est public, de toute façon. Mais j'espère que vous lisez vite, car le livre fait quatre cents pages.

— Je ferai de mon mieux.

Elle ne pouvait pas lui avouer qu'elle l'avait déjà lu plusieurs fois.

— Dommage qu'il n'y ait pas un livre sur votre famille, dit-il. Je vais devoir apprendre des choses sur vous de manière normale.

Elle se contenta de hocher la tête. Il n'y avait pas de normalité dans cette mascarade. Mais Mary devait se protéger. Et protéger sa sœur, ainsi que la mémoire de leur mère.

— Je suis juste une personne normale, venant d'une famille normale.

— Nous allons faire un drôle de tandem, tous les deux.

— En effet, approuva-t-elle.

Elle espérait seulement que le rendez-vous, et le baiser, la laisseraient indemne.

Lorsque Brandon regagna son loft après sa journée de travail, il reçut la visite inattendue de Tommy.

Son frère cadet entra dans le loft comme la superstar de la country qu'il était, avec sa tenue de style western élégante et ses cheveux châtains légèrement ébouriffés.

— Que me vaut le plaisir de ta visite ? demanda Brandon.

— J'avais un rendez-vous dans le coin, alors je me suis dit que j'allais passer te voir.

— Un rendez-vous avec les producteurs du spectacle ?

Son frère avait signé un énorme contrat pour apparaître dans *Music Mentors*, une émission de téléréalité populaire diffusée sur une grande chaîne.

— Oui, le tournage commence bientôt. Ça te dirait de dîner avec Sophie et moi, ce soir ?

Tommy se tapota le ventre.

— Mon chef cuisinier essaie de m'engraisser. Pour que ma femme enceinte ne se sente pas seule.

Brandon trouvait que le futur père n'avait pas pris un gramme. Mais la dernière fois qu'il avait vu Sophie, son ventre était joliment arrondi.

— J'apprécie ton offre, mais j'ai d'autres projets.

Brandon alla au bar et servit à son frère un verre d'eau pétillante à la fraise, sa boisson préférée. Tommy ne buvait jamais d'alcool. Ayant grandi avec un père alcoolique, il préférait ne pas prendre de risques. Brandon buvait avec modération : un cocktail de temps en temps, un verre de vin pour accompagner son repas. Il n'avait pas une personnalité addictive. Contrairement à leur père.

Il apporta son verre à Tommy.

— Merci, dit son frère, buvant une gorgée de sa boisson. Qu'as-tu prévu ce soir ?

— J'ai rendez-vous avec une jeune femme.

Brandon songea aux cheveux roux naturels de Mary. Jusqu'ici, il ne les avait vus que tressés. Il espérait qu'elle les porterait lâchés ce soir. Si elle le laissait l'embrasser, il pourrait plonger les mains dans ses mèches soyeuses.

— Ce n'est pas le genre de filles que je fréquente d'habitude.

Tommy l'observa, intrigué.

— C'est-à-dire ?

— Elle est aide-pâtissière, et elle étudie pour obtenir son diplôme de chef. Elle vient de l'Oklahoma et partage un appartement avec sa jeune sœur. Elle semble gentille, et sans prétention, tu vois ce que je veux dire ? Je ne l'avais jamais remarquée jusqu'à ce qu'elle m'aborde au parc pour me parler de mon chien.

— Vraiment ? s'étonna Tommy. Mon frère aristocratique va sortir avec une roturière ! J'adorerais être une petite souris pour voir ça.

Brandon soupira.

— Oui, je m'intéresse à quelqu'un qui n'est pas de mon milieu. Pourquoi est-ce que tout le monde en fait toute une histoire ?

— Comment ça, tout le monde ? Qui d'autre est au courant ?

— J'ai parlé d'elle à Doreen. Elle a deviné que j'avais rencontré quelqu'un. Mais elle comptait séduire David Norton, de toute façon, et je l'y ai encouragée.

Comme Tommy le regardait sans comprendre, il ajouta :

— Le milliardaire qui vient d'ouvrir le nouveau centre de recherche sur le cancer.

— Ah, oui. Ce type-là. Je vois bien Doreen avec lui. Mais toi avec une fille qui t'a abordé au parc ? C'est dingue, le taquina-t-il.

— Je ne sais pas. Peut-être que ça l'est.

Brandon observa son loft et se demanda ce que Mary penserait de cet endroit. Il collectionnait des œuvres d'art modernes et contemporaines, et venait d'acquérir des nus abstraits qu'il avait accrochés dans sa chambre. Ils étaient érotiques par nature, et Brandon n'avait jamais rien acquis de tel auparavant. Mais après avoir rencontré Mary, il avait éprouvé l'envie irrépressible de les posséder. Tout comme il avait envie de la posséder ?

— Qu'est-ce qui est différent cette fois ? demanda Tommy.

Brandon s'arracha à ses pensées.

— Comment ça ?

— Pourquoi t'intéresses-tu à quelqu'un comme elle ?

Brandon songea de nouveau aux tableaux dans sa chambre.

— C'est peut-être purement sexuel, avoua-t-il.

Tommy termina son eau pétillante et reposa le verre vide sur la table.

— Tu fantasmes sur une fille sage.

— Oui, et ça me donne l'impression d'être un requin. Un prédateur en quête de sang.

— En fait, je ne devrais même pas t'en parler !

— Au moins, tu élargis tes horizons.

En désirant une femme qui n'avait eu qu'un seul petit ami ? Peut-être ne devrait-il pas essayer de l'embrasser ce soir. Ni même la revoir après leur dîner.

— Elle connaissait très peu notre famille quand je l'ai rencontrée. Mais elle m'a demandé si je voyais un inconvénient à ce qu'elle lise la biographie de papa. Je lui ai dit que non, et elle compte avoir tout lu avant notre rendez-vous.

— Tu l'as prévenue que notre père peut être une ordure ? ironisa Tommy.

— Ce n'est plus une ordure.

Kirby s'efforçait de se racheter, de se faire pardonner toutes ces années où il avait menti à son épouse et ignoré ses enfants.

Tommy l'observa, l'air songeur.

— C'est fou, tu ne t'es jamais disputé avec lui, pas une fois, souligna-t-il.

Car Brandon était le fils raisonnable, celui qui ne créait jamais d'ennuis. Le pacificateur, de l'avis de toute la famille. Tommy était autrefois un fauteur de troubles. Quant à Matt ? Son seul crime avait été de naître d'un lit adultérin. Leur père avait fait du mal à beaucoup de gens, mais il avait changé à présent.

— Je vais te laisser, dit Tommy. Amuse-toi bien avec ton amie, et amène-la à la maison un de ces jours, si votre relation se poursuit. J'aimerais beaucoup la connaître.

— C'est juste un dîner.

Brandon ne savait pas s'il la reverrait après cela.

— Je ne vais même pas passer la prendre à son appartement. Elle préfère me retrouver au restaurant.

— Elle est indépendante, apparemment.

Prudente, plutôt, se dit Brandon.

Sans s'attarder sur le sujet, il accompagna Tommy à la porte.

— Embrasse Sophie pour moi, dit-il.

— Je n'y manquerai pas.

Brandon regarda son frère partir. Tommy avait épousé son amie d'enfance. Au départ, il était censé n'être que le donneur de sperme pour son bébé. Mais au fil des semaines, ils étaient tombés amoureux.

Brandon, pour sa part, n'avait jamais été amoureux, pas même un peu. Et il doutait de l'être un jour. Cela dit, Tommy avait dit la même chose autrefois. Ils avaient grandi dans un foyer à problèmes, où l'amour et le mariage n'avaient guère eu de sens. Pourtant, malgré leur environnement familial, ses deux frères étaient en train de créer des familles stables. Alors, Brandon connaîtrait peut-être le bonheur conjugal un jour, lui aussi.

Chassant cette pensée de son esprit, il alla dans sa chambre pour se doucher et se préparer avant son rendez-vous avec Mary. Ce n'était pas le moment de penser à l'amour. Ou au sexe, d'ailleurs. Ce soir, il devrait réprimer sa libido, et garder les idées claires.

- 3 -

Un. Deux. Trois.

Mary se tenait devant le lavabo et comptait ses respirations. Une technique qu'utilisait sa mère chaque fois qu'elle se préparait pour un grand événement.

Quatre. Cinq. Six.

Observant son reflet dans le miroir, elle fronça les sourcils, déçue. La méthode de sa mère ne fonctionnait pas. Mary était toujours pleine d'appréhension avant son rendez-vous avec Brandon.

Lorsque sa sœur entra dans la pièce, Mary vit son reflet dans le miroir, tel un fantôme, et fut secouée d'un frisson. Quand Alice était petite, elle suppliait souvent Mary de lui lire des histoires de fantômes.

— Tu es très en beauté, commenta Alice.

— Tu trouves ?

— Oui. Tu as la même coiffure que maman.

— J'ai appliqué de la mousse pour dessiner mes boucles.

Mais elle n'avait pas fait cela dans le but de ressembler à leur mère.

— Ses cheveux étaient d'un roux un peu plus foncé que le mien, fit-elle remarquer.

— N'empêche, ça me rappelle ses anciennes photos, celles d'avant.

Avant que Kirby Talbot ne la détruise. Mary comprenait exactement ce que sa sœur voulait dire.

— Ce n'est pas juste, déplora Alice.

Leur mère était décédée d'une insuffisance cardiaque à cinquante-deux ans à peine.

— Oui, le destin n'a pas été tendre avec elle, enchérit Mary. D'abord, elle a perdu papa, ensuite Kirby a profité d'elle.

— Je ne comprends pas pourquoi nos parents ne se sont jamais mariés.

— Parce que papa n'y tenait pas.

— Oui, mais c'était comme s'ils étaient mariés de toute façon. Ils vivaient ensemble et avaient deux enfants. Alors où était la différence ?

— Je ne peux pas parler pour papa, et j'ignore pourquoi il pensait que se marier n'était pas nécessaire. Je n'ai que quelques souvenirs de lui. Et toi, tu n'en as aucun.

Joel McKenzie était chauffeur routier et passait des mois d'affilée loin de la maison. Environ un an après la naissance d'Alice, il avait eu un accident qui lui avait coûté la vie.

— Il était gentil avec maman, en tout cas, même s'il ne voulait pas l'épouser, dit Mary. Elle l'a souvent répété.

— Je me dis que tout irait bien s'il était encore de ce monde.

Mary acquiesça d'un signe de tête.

— Oui. Maman ne serait jamais venue à Nashville et n'aurait jamais couché avec Kirby si papa avait été en vie.

Et leur mère n'aurait jamais eu de liaison avec Kirby s'il avait été marié à l'époque. Elle n'était pas une briseuse de ménage.

— Elle me manque, dit Alice en soupirant.

— À moi aussi.

Pas un jour ne passait sans qu'elles ne pensent à leur mère. Cela faisait six mois maintenant qu'elle les avait quittées.

Toutes deux se turent, et un immense nuage de tristesse sembla planer au-dessus d'elles.

Ce fut Alice qui brisa le silence.

— Je ne sais pas ce que je serais devenue si tu n'avais pas été là quand maman est tombée en dépression. C'est toi qui préparais mes repas et qui m'aidais à faire mes devoirs. Maman arrivait tout juste à aller au travail chaque jour.

— C'était une période difficile pour nous toutes.

Mary songea à l'état émotionnel dans lequel sa sœur et elle se trouvaient à présent : un mélange de chagrin et de douleur, devenu bien trop familier.

— Et nous sommes encore affectées par tout ça, ajouta-t-elle.

— Oui, mais au moins, nous agissons pour que ça change.

— En piégeant Brandon ?

À cette pensée, une nouvelle vague de nervosité monta en elle.

— Comment est mon maquillage ? demanda-t-elle.

Elle avait appliqué un mascara brun foncé et un rouge à lèvres abricot, appelé *Malice d'Été*. Un nom tout à fait approprié.

— Il faudrait peut-être ajouter un peu de blush, suggéra Alice.

Elle passa en revue les cosmétiques posés sur le comptoir.

— Je m'en charge, dit-elle.

Elle passa le pinceau sur les joues de Mary pour les colorer davantage.

— Voilà, c'est parfait, conclut-elle.

— Tu m'aides à choisir ma tenue ? demanda Mary. J'ai posé quelques vêtements sur mon lit, mais je n'arrive pas à me décider.

— Pas de problème, allons voir ça.

Elles se rendirent dans la chambre de Mary. Alice passa en revue chaque pièce, puis déclara :

— J'ai quelque chose qui ferait mieux l'affaire. Attends une seconde.

Elle alla dans sa chambre et revint avec une jolie robe cocktail couleur pêche au corset de dentelle.

— Je l'avais achetée quand j'étais dans ma phase pastel, mais je ne l'ai jamais portée. À mon avis, elle t'ira à merveille.

Alice et elle faisaient la même taille, mais leurs styles respectifs étaient rarement interchangeables.

— Tu es sûre que le corset n'est pas un peu trop audacieux ? objecta Mary. Je ne suis pas habituée à ce genre de vêtements. Et puis, je suis censée être une fille sage. Je ne peux pas me montrer à mon premier rendez-vous dans une tenue sexy et provocante.

D'autant qu'elle avait déjà du mal à combattre les désirs que Brandon faisait naître en elle.

— C'est juste un peu de dentelle, tempéra Alice. Rien de provocant là-dedans. Et le corset est entièrement doublé, alors on ne verra rien d'indécent. Essaie-la, tu veux bien ?

— D'accord, si tu insistes.

Mary enfila la robe puis se plaça devant le miroir de son placard pour observer le résultat.

— Oh ! C'est joli.

— Je te l'avais bien dit.

Alice sortit du placard une paire d'escarpins couleur chair.

— Tu peux l'assortir à ces chaussures.

— Et pour le sac ?

À ce stade, autant laisser sa sœur choisir toute la tenue.

— Voyons voir…

Alice fouilla dans le placard et trouva un sac de soirée noir avec une chaîne dorée.

— Celui-ci est parfait. Tu devrais mettre des créoles dorées aussi. J'ai une paire qui se mariera très bien avec ta chevelure.

Bientôt, Mary fut prête.

— Il va en tomber à la renverse ! s'exclama Alice.

Mary ne répondit rien. Maintenant, elle devait gagner sa voiture et se rendre à son rendez-vous, tant qu'elle en avait encore le courage.

Dès que Mary était entrée dans le restaurant, Brandon avait été hypnotisé. Et maintenant, tandis qu'ils étaient assis face à face sur des banquettes écarlates, entourés par un rideau de velours doré qui les isolait des autres clients, il la dévisageait encore. Il la trouvait si fraîche et radieuse, cette femme sans prétention qui le troublait de manière inexpliquée…

Son attirance pour elle était-elle uniquement sexuelle ? Ou y avait-il d'autres émotions en jeu ? Par le passé, il avait toujours su ce qu'il voulait avec une femme. Mais avec Mary, ce n'était pas si évident.

Le centre de table, composé d'orchidées et de chandelles, projetait une douce lumière dorée.

Tandis qu'ils buvaient du thé et mangeaient des amuse-bouches, il attendit qu'elle mentionne la biographie de son père. Jusqu'ici, elle n'avait pas abordé le sujet. Mais ils en étaient encore aux banalités d'usage. Une étape qu'il aimerait passer rapidement.

Par conséquent, il décida d'aborder la question lui-même. Après avoir avalé une raviole, il lança :

— Je meurs d'envie de savoir si vous avez lu *Kirbyville*.

C'était le titre de la biographie, ainsi que le surnom de la luxueuse propriété dans laquelle Brandon et Tommy avaient grandi. Leur père y vivait toujours.

— Oui, je l'ai lu. Je l'ai dévoré, même.

Elle marqua un temps d'hésitation, comme si elle rassemblait ses pensées.

— Le fait que l'auteur soit la fiancée de Matt, je trouve cela fascinant. Comme le fait qu'ils se soient rencontrés pendant qu'elle effectuait des recherches pour le livre. Cela m'a plu qu'elle incorpore quelques éléments de sa relation avec Matt. La relation de Tommy et Sophie m'a intéressée aussi.

Elle s'interrompit un instant.

— Mais ce sont les passages vous concernant qui étaient les plus captivants, ajouta-t-elle.

Il l'étudia dans la lumière pâle des chandelles.

— Parce que je suis dépeint comme le fils raisonnable ? Celui qui maintient les liens entre tous les membres de la famille ?

Elle prit sa tasse de thé au jasmin, la vapeur s'élevant devant son visage.

— C'est ce que vous êtes, Brandon ?

— C'est ce que j'ai toujours été, je suppose.

Mais pour l'instant, il n'avait pas l'impression d'être très raisonnable. Mary le laisserait-elle l'embrasser ce soir ? Pourrait-il passer les mains dans ses cheveux ? Elle les portait lâchés, exactement comme il l'avait espéré.

— Il y a des parties du livre que j'ai trouvées perturbantes, avoua-t-elle. Mais je…

— Si vous avez peur d'aborder des questions sensibles, il ne faut pas. Tout ce qui est dans la biographie de papa, nous pouvons en discuter. C'est lui qui a décidé de dévoiler tout cela, et vous pouvez dire tout ce que vous pensez.

— D'accord. C'est à propos de vos parents et de leur relation.

Elle plissa son nez parsemé de charmantes taches de rousseur.

— Dans les passages où votre mère est interrogée, elle déclare qu'elle aurait préféré avoir un mari monogame. Pourtant, elle a laissé votre père avoir des maîtresses, parce qu'elle savait qu'il l'aurait trompée de toute façon. Je ne vois pas quel était le bénéfice pour elle.

— Je sais. Pour Tommy et moi, c'était difficile à comprendre également. Je crois que c'est pour cela que Tommy est devenu un play-boy, et qu'il lui a fallu tant de temps pour se rendre compte qu'il aimait Sophie. Nous n'avions pas eu de lignes directrices conventionnelles. Je ne sais pas si je me caserai un jour, car le mariage m'a toujours fait peur. Mais peut-être que je finirai par dépasser mes craintes.

Pour l'instant, il essayait seulement de composer avec son attirance pour Mary.

— L'autre élément qui m'a troublé, c'est que la seule chose que votre mère ait demandée à votre père de ne pas faire, il l'a faite quand même.

— Avoir un bébé avec une autre femme ? Et être un père minable pour cet enfant, par-dessus le marché ?

Brandon ne pouvait nier que son père s'était montré très égoïste à cet égard. Matt était le fils d'une maîtresse de longue date de Kirby – une femme qui vivait au Texas, et qui avait plus ou moins élevé Matt seule.

— À la place de Matt, je ne sais pas si j'aurais pu pardonner à votre père.

— Vous m'avez pourtant l'air d'être une personne indulgente.

Elle détourna les yeux, l'air gêné. Mais bien vite, elle rcplongea le regard dans le sien et poursuivit :

— Quand je suis arrivée au passage qui évoque le divorce de vos parents, j'étais du côté de votre mère. C'est une femme bien, on dirait.

— Oui. Mais je pense que mon père est un type bien aussi, au fond de lui. Il regrette sincèrement toutes ses erreurs.

— C'est ce qu'il ne cesse de répéter dans le livre, mais tout de même, il a fait beaucoup de mal. Pas seulement à votre mère et à Matt, mais aussi à Tommy et à vous.

— En ce qui me concerne, ce n'était pas si terrible. Mon père n'était pas un parent idéal, je vous le concède. Mais il ne m'a pas rejeté émotionnellement comme il l'a fait avec Tommy

— Pourquoi l'aurait-il fait, puisque vous avez toujours été loyal envers lui ?

Il fronça les sourcils, un peu piqué.

— Vous n'approuvez pas le fait que je l'aie toujours soutenu ?

— Je ne voulais pas dire…

Elle sembla embarrassée, comme si elle craignait d'en avoir trop dit.

— Ça ne fait rien, dit-il.

Après tout, c'était lui qui l'avait invitée à exprimer ses sentiments en toute honnêteté.

— Vous pourrez peut-être faire la connaissance de

mon père un jour, et vous faire une opinion après l'avoir rencontré en personne.

Elle prit sa tasse de thé, la faisant cliqueter contre la soucoupe.

— Nous devrions peut-être nous en tenir à l'instant présent, suggéra-t-elle.

Mary avait peut-être raison sur ce point. Ce n'était que leur premier rendez-vous, et il pensait déjà à la présenter à son père…

— J'imagine que ce serait un peu trop tôt, concéda-t-il, d'autant que vous venez de lire son livre. Mais Tommy aimerait vous rencontrer, en tout cas.

— Vous avez parlé de moi à votre frère ? s'étonna-t-elle.

— J'ai dit que je dînais avec une jeune femme qu'il ne connaissait pas.

Il ne pouvait pas lui rapporter ses autres confidences. Le fait que son attirance pour elle soit peut-être purement sexuelle. Et qu'il éprouve des sentiments ambivalents envers elle. S'il ne tenait qu'à lui, il la conduirait dans son loft ce soir, et la déshabillerait entièrement.

— Tommy souhaite-t-il rencontrer toutes les femmes que vous invitez à sortir ?

— Non. Mais je lui ai dit que vous étiez très différente des femmes que je fréquente habituellement.

— Différente de quelle manière ?

— Je lui ai dit que vous étiez une femme douce et sans prétention.

Il l'imagina dans son lit, enroulée dans un drap, sa chevelure de feu étalée sur son oreiller.

— Ça ne vous ennuie pas que je vous aie décrite de cette façon, j'espère ?

Elle l'étudia par-dessus le bord de sa tasse.

— Vous pouvez me décrire comme bon vous semble.

Mais la manière dont vous me regardez me donne le sentiment d'être plus sensuelle que je ne le suis.

Son aveu provoqua aussitôt une décharge de désir en lui.

— Peut-être que vous étouffiez simplement cette facette de vous jusqu'à maintenant, fit-il valoir.

— Mais je n'avais jamais ressenti cela avant.

Elle baissa la voix et ajouta :

— Je pense que c'est l'effet que vous avez sur moi.

Brandon aurait pu parler de ce sujet toute la soirée, mais le serveur vint leur apporter leurs entrées, mettant un terme à la conversation.

Lorsqu'ils furent de nouveau seuls, ils commencèrent à déguster leurs plats. Tous deux avaient choisi des mets épicés.

Ils mangèrent en silence. Mais Brandon ne pouvait s'empêcher de la regarder, et de repenser à ce qu'elle venait d'avouer. Mais il décida que ce n'était pas le moment de revenir sur ce point.

Il désigna les baguettes à côté d'elle.

— Vous ne vous en servez pas ? demanda-t-il.

— Je n'ai jamais réussi à utiliser des baguettes.

— Je peux vous apprendre. Ce serait plus facile si je m'asseyais à côté de vous.

Une bonne excuse pour se rapprocher d'elle, et respirer son parfum.

— Vous voulez essayer ? demanda-t-il.

— D'accord. Mais si je fais tomber de la nourriture sur mes genoux, ne vous moquez pas de moi.

— Ne vous inquiétez pas, dit-il en se levant. Ce n'est pas mon style.

Il alla se glisser sur l'autre banquette, et se tourna vers Mary pour lui faire face. Il replaça une mèche de cheveux qui lui barrait le visage, un geste qu'il trouva étrangement romantique.

— C'était juste pour qu'elle ne vous gêne pas, expliqua-t-il, ressentant le besoin de se justifier.

— Je devrais peut-être m'en charger moi-même.

Elle coinça ses cheveux derrière ses oreilles. Puis, avec un petit soupir, elle sortit les baguettes de leur emballage.

— C'est comme ça qu'il faut les tenir ? demanda-t-elle.

— Il ne faut pas les serrer. Si vous les tenez trop fort, vous pourriez faire tomber la nourriture ou la projeter dans l'air.

Il lui fit une démonstration avec ses propres baguettes, les plaçant comme il le fallait. Il expliqua que la baguette du dessous restait stable, tandis que l'index et le majeur soulevaient la seconde.

— Vous voyez ? dit-il, prenant un morceau de poulet de l'assiette de Mary avant de le reposer. Maintenant, à vous.

Elle fit plusieurs tentatives infructueuses. Elle était sans doute nerveuse parce qu'il était tout près d'elle, se dit-il. L'énergie sexuelle entre eux était palpable.

— Votre plat va refroidir si vous continuez de m'aider à manger le mien.

— Mais vous y êtes presque, dit-il, se penchant vers elle.

— Vraiment ?

Elle plongea le regard dans le sien au lieu de se concentrer sur son assiette.

— Essayez une dernière fois, l'encouragea-t-il en soutenant son regard.

Elle fit une autre tentative et réussit à porter un morceau de poivron à sa bouche. Puis elle essaya de saisir un morceau de poulet, en vain.

Elle secoua la tête.

— À ce train-là, nous en aurons pour toute la soirée, déplora-t-elle.

— D'accord, arrêtons là. Continuez de vous entraîner dès que vous le pouvez.

— Je le ferai. Et merci d'avoir essayé de m'apprendre, dit-elle, troquant ses baguettes contre sa fourchette.

— Pas de problème.

Il reprit place face à elle. Ce cours avait été amusant, en tout cas.

— Où en étions-nous ? demanda-t-elle pendant qu'il se remettait à manger.

— C'est-à-dire ?

— Mon compte rendu de la biographie de votre père.

Il préférait en apprendre davantage sur elle.

— Nous devrions peut-être reparler du livre une autre fois, suggéra-t-il. Je vous disais que je n'étais pas sûr de vouloir me ranger. Et vous ? Est-ce que vous comptez vous marier un jour ?

— Je ne sais pas. Je suis sans doute aussi incertaine que vous sur ce plan.

— Vraiment ? Pourquoi ?

Il s'était attendu à une réponse plus conventionnelle de sa part.

— Eh bien, ça me semble contre-productif d'attendre un happy end.

Happy end mis à part, il avait toujours envie de l'embrasser. Il avait beau éprouver des sentiments ambivalents à son égard, il ne pensait qu'à lui donner un baiser.

— Vos parents sont divorcés aussi ? C'est pour cela que vous n'êtes pas plus attirée par le mariage que je ne le suis ?

Elle remua le reste de son poulet impérial dans son assiette.

— Mes parents sont décédés, et je préfère ne pas parler d'eux. Ma grand-mère aussi nous a quittés. Alice est ma seule famille.

— Je suis vraiment navré.

Il plongea le regard dans ses grands yeux noisette, empreints de tristesse. Elle semblait très vulnérable à cet instant.

— J'ignorais que vous n'aviez plus que votre sœur.

Sa propre famille était littéralement un livre ouvert. Mais pas celle de Mary, et il devait respecter cela. Toutefois, elle lui avait fait très peu de confidences. Plus la soirée avançait, plus Mary devenait un mystère pour lui.

Un mystère qu'il ignorait comment éclaircir.

Quand Brandon et Mary eurent fini leurs plats, ils commandèrent de la crème glacée frite en dessert. Tandis qu'ils attendaient d'être servis, Mary songea qu'elle aurait aimé avoir un vrai rendez-vous galant. Si tel avait été le cas, elle n'aurait pas eu à cacher tant d'informations sur elle.

Néanmoins, elle en avait déjà trop dit. Comme la sensualité que Brandon éveillait chez elle. Elle n'aurait pas dû faire cet aveu, même s'il était vrai. Tout chez lui la mettait en émoi. Lorsqu'il s'était assis à côté d'elle pour l'aider à utiliser ses baguettes, elle avait eu bien du mal à respirer. Et maintenant, ils étaient piégés dans l'un de ces silences qui avaient émaillé leur soirée.

Leurs desserts arrivèrent enfin, leur donnant une occupation bienvenue.

Brandon saisit sa cuillère et brisa la coque croustillante qui entourait la crème glacée.

— Vous avez déjà préparé ce genre de desserts ? demanda-t-il.

— Non, mais je compte essayer. Dans la cuisine asiatique, on frit habituellement la crème glacée dans une pâte à tempura. Mais on peut aussi faire une coque avec des corn-flakes, des noix et des miettes de biscuits, par exemple.

Elle goûta sa propre glace et la laissa fondre dans sa bouche. Son dessert était recouvert d'une sauce au caramel. Brandon avait opté pour du chocolat.

— Le dessert est toujours ma partie préférée dans un repas, confia-t-il. J'ai dégusté tous les gâteaux que vous m'avez donnés l'autre jour. Résultat : j'ai dû faire un peu plus de sport cette semaine.

Elle l'imagina, le corps brillant de sueur.

— Pourquoi les choses qui sont si mauvaises pour nous sont si délicieuses ? demanda-t-elle.

— Il semble en effet que ce soit le cas. Mais s'adonner à l'interdit peut être amusant.

Ou dangereux. Si elle se laissait aller avec lui, Dieu seul savait ce qui pourrait arriver. Elle n'avait toujours pas décidé si elle accepterait un baiser de lui ce soir.

— Vous voulez échanger ? demanda-t-il.

— Je vous demande pardon ?

— Vous pouvez goûter mon dessert, et je goûterai le vôtre.

C'était une suggestion tout à fait normale, songea-t-elle. Les gens partageaient des desserts tous les jours. Pourtant, avec lui, cette proposition semblait sensuelle.

Il fit glisser sa coupe vers elle.

— Allez-y, servez-vous.

À son tour, elle fit glisser sa coupe vers lui. Si seulement il n'était pas le fils de Kirby Talbot… S'il était un homme ordinaire, elle pourrait savourer sa compagnie sans culpabilité ni crainte.

Ils goûtèrent les glaces en même temps.

— Que pensez-vous de mon dessert ? demanda-t-il.

— Aussi bon que le mien.

Sucré, croustillant, et très savoureux.

— Vous voulez reprendre le vôtre, ou garder encore le mien ? demanda-t-il.

— Je prends une dernière bouchée.

Elle lécha une autre cuillerée de crème glacée et faillit gémir de plaisir. La façon dont Brandon la regardait éveilla de nouveau sa sensualité.

Lorsqu'ils eurent chacun récupéré leur dessert, il demanda :

— Avez-vous déjà suivi des cours d'art ? Est-ce un prérequis pour devenir chef pâtissière ?

Elle tenta de prendre un air neutre, et de répondre comme si son corps n'était pas en train de la trahir.

— Non, ce n'est pas obligatoire. Mais les chefs pâtissiers doivent être naturellement créatifs, et faire en sorte que la présentation soit à la hauteur du goût. J'ai pris quelques cours de dessin au lycée. J'étais plutôt douée.

— Je ne sais absolument pas dessiner. Mais je suis un collectionneur d'art. J'adore aller dans les musées, les galeries, et acheter de nouvelles pièces.

— J'aime ce que l'art provoque chez moi. L'émotion qu'il peut susciter. Mais je vais rarement dans les musées ou les galeries.

Ce n'était pas son monde, voilà tout.

— Peut-être pourrions-nous y aller ensemble ? offrit-il.

Était-il déjà en train de lui proposer un second rendez-vous ? C'était l'homme le plus entreprenant qu'elle ait rencontré, sans nul doute. Cela dit, son expérience sentimentale était très limitée.

— Alors, vous pourriez m'apprendre à devenir une connaisseuse ?

— Oui, pourquoi pas ? Ce que je préfère, c'est le contemporain. Mais je collectionne de l'art moderne aussi.

— J'ai toujours pensé que c'était la même chose, avoua-t-elle. Au lycée, nous n'avons pas abordé cette question.

— Le moderne commence au XIXe siècle et se termine dans les années 1950. Le contemporain, c'est tout ce qui vient après cette période jusqu'à maintenant. Il est donc en constante évolution.

Il se pencha par-dessus la table.

— J'ai des collections dans mes deux domiciles.

— Deux ?

— J'ai un loft en centre-ville. Et une maison à la campagne, mais je n'y passe pas beaucoup de temps. Parfois, je ne sais même plus pourquoi je l'ai achetée, en dehors du fait qu'elle est proche de Kirbyville.

Kirbyville. Le complexe de luxe dans lequel il avait grandi, et où son père vivait encore. Elle avait vu des photos de la propriété dans le livre. La mère de Mary n'y était jamais allée. Elle retrouvait Kirby dans des hôtels, car il l'avait maintenue à l'écart de sa vie. Mais Brandon n'essayait pas de cacher Mary. Il l'avait déjà invitée à rencontrer sa famille. Seulement, pour l'instant, elle ne pouvait tout simplement pas l'envisager.

— Pourquoi ne passez-vous pas plus de temps dans votre maison de campagne ? Et pourquoi regrettez-vous de l'avoir achetée ?

— C'est juste que parfois, je trouve bizarre d'y séjourner tout seul. J'ai des employés qui s'occupent de tout, mais ça me semble beaucoup trop grand pour une seule personne. Je n'arrête pas de me dire que je devrais en faire don pour une vente de charité, mais je ne franchis jamais le cap.

En Oklahoma, Mary avait servi des repas chauds aux plus démunis, mais ce n'était pas la même chose que de faire don de sa résidence secondaire.

— Vous pourriez la vendre.

— C'est vrai. Mais il faudrait que je déplace toutes les œuvres d'art que j'ai accumulées là-bas.

— Vous êtes un vrai amateur d'art, alors.

— Oui. J'ai même acheté des tableaux en pensant à vous.

Elle inclina la tête sur le côté.

— Ils représentent des pâtisseries ? Vous les avez accrochés dans votre cuisine ?

Ayant déjà fini son dessert, il s'adossa à la banquette.

— Ils sont dans la chambre de mon loft.

Mary faillit en faire tomber sa cuillère. Inutile d'être un génie pour comprendre qu'il s'agissait d'œuvres érotiques. Elle le voyait dans les yeux de Brandon, elle l'avait entendu dans sa voix. Et la mention de sa chambre était un indice évident.

— Et moi qui croyais que c'étaient des représentations d'éclairs ou de choux à la crème ! plaisanta-t-elle.

— Non, pas vraiment, dit-il en souriant.

— Quelle idiote je fais, fit-elle, tentant de se défaire de son embarras. Je crois qu'il est temps que je rentre. Je dois être à la pâtisserie à 4 heures demain matin.

— Vous travaillez toujours aussi tôt ?

— Oui. Mais je suis matinale, alors ça ne me pose pas de problème.

Elle chercha ses mots, s'efforçant de chasser ces tableaux de son esprit.

— Et puis, j'ai mes week-ends. Au moins, j'ai un emploi du temps assez normal.

— Moi aussi, je suis matinal. C'est pour ça que je me lève si tôt le dimanche pour emmener Cline au parc.

Il fit signe au serveur afin de leur apporter l'addition.

— Mais je vais vous libérer, dit-il. Pour que vous puissiez dormir un peu.

Il marqua un temps, le regard rivé au sien.

— Bien sûr, je vais devoir insister pour vous accompagner à votre voiture. Je ne veux pas vous laisser partir si facilement.

Parce qu'il espérait encore l'embrasser, devina-t-elle.

- 4 -

Brandon accompagna Mary jusqu'à sa vieille Toyota, qu'elle avait achetée après avoir économisé pendant des mois. La BMW flambant neuve de Brandon était garée quelques mètres plus loin. Si Mary n'avait pas perçu la différence de classe entre eux avant, elle l'aurait ressentie maintenant, pour sûr. Brandon respirait la richesse et le pouvoir, lui qui était le fils d'une des plus grandes stars de Nashville. Dieu merci, il ne ressemblait pas physiquement à Kirby. S'il avait eu les mêmes traits que son père, elle n'aurait sans doute pas pu supporter de le côtoyer de si près. Et elle n'éprouverait certainement pas de désir pour lui. Un désir impérieux, qui ne pourrait mener qu'au désastre si elle l'assouvissait.

Elle s'appuya contre la portière de sa voiture. Ce qu'elle regretta aussitôt. Car Brandon s'était approché, la piégeant entre le véhicule et lui.

Il était très élégant dans ses vêtements de luxe, mais il serait sans doute encore plus irrésistible en tenue d'Adam…

Elle n'avait vu aucune photo dénudée de lui. Il ne publiait pas ce genre de clichés. Pas d'images à la plage, rien qui dévoile son corps au public. Mais elle était sûre que si elle glissait les mains sous sa chemise, elle découvrirait des abdominaux en béton.

Ce n'était pas très sage d'avoir ce genre de pensées, se dit-elle. Mais c'était plus fort qu'elle.

— Quand j'étais adolescent, j'emmenais mes petites amies dans un bel endroit à la campagne pour les embrasser, dit-il, effleurant sa joue. Je n'ai jamais embrassé une femme sur un parking, à la lumière des réverbères.

Le contact de sa main la fit frissonner.

— Nous ne sommes pas en train de nous embrasser, fit-elle remarquer. Nous sommes juste en train de discuter.

— Et nous ne sommes pas des adolescents.

Il passa le pouce sur sa bouche, le glissant même à l'intérieur de sa lèvre inférieure.

Une caresse préliminaire à un baiser. Si Mary n'était pas appuyée contre sa voiture, elle aurait pu perdre l'équilibre.

— Allez-vous me laisser vous embrasser, Mary ? demanda-t-il.

Elle devrait répondre *non*. Pourtant, elle murmura :

— Oui.

Sans attendre, il se pencha vers elle. Il captura ses lèvres, l'attirant dans sa toile séductrice et annihilant sa raison.

Lorsqu'il fit glisser sa langue sur la sienne, elle gémit contre ses lèvres. Et quand il lui releva le menton, elle émit un nouveau son de plaisir. Une vague brûlante se propagea en elle, la réchauffant de part en part. Elle enroula les bras autour de son cou, l'attirant contre lui, pour l'entraîner dans le même feu.

Brandon était-il aussi excité qu'elle ? Était-il tendu de désir, les muscles contractés et le corps parcouru de picotements ?

Ils se frottèrent l'un contre l'autre, approfondissant leur baiser. Ils se connaissaient à peine, pourtant ils s'embrassaient de manière indécente devant un restaurant fréquenté.

Ce fut Brandon qui reprit ses esprits en premier et s'écarta d'elle. Elle entendit de nouveau les sons ambiants, qui lui écorchèrent les oreilles. D'autres clients regagnaient leurs voitures et discutaient.

— Je ne pense pas que je vais réussir à dormir ce soir, avoua-t-elle.

— Je me sens coupable.

— Ce n'est pas à cause de vous. Ma chambre est parfois trop surchauffée. L'air conditionné ne fonctionne jamais très bien, et le service d'entretien de notre immeuble n'est pas très doué pour les réparations.

— Alors, c'est ce qui va vous empêcher de dormir ? La chaleur moite d'une nuit d'été dans le Tennessee ?

L'air n'était pas si humide ce soir. Mais la température lui semblait toujours plus élevée quand Brandon était face à elle.

— Les étés en Oklahoma peuvent aussi être très chauds.

— Quelle tenue portez-vous pour vous rafraîchir ? demanda-t-il.

Elle sentit sa bouche s'assécher. Cela commençait à ressembler à du sexe par téléphone, à la différence près qu'ils se parlaient en faceàface.

— Ce qui me tombe sous la main.

Un soutien-gorge et un slip, un vieux T-shirt, une nuisette légère. Mais ce soir, elle était tentée de dormir nue, pour pouvoir mieux fantasmer sur lui.

— Je ferais mieux d'y aller, déclara-t-elle.

— D'accord. Quand nous reverrons-nous ?

Ce soir, quand elle rêverait de lui. Ou peut-être seraient-ce des cauchemars. Elle commençait à tomber sous le charme d'un homme qui avait contribué à faire du mal sa mère. Même s'il ne l'avait pas fait à dessein, Brandon était tout de même lié aux tourments que la mère de Mary avait traversés.

— Quand, Mary ?

— Je ne sais pas.

Elle était de plus en plus perdue.

— Nous verrons plus tard, esquiva-t-elle.

— D'accord.

Il se pencha pour l'embrasser de nouveau. Mais cette fois, ce fut un baiser de gentleman : une bise sur la joue.

— Vous m'enverrez un message pour me dire que vous êtes bien arrivée ?

Elle hocha la tête, puis ouvrit sa portière. Elle grimpa dans la voiture et s'enferma dans l'habitacle. Malgré cela, elle craignait de ne plus jamais être à l'abri de son désir pour Brandon.

Mary eut un autre rendez-vous avec Brandon, un samedi suivant. Elle avait eu neuf jours pour se remettre de leur baiser. Mais depuis cette soirée, Brandon occupait toutes ses pensées.

Une fois de plus, elle avait pris sa voiture et l'avait retrouvé à l'endroit de leur rendez-vous. Aujourd'hui, il s'agissait d'une galerie spécialisée dans l'art naïf. Jusqu'à la veille, Mary ne savait même pas que ce courant existait, mais elle avait vite appris qu'il faisait référence à des œuvres créées par des artistes n'ayant pas eu de formation officielle. La plupart des créateurs semblaient avoir une vision enfantine, se concentrant sur les animaux, les humains et les plantes plutôt que sur des objets inanimés. Elle remarqua aussi l'abondance de couleurs vives.

Tandis qu'ils déambulaient dans la galerie très éclairée, Brandon expliqua :

— Je cherche un tableau pour Tommy et Sophie, pour la chambre de leur bébé. La date d'accouchement approche, et je veux qu'ils aient mon cadeau avant la naissance de leur enfant.

Il s'arrêta devant une peinture représentant des arbres en forme de sucettes.

— Ils vont avoir une petite fille, qu'ils appelleront Zoe. Elle aura comme second prénom Sloane. C'était ainsi que s'appelait la mère de Sophie, et ils tiennent à lui rendre hommage. Sophie a perdu sa mère quand elle était bébé. Son père est décédé également, il y a quelques années.

— Oh ! Je suis navrée pour elle.

Mary observa le tableau. Un arc-en-ciel traversait le ciel, et sous les arbres-sucettes, un poisson jaillissait d'une rivière.

— Je comprends ce qu'elle ressent, dit-elle. Mais c'est si difficile de…

Elle ne parvint pas à terminer sa phrase.

— Je comprends que ce soit difficile pour vous d'évoquer vos parents, Mary. Mais si un jour vous éprouvez le besoin de vous confier, il paraît que je sais écouter.

— Merci.

Hélas, Brandon était la dernière personne à laquelle elle pourrait parler de ses parents. Mieux valait changer de sujet.

— Est-ce que vous envisagez d'acheter cette œuvre pour la chambre de Zoe ? demanda-t-elle, désignant le tableau.

Il secoua la tête.

— À mon avis, il ne fait pas assez « fille ». Ils ont

décoré la pièce en rose, avec des rubans, des volants, ce genre de choses. J'aimerais trouver quelque chose dans cette veine.

— Ont-ils un thème ? Comme des papillons ou des fleurs ?

— Ils ont collé des étoiles argentées au plafond. Je crois que c'est parce qu'ils ont admiré les étoiles au Texas, quand ils ont rendu visite à Matt et Libby. Mais ce n'est pas un thème en soi.

Il marqua un temps, puis reprit :

— Je n'ai aucune expérience avec les bébés, mais je suis ravi à la perspective d'avoir une nièce. J'ai pris plaisir à faire la connaissance du fils de Libby. Chance est un garçon adorable.

Mary hocha la tête. Chance, sept ans, était mentionné dans la biographie, et il était précisé qu'il devait son prénom à l'une des chansons les plus populaires de Kirby. Libby était veuve, et son défunt mari et elle étaient fans de Kirby bien avant que ce dernier l'ait engagée pour être sa biographe.

— Mes frères vont vivre des événements importants cet été. D'abord, une future naissance pour Tommy et Sophie. Et en août, le mariage de Matt et Libby.

Ni Alice ni elle n'avaient rien prévu pour cet été, hormis offrir à leur mère la vengeance qu'elle méritait. Mary enviait Brandon, lui dont les frères allaient connaître de grands bonheurs.

— Merci de m'avoir accompagné ici. Cela m'est précieux d'avoir une opinion féminine pour m'aider à me décider.

— Vous auriez pu engager quelqu'un pour choisir pour vous. Ou expliquer au galeriste ce que vous recherchiez.

Il avait toutes sortes de gens à sa disposition. Même le propriétaire de la galerie le connaissait par son prénom.

— Vous n'avez pas vraiment besoin de moi, conclut-elle.

— Je crois que si, au contraire.

Il lui prit la main, et elle entrelaça leurs doigts, avec un peu plus de force qu'elle n'aurait dû. Plus elle passait du temps avec Brandon, plus son attirance pour lui se renforçait. Elle avait déjà l'impression d'être séduite, peut-être de la même manière que le père de Brandon avait séduit sa mère.

Combien de temps avant qu'elle ne finisse dans son lit ? Avant qu'il ne lui fasse des choses indécentes ? Sa mère avait sans doute résisté à Kirby au début, elle aussi.

Mais Mary était bien décidée à ne pas coucher avec Brandon. Elle ne voulait pas mener sa vengeance aussi loin.

Pour se changer les idées, elle lâcha la main de Brandon et alla observer un autre tableau qui avait pour titre : *Magie*.

Brandon la suivit et observa l'œuvre à son tour.

— C'est un peu trop adulte pour une chambre d'enfant, commenta-t-il.

— Je sais. Je ne faisais que l'admirer.

Une fée aux cheveux d'un roux flamboyant soufflait sur des fleurs de pissenlit. Mary trouvait qu'elle ressemblait à une sirène. L'art naïf pouvait aussi présenter des sujets pour adultes, manifestement.

— Je le trouve attirant, dit-elle.

— Je peux vous l'offrir.

Elle sursauta.

— Pardon ?

— J'ai dit que je pouvais vous offrir ce tableau.

Aimeriez-vous l'emmener chez vous aujourd'hui, et l'accrocher dans votre chambre ?

— Vous n'avez pas à m'acheter quoi que ce soit.

L'idée d'accepter des cadeaux de lui la gênait.

— Mais il est évident que cette peinture vous plaît. Et la fée est rousse, comme vous.

— Ce n'est pas pour cette raison qu'elle me plaît.

Ou peut-être que si. Mais elle n'allait pas l'avouer.

Il approcha, frottant sa joue contre ses cheveux.

— Ce serait agréable de savoir qu'elle veille sur vous chaque nuit, et qu'elle vous jette un charme pendant que vous dormez.

Il faisait de cette fée un moyen d'attiser le désir qui couvait entre eux, songea-t-elle.

— Si vous me parliez des tableaux que vous avez accrochés dans votre chambre ? demanda-t-elle, curieuse de savoir quel genre d'œuvres elle l'avait incité sans le savoir à acquérir.

Il répondit dans un murmure :

— Ils sont érotiques, mais aussi romantiques. Je n'avais jamais rien acheté de semblable.

Elle baissa la voix également, pour que des oreilles indiscrètes ne surprennent pas leur discussion.

— C'est étrange de se dire que vous avez ces tableaux à cause de moi.

— Apparemment, je n'ai pas pu m'empêcher de les acheter.

Et elle ne pouvait s'empêcher de se sentir excitée par cette idée. Néanmoins, elle devait se ressaisir. Ils étaient venus ici afin de trouver un cadeau pour la chambre de Zoe, et non pour deviser sur l'art érotique.

Ils continuèrent à parcourir la galerie. Après quelques instants, Mary remarqua une peinture représentant un carrousel rose et mauve. Une énergie joyeuse se dégageait du tableau.

— C'est adorable, commenta-t-elle. Il y a même des rubans et des nœuds sur le cadre.

— C'est joli, en effet.

Brandon sourit comme le futur oncle qu'il était.

— C'est parfait pour une chambre d'enfant, approuva-t-il. Je savais bien que vous me porteriez chance aujourd'hui.

Elle resta en retrait pendant qu'il achetait la peinture.

— Ils vont l'envoyer chez Tommy, dit-il une fois la transaction réalisée. J'aurais aimé que vous me laissiez vous offrir le tableau à la fée.

— Vous n'avez pas à m'acheter de cadeaux.

— Soit. Mais je remarque que vous prenez votre voiture chaque fois que nous nous voyons. Il faut que vous commenciez à me faire confiance, Mary.

Comme la mère de Mary avait fait confiance à Kirby ? Cette comparaison réveilla sa colère.

— Ce n'est que notre second rendez-vous, lui rappela-t-elle.

— Et nous devons profiter de chaque instant. Allons dans mon loft. Nous pourrons préparer un déjeuner et manger sur la terrasse.

Il se pencha vers elle et ajouta :

— Cline serait ravi de vous voir.

Elle respira le parfum enivrant de sa peau.

— Êtes-vous en train de vous servir de votre chien comme appât pour me convaincre de vous suivre chez vous ?

— Oui, tout à fait.

Il la prit dans ses bras et la serra chaleureusement. Un appât tout aussi efficace.

Avant Mary, Brandon n'avait jamais fourni autant d'efforts pour conquérir une femme. Il n'en avait jamais eu besoin. Les femmes qu'il séduisait d'habitude s'intégraient naturellement dans le monde qu'il s'était créé, mais Mary semblait réticente à en faire partie. Oui, il avait voulu lui offrir un cadeau. Où était le mal ? Ses précédentes maîtresses l'auraient accepté sans l'ombre d'une hésitation. Certes, Mary n'était pas sa maîtresse. Mais cela ne devrait pas entrer en ligne de compte. Ce n'était qu'un tableau, après tout.

Il jeta un coup d'œil dans son rétroviseur. Mary le suivait avec sa propre voiture. Au moins, il l'avait convaincue de venir dans son loft. Il était impatient de passer le reste de l'après-midi avec elle.

Cette fille était une énigme, tout comme sa famille. Une sœur rebelle, des parents décédés dont elle n'avait pas envie de parler. Brandon n'était pas d'une curiosité morbide. Mais il se demandait tout de même comment elle avait perdu ses parents. Était-ce dans un accident ? Étaient-ils décédés récemment ? Ou depuis longtemps ?

Une fois qu'il aurait fait la connaissance de sa sœur, peut-être comprendrait-il mieux Mary. Mais elle ne lui avait pas proposé de la lui présenter. Le tenait-elle à distance de son appartement parce qu'elle n'était pas prête à ce qu'il rencontre sa sœur ? Ou était-il en train de se faire des idées ?

Il avait déjà pris la liberté de consulter la page Instagram d'Alice, et elle était exactement comme Mary l'avait décrite : une fille qui aimait la fête et la mode. Il avait aussi essayé de dénicher des informations sur Mary, mais elle n'était inscrite sur aucun réseau social. Il comptait l'interroger à ce sujet tout à l'heure.

Au moins, il savait que Mary était proche de sa sœur,

puisqu'elle lui parlait souvent d'elle. Brandon aussi avait toujours été proche de sa famille. Après avoir décidé de devenir avocat, il s'était spécialisé dans le divertissement afin de pouvoir représenter ses parents et Tommy. Il avait d'autres clients, bien sûr, mais sa famille restait sa priorité.

Quand il avait appris l'existence de Matt, l'enfant caché de son père, Brandon s'était aussitôt intéressé à ce demi-frère. Pour lui, les liens du sang étaient sacrés.

Il jeta un autre coup d'œil dans le rétroviseur, pour s'assurer que Mary était toujours derrière lui. Difficile d'imaginer à quoi avait ressemblé son enfance, mais il supposait qu'elle avait aidé à élever sa sœur. À tout le moins, elle essayait de la guider dans la vie à présent.

Il s'engagea dans une petite rue et s'arrêta devant un parking fermé, tapant un code pour ouvrir le portail. Lorsqu'il eut rejoint sa place, il fit signe à Mary de garer sa voiture à côté de la sienne.

Ils sortirent de leurs voitures respectives et se rejoignirent.

— Il n'y a personne ici ? s'étonna-t-elle. Où sont les autres voitures ?

— Elles sont garées de l'autre côté. Il y a une autre entrée pour les autres résidents. Ici, c'est mon parking privé.

Il la conduisit vers un ascenseur.

— Et cet ascenseur m'est également réservé. Il faut une clé pour l'ouvrir.

— Vous avez votre propre parking et votre propre ascenseur ?

— En fait, je possède tout l'immeuble. Je loue des logements à d'autres résidents, mais j'aime avoir un espace bien à moi. Le dernier étage et le toit-terrasse sont également privés. J'ai choisi cet endroit parce qu'il est très bien situé et proche de mon cabinet.

Ils entrèrent dans la cabine. Mary se plaça près d'une paroi et lissa l'avant de son chemisier ample.

Brandon la parcourut du regard, étrangement excité par son look si sage. Il n'avait jamais fait l'amour dans un ascenseur, et il était prêt à parier qu'elle non plus. C'était drôle : ses amis lui conseillaient régulièrement de fréquenter de gentilles filles. Mais les gentilles filles n'étaient pas censées susciter ce genre de fantasmes.

Le silence devint presque gênant. Mais Brandon ne le rompit pas, toujours plongé dans ses pensées érotiques.

Lorsque les portes s'ouvrirent sur le dernier étage, Brandon escorta Mary jusqu'à l'entrée de son loft, tout au bout du couloir. Un trajet qui lui sembla particulièrement long aujourd'hui.

— Pour les prochaines fois, je peux vous donner le code du portail et une clé de l'ascenseur. Comme ça, vous pourrez venir ici toute seule.

— Vous donnez souvent votre code et vos clés ?

— Honnêtement ? Jamais.

— Alors comment font les gens pour vous rendre visite ?

— Je laisse leur nom à l'accueil, et le vigile m'informe de leur arrivée. Mes visiteurs réguliers ont leur nom inscrit sur une liste. Mais on me prévient tout de même de leur présence.

Elle s'arrêta brusquement. La lumière d'une applique éclairait son visage.

— Mais vous me laisseriez entrer chez vous sans passer par l'accueil ?

— Oui.

Étant donné la puissance de ses fantasmes, il était prêt à faire une exception pour elle.

— Je peux aussi vous donner une clé du loft. Ainsi, vous pourrez venir chaque fois que vous aurez envie de me voir.

Pour s'offrir à lui, pensa-t-il.

— Peut-être même au milieu de la nuit, au moment où je vous attendrai le moins, murmura-t-il.

Elle lissa de nouveau son chemisier, chassant une peluche imaginaire. Apparemment, elle était troublée par ses paroles.

— Je ne me vois pas faire une chose pareille, déclara-t-elle.

— Cela viendra peut-être avec le temps.

Il sentait bien qu'elle éprouvait de l'attirance pour lui. Mais céderait-elle à cette attraction ? Cela restait à voir.

— Aujourd'hui, nous nous contenterons de déjeuner ensemble, dit-il. Et peut-être de partager un baiser.

Elle leva les yeux vers lui.

— Vous êtes sûr que nous devrions… ?

— Oui, certain.

Il se pencha vers elle et posa les lèvres sur les siennes.

Elle réagit avec une ardeur immédiate, et il s'en réjouit. Tandis que leurs langues se mêlaient, elle émit des petits sons sensuels. Il prit son postérieur en coupe pour la plaquer contre lui. La caméra de sécurité du couloir filmait sans doute leurs moindres mouvements. Mais cela lui était bien égal. Peut-être même qu'il visionnerait l'enregistrement plus tard. Il y avait accès depuis son ordinateur.

Bon sang, il avait tellement envie d'elle !

Mais aussi excitante cette étreinte soit-elle, il devait y mettre un terme, pour éviter de se laisser dépasser.

Aujourd'hui, la seule faim qu'ils pourraient apaiser serait d'une autre nature.

Bien qu'elle soit encore ébranlée par le baiser de Brandon, Mary fut fascinée par le loft. C'était un splendide appartement, aux grandes baies vitrées. Brandon l'avait décoré de meubles noirs et gris, lui donnant un aspect très masculin. Sa collection d'art était impressionnante. Mais, bizarrement, Brandon n'inclut pas sa chambre dans la visite, et Mary ne put donc pas voir les œuvres d'art qu'il y avait accrochées. Tout à l'heure, peut-être, elle lui demanderait de lui montrer ces tableaux qu'il avait achetés en pensant à elle. Mais pour l'instant, elle n'en avait pas le courage.

Elle alla se poster devant l'une des fenêtres du salon, et Cline la suivit. Elle avait visité les quartiers du husky à son arrivée. Il avait son propre espace, doté d'un grand lit et d'un téléviseur diffusant une chaîne animalière.

— La vue est spectaculaire ! s'extasia-t-elle. Ce doit être vraiment beau le soir, quand les lumières de la ville scintillent.

Brandon la rejoignit.

— Vous pouvez revenir n'importe quel soir et le découvrir par vous-même.

— Cessez de me dire ce genre de choses.

— Désolé. C'est parce que vous me faites beaucoup d'effet. D'habitude, je ne me comporte pas aussi mal.

Il désigna le husky.

— On dirait que Cline essaie de vous protéger de moi.

— Peut-être bien.

Le chien se rapprocha justement d'elle.

— Cline vous adore, vraiment. Je crois même qu'il vous préfère à Rob. Mais vous êtes plus jolie que Rob.

Elle tâcha d'ignorer les flatteries de Brandon.

— Je ne sais pas du tout de qui vous parlez.

— Rob est mon *dog-sitter.* Il s'occupe de Cline quand je ne suis pas en ville et le promène pendant que je suis au travail. Parfois, Cline va jouer avec le labrador de Rob.

— Oh ! c'est une bonne chose, dit-elle, caressant la tête du husky.

Elle était contente que Cline ait un ami canin.

— Vous avez une femme de ménage qui vient régulièrement, je suppose ?

Elle savait qu'il n'avait pas d'employés à demeure, puisque ses chambres d'amis étaient inoccupées. Mais elle avait remarqué que le logement était d'une propreté impeccable.

— Oui, en effet, répondit-il distraitement. Elle s'appelle Pearl.

Elle imagina sa vie, et les gens qui en faisaient partie.

— Et comment Rob et Pearl entrent-ils dans votre loft ?

— Ils ont chacun une clé de la porte d'entrée.

Il ajouta d'une voix adoucie :

— Mais ce ne sera pas la même chose quand je vous donnerai une clé.

Elle réprima un frisson de désir.

— Pourquoi ? Parce que eux doivent quand même se présenter à l'accueil avant de monter ?

— Oui. Et puis, j'ai fait faire une enquête sur eux avant de les engager. Ma famille étant très connue, je ne peux pas laisser n'importe qui pénétrer chez moi.

— C'est compréhensible, répondit-elle, affichant un sourire forcé. Je suppose que j'ai de la chance que vous m'ayez laissée entrer. Mais si je suis là, c'est parce que vous me portez un intérêt particulier.

— C'est sûr. J'espère que ça ne vous semble pas bizarre, mais j'ai parcouru la page Instagram de votre sœur. Par curiosité.

— Pas de problème. Tout le monde cherche des informations sur tout le monde, de nos jours.

Elle s'était même attendue à ce qu'il se renseigne sur Alice à un moment ou à un autre. Mais elle savait aussi qu'il n'y avait rien sur la page d'Alice qu'elle n'ait déjà divulgué.

— Et vous, Mary, pourquoi n'êtes-vous pas sur les réseaux sociaux ? Je voulais vous suivre sur l'un des sites que j'utilise, mais je n'ai pas trouvé votre nom. Vous n'utilisez pas de pseudonyme, dites-moi ?

— Non. J'ai effacé mes comptes quand Alice et moi nous sommes installées à Nashville. Je l'ai fait pour la convaincre de supprimer les siens. Elle en a créé de nouveaux, et moi pas. Je n'ai jamais été très active de toute façon. Les réseaux, ce n'est pas pour moi.

Dieu merci, c'était la vérité.

— Moi, je les utilise beaucoup. Pas autant que Tommy et mon père, mais presque.

— Je sais, j'ai consulté vos pages. Vous n'êtes pas le seul à avoir mené votre enquête en ligne.

Il trouverait sûrement cela normal, puisqu'ils sortaient ensemble. Elle ne pouvait pas lui avouer qu'elle s'était renseignée sur lui bien avant de le rencontrer.

— Vous avez beaucoup de photos de Cline. C'est la star de vos réseaux.

— Absolument. Et vous êtes la star de Cline, en ce moment.

Elle hocha la tête. Le chien était toujours à côté d'elle, tel un garde du corps.

— Est-ce qu'il s'est déjà comporté ainsi avec vos autres invitées féminines ?

— Non. Mais il aime bien Pearl. Il faut dire qu'elle lave ses couvertures et qu'elle retape ses oreillers. Soit dit en passant, Pearl n'est pas seulement ma femme de ménage. Elle est aussi l'épouse de mon chef cuisinier. Il me prépare des repas et les laisse dans mon réfrigérateur.

— C'est un couple d'un certain âge ?

— Ils ont la cinquantaine. Ils forment un couple formidable, très uni. J'imagine que c'est comme ça quand les gens sont faits l'un pour l'autre. Tommy et Sophie aussi forment un couple exemplaire. Mes parents, en revanche, n'ont jamais été assortis. Ils s'entendent mieux maintenant que lorsqu'ils étaient mari et femme.

Elle aurait aimé lui parler de ses propres parents. Lui raconter qu'ils ne s'étaient jamais mariés, et que sa mère lui manquait énormément. Mais il était la dernière personne à qui elle pouvait révéler ses secrets. Elle devenait déjà trop proche de lui à son goût.

— Est-ce que je vous plais, Mary ?

Elle faillit sursauter.

— Pourquoi cette question ?

Venait-il de lire dans son esprit ?

— Je sens bien que je vous attire. Mais ce n'est pas la même chose d'être attiré par quelqu'un et d'apprécier quelqu'un.

Elle reporta son regard sur le paysage urbain. Car elle était trop nerveuse pour regarder Brandon dans les yeux.

— Oui, je vous apprécie, concéda-t-elle. Peut-être même un peu trop.

— Trop apprécier quelqu'un, ce n'est pas possible. Et, sachez-le, je vous apprécie aussi.

Il prit sa main dans la sienne.

— Venez à la cuisine, nous allons préparer le déjeuner.

— Qu'allons-nous concocter ?

— J'ai pensé à des sandwichs. Il me reste un peu de salade de pommes de terre que le chef m'a préparée. J'ai aussi des fruits frais, notamment des fraises déjà lavées et coupées.

— Ça me va très bien.

Elle tâcha de se détendre, et de ne pas penser aux sentiments que Brandon lui inspirait. Il avait tort, on pouvait trop apprécier quelqu'un. Dans son cas, elle ne devrait pas du tout s'attacher à lui.

Ils travaillèrent en tandem dans la cuisine, de façon naturelle, comme des machines bien huilées.

— Vous êtes un bon cuisinier, remarqua-t-elle.

— Ce n'est pas vraiment de la cuisine.

Il retourna les sandwichs au fromage sur le gril de sa cuisinière de qualité professionnelle.

— Je ne pourrais jamais réussir le genre de plats que mon chef me prépare. Mais j'adore vous regarder faire.

Mary sentit son cœur tressauter. Elle était en train de monter une crème fouettée pour les fraises.

— Les desserts sont ma partie, dit-elle.

— Vous auriez dû me voir manger les gâteaux que vous m'avez faits. Je les gardais dans ma chambre et je les dégustais dans mon lit, comme un enfant, en mettant des miettes partout sur les draps.

Il n'y avait rien d'enfantin chez Brandon. Mais la description qu'il avait faite la fit rire malgré elle.

Il approcha d'elle.

— J'aime quand vous faites ça.

— Quoi donc ?

— Quand vous riez.

— C'est parce que vous étiez drôle.

Elle lui fit signe de s'écarter.

— Allez, retournez de l'autre côté de la table, lui intima-t-elle.

— Pas avant d'avoir goûté…

Il glissa une cuillère dans la crème fouettée.

Elle leva les yeux au ciel.

— Vous vous comportez comme un garnement, le réprimanda-t-elle.

— Je sais.

Il glissa la crème dans sa bouche, prenant un air malicieux qu'elle trouva incroyablement sensuel.

Lorsqu'il reposa la cuillère, elle se demanda s'il allait l'embrasser, comme il l'avait fait tout à l'heure dans le couloir.

Mais il retourna à la cuisson des sandwichs.

Et, à sa grande surprise, elle en fut déçue.

- 5 -

Le toit-terrasse était conçu pour recevoir, constata Mary. Il y avait un barbecue, un brasero, un bar, et même un enclos pour Cline. Mary était impressionnée, mais il fallait dire que tout dans la vie de Brandon était impressionnant. Elle avait du mal à imaginer qu'on puisse être si riche. Sa mère, en revanche, avait souvent rêvé de l'être. Si la réussite n'avait pas tant compté pour elle, elle ne serait pas venue à Nashville dans l'espoir de vendre ses chansons.

Mary étudia Brandon. Ils étaient assis à une table fixée au sol. Brandon avait déjà avalé son sandwich et s'attaquait à sa salade. Apparemment, il était pressé d'arriver au dessert, des fraises à la crème fouettée. Mary, pour sa part, alternait les bouchées des différents plats.

— Vous venez souvent sur cette terrasse ? demanda-t-elle.

Il releva la tête de son assiette.

— Autant que possible.

— Vous êtes vraiment à l'abri des regards, ici.

— J'ai grandi sous l'œil des médias, alors je tiens à ma vie privée. Tommy et mon père ont des gardes du corps, mais moi, je n'en ai pas besoin. C'est l'un des avantages de ne pas être connu.

Il n'était peut-être pas une célébrité, mais avec ses traits ciselés et sa sophistication naturelle, on pourrait aisément le prendre pour un acteur de cinéma.

— Comment faites-vous pour sélectionner vos employés ? demanda-t-elle.

Il ne se contentait pas de consulter les réseaux sociaux, sans doute. Cela dit, on pouvait en apprendre beaucoup sur Internet, ce qui expliquait pourquoi Alice et elle étaient si prudentes sur leur présence en ligne.

— J'utilise un service de sécurité. Mon plus grand cauchemar serait d'engager quelqu'un qui veut travailler pour moi uniquement dans le but d'approcher ma famille.

— Tout le monde n'est pas fanatique, Brandon.

— Je n'ai pas dit cela. Papa et Tom ont des fans géniaux, des gens qui les aiment et les respectent. Mais certains de leurs admirateurs sont allés trop loin. Tous deux ont été harcelés plusieurs fois, par différentes personnes.

Mary sentit son cœur se figer. Elle n'aurait pas dû amener la discussion sur ce terrain, car maintenant, Brandon risquait d'avoir ses soupçons sur elle. Il s'était déjà montré méfiant le jour de leur rencontre, se souvint-elle.

— Je suis désolé, Mary. Je vous donne l'impression que tout est dangereux. Mais ce n'est pas si terrible, je vous assure.

Si, c'était terrible. Pour Brandon, la mère de Mary avait « supposément » harcelé Kirby.

— Vous préférez changer de sujet ? demanda-t-il.

— Oui, s'il vous plaît.

— Bien. Racontez-moi quelque chose sur vous, quelque chose que vous ne m'avez pas encore révélé.

— Je ne sais pas quoi vous dire.

Elle avait toujours l'impression d'être une horrible menteuse, puisqu'elle lui cachait son identité.

— Dites simplement ce qui vous passe par la tête.

Elle fouilla dans son esprit, en quête d'une information honnête et vraie.

— Autrefois, je chantais à l'église, bien que je ne sois pas très douée. Alice et moi faisions partie de la chorale.

C'était leur mère qui les y avait encouragées. Pour elle, la musique était toute sa vie. C'était une chanteuse accomplie, mais aussi une excellente autrice-compositrice.

— Eh bien, vous ne pouvez pas être pire que moi, plaisanta Brandon. Je ne chante pas et je ne joue d'aucun instrument. Je n'ai jamais montré d'aptitudes dans ce domaine.

Il sirota sa bouteille de thé glacé.

— J'ai grandi entouré d'artistes, pourtant j'ai choisi le monde des affaires.

— Vous êtes avocat dans le domaine du spectacle, et vous collectionnez les tableaux. Selon moi, vous vous intégrez très bien dans le monde des artistes.

— Oui, je suppose que vous avez raison.

Il se cala sur sa chaise.

— Pourquoi ne m'avez-vous pas demandé de vous montrer les tableaux dans ma chambre ?

Ses paroles réveillèrent sa nervosité.

— Pourquoi ne me l'avez-vous pas proposé ? répliqua-t-elle.

— Parce que j'attendais que vous me le demandiez. Ou en tout cas, je l'espérais.

— Et moi, j'essayais de rassembler mon courage.

Elle remarqua qu'il était passé au dessert.

— Vous me les montrerez quand nous aurons fini de manger ? demanda-t-elle.

Il hocha la tête et sourit.

— J'en serais ravi.

Elle fixa son assiette. N'était-ce pas risqué de se rendre dans la chambre de Brandon ? De voir l'endroit où il dormait ? De découvrir les peintures qu'il avait achetées en pensant à elle ? Si, certainement. Mais à cet instant, peu lui importait.

Leur déjeuner terminé, ils retournèrent à l'intérieur. Dès qu'ils pénétrèrent dans la chambre de Brandon, Mary sentit une onde de chaleur l'envahir. Les trois tableaux étaient suspendus au-dessus du lit.

Elle approcha, désireuse de scruter chaque détail. C'étaient des nus abstraits, peints à l'huile. De grands corps audacieux qui se détachaient dans une explosion de couleurs.

Chaque tableau montrait un homme et une femme s'adonnant à différents préliminaires. Leurs visages étaient sombres. Par conséquent, il était aisé de s'identifier à eux. La jeune femme avait de longs cheveux raides qui lui arrivaient aux épaules, d'une couleur rousse rehaussée de bleu et de mauve. Elle était grande et élancée, et son amant était plein de force et de puissance.

Mary ne pouvait les quitter des yeux. Sur la troisième peinture, l'homme était à genoux et s'apprêtait à donner du plaisir à sa partenaire.

— Maintenant, vous savez ce que vous m'avez inspiré, dit-il.

Elle se tourna vers lui et croisa son regard.

— Ils sont magnifiques. Mais ils me font peur, aussi, avoua-t-elle, le cœur battant. Ça m'effraie de savoir que c'est ainsi que vous pensez à moi.

— J'ai eu beaucoup d'expériences dans ma vie, et j'ai connu beaucoup de femmes, mais aucune n'a provoqué cela chez moi, confia-t-il.

— Dès le jour de notre rencontre, je me suis dit que si je couchais avec vous, vous me domineriez. Que vous seriez dangereux pour mon âme.

— C'est peut-être vrai. Mais il est possible que vous soyez dangereuse pour moi, vous aussi.

Elle l'était, pour sûr. Mais cela, il l'ignorait.

— Nous ne devrions pas être ensemble, Brandon. Nous n'appartenons pas au même monde.

Il y avait trop en jeu, trop d'éléments qu'il ne connaissait pas.

— Tout à l'heure, quand nous étions dans l'ascenseur, je m'imaginais en train de vous faire l'amour, glissa-t-il. Cela fait des années que j'ai un ascenseur privé, et je n'y ai jamais pris possession d'une femme.

Le simple fait qu'il emploie les mots « prendre possession » affola son imagination.

— Il ne pourrait y avoir entre nous qu'une liaison sexuelle, argua-t-elle. Et elle devrait être de courte durée.

Il fronça les sourcils.

— Vous pensez déjà à la terminer alors qu'elle n'a pas encore commencé ?

Elle alla vers l'autre côté de la pièce, pour mettre de la distance entre eux.

— Je ne devrais même pas envisager une liaison. Je ne peux pas coucher avec vous, Brandon. Cela va trop loin.

— Je ne vous demande pas de coucher avec moi à la seconde.

— Je ne peux pas continuer à vous voir.

Toute cette histoire était une erreur monumentale.

— Ne fuyez pas, Mary. Laissez-nous une chance.

— Mais je suis en pleine confusion.

Elle avait envie de venir dans ce loft au cœur de la nuit pour faire l'amour avec Brandon. Mais elle avait aussi envie de disparaître et de ne jamais le revoir. À présent, cela ne lui semblait plus juste de vouloir se venger de lui. Peut-être cela ne l'avait-il jamais été. Quoi qu'il en soit, elle s'était empêtrée dans un bourbier émotionnel.

— Je ne sais pas quoi faire, avoua-t-elle.

Il ouvrit un tiroir de sa commode.

— J'ai un jeu de clés supplémentaire de l'ascenseur et du loft, dit-il, prenant le trousseau.

Il la rejoignit et posa les clés sur sa paume.

— Au cas où vous décideriez de vous en servir.

Elle ne répondit rien. Car elle était incapable de réfléchir. De là où elle se trouvait, elle pouvait encore voir les tableaux érotiques.

— Le code du portail est Mona Lisa, précisa-t-il.

Elle l'observa, interloquée.

— Je suis fasciné par son sourire, expliqua-t-il en haussant les épaules. Et j'aime le vôtre, aussi.

Elle n'était pourtant pas en train de sourire à cet instant. Elle serrait les clés si fort qu'elle craignait que le métal n'entaille sa paume.

— Il faut que j'y aille, déclara-t-elle.

— J'espère que vous reviendrez. Je l'espère sincèrement.

Elle ne pouvait faire aucune promesse.

Elle fila hors de la chambre et empoigna son sac à main, qu'elle avait laissé dans le salon.

Il la suivit jusqu'à la porte d'entrée, où elle lui dit au revoir et s'en alla. Reviendrait-elle ? Elle ne pouvait le dire. Pour l'instant, elle devait s'échapper.

Une semaine s'était écoulée depuis la dernière fois que Brandon avait vu Mary. Depuis qu'elle avait quitté son loft dans la précipitation. Il l'attendait chaque soir, avec espoir, mais elle ne se montrait jamais.

Il ne lui avait pas téléphoné et ne lui avait pas envoyé

de message. Il ne voulait pas la presser. Pourtant, elle lui manquait à chaque minute de la journée. Il était vraiment mordu, cette fois. Il n'avait jamais désiré une femme comme il la désirait.

— Mais qu'est-ce que tu as, bon sang ? s'exclama son père.

Brandon leva les yeux. Son père était de mauvaise humeur, aujourd'hui.

— Rien.

Il n'avait pas l'intention d'avouer à son père qu'une femme occupait son esprit.

Tous deux étaient installés dans le salon principal de Kirbyville. Comme toujours, son père était tout de noir vêtu, et sa barbe grisonnante était soigneusement taillée. Brandon ne se rappelait pas un jour où Kirby avait ressemblé à autre chose qu'à un hors-la-loi.

Son père se renfrogna.

— Je t'ai demandé de venir parce que je voulais te parler, or on dirait que tu es absent.

— Je bois mon brandy, c'est tout.

Brandon fit tourner le liquide ambré dans son verre de cristal. Son père, ancien alcoolique, sirotait un soda au gingembre.

— Alors, que se passe-t-il ? demanda Brandon. De quoi veux-tu discuter ?

— De ta mère, pour commencer.

Brandon inclina la tête. Le divorce de ses parents avait été houleux, mais Brandon et Tommy étaient adolescents à l'époque. Depuis, de l'eau avait coulé sous les ponts. Aujourd'hui sa mère et son père étaient ravis à l'idée de devenir bientôt grands-parents.

Kirby s'avança sur son siège.

— Ta mère a un nouveau compagnon. Un type qui travaille dans la finance.

Brandon n'était pas inquiet. Sa mère fréquentait des hommes de temps en temps, mais ce n'était jamais sérieux. Après ce qu'elle avait vécu avec Kirby, elle prenait garde à ne pas s'attacher.

— C'est un problème pour toi ? demanda-t-il.

— Non. Mais ça me fait penser qu'il est peut-être temps que je me remette sur le marché, moi aussi.

— Ça ne risque pas de compromettre ta sobriété ? Tu en as parlé à ton thérapeute ?

— Oui, et il m'a assuré que tant que ce sont des femmes équilibrées, tout ira bien.

— Ça semble logique.

Son père termina son soda.

— Je suis un peu nerveux à l'idée de me remettre à fréquenter des femmes.

Brandon aussi était nerveux, mais pour une raison différente. Il avait peur de ne jamais revoir Mary.

— Tu devrais peut-être attendre un peu. Tu as beaucoup de choses à gérer en ce moment, puisque tu vas bientôt devenir grand-père.

— Je peux être grand-père et avoir une petite amie. Maintenant que je n'ai plus personne avec qui partager ma vie, je me sens seul.

— Tu en as discuté avec Tommy ?

— Oui, et il ne m'a pas soutenu comme je l'avais espéré.

Kirby se leva et fit les cent pas dans le salon.

— Il n'est pas persuadé que j'ai changé, pas en ce qui concerne les femmes, en tout cas.

— Moi, je crois que tu as changé. Mais c'est tout de même une grande étape, et tu dois être certain d'être prêt.

— Ça veut dire que j'ai ta bénédiction ?

— Tu n'as pas besoin de ma bénédiction pour avoir des rendez-vous galants. Toi seul peux prendre des décisions dans ce domaine. Mais je serai là chaque fois que tu auras besoin d'une épaule sur laquelle t'appuyer.

— Merci de ta compréhension. J'aimerais que Tommy soit davantage comme toi. Matt aussi pourrait en prendre de la graine.

— Je ne suis pas aussi soupe au lait que mes frères, c'est tout.

Pourtant, ses frères avaient une vie bien plus rangée que la sienne à présent.

Kirby sourit.

— Tu as toujours été mon préféré.

Brandon secoua la tête.

— Tu ne devrais pas dire ce genre de choses, papa.

— Je plaisantais, c'est tout, assura-t-il avec un petit rire.

Mais il ne tarda pas à reprendre son sérieux.

— J'aime tous mes enfants. Vous êtes tous uniques pour moi. Mais je me sens toujours mieux quand je te parle de mes problèmes.

— Content d'avoir pu t'aider.

Brandon, en revanche, ne parlerait de ses problèmes à personne. Il allait simplement attendre de voir comment la situation évoluerait avec Mary.

En ce vendredi soir, Mary était dans sa chambre et surfait sur le navigateur de son téléphone pour s'occuper. Il était 22 h 15. La plupart des gens de son âge étaient en train de faire la fête. Ou dans les bras de leur partenaire, ou en train de faire autre chose que de s'agiter seuls dans leur lit. Mary n'arrêtait pas de penser à Brandon, et regarder de stupides vidéos sur YouTube ne l'aidait pas du tout.

Elle alla dans la cuisine pour se servir un verre de thé glacé. Sa sœur était sortie avec ses amis. Un groupe de rebelles, sans doute, qu'elle avait rencontrés grâce à une application. Mais au moins, Alice prenait du bon temps.

Mary appréciait ses nouveaux collègues, mais elle n'avait pas assez de choses en commun avec eux pour les fréquenter en dehors du travail.

Ses amies d'Oklahoma City lui manquaient. Aucune d'elles ne connaissait la véritable raison pour laquelle elle était venue à Nashville. Mary ne leur avait jamais parlé de la liaison de sa mère avec Kirby Talbot, ni de l'ordonnance de protection qu'il avait obtenue contre elle. Sa mère avait été trop honteuse pour avouer que Kirby l'avait dupée, aussi avait-elle tout fait pour garder le secret sur cette mésaventure. Mary et Alice avaient donc fait de même.

Et maintenant, il y avait Brandon, et le dilemme qu'il représentait. Devrait-elle aller dans son loft ce soir, lui rendre ses clés et lui dire que c'était fini pour de bon ? Finis les rendez-vous galants ? Les baisers ? Les discussions sur le sexe ?

Si elle arrêtait tout maintenant, chacun pourrait reprendre le cours de sa vie comme s'il ne s'était rien passé. Le plan d'origine était de séduire Brandon, puis de l'abandonner de manière froide et calculatrice, en lui révélant qu'elle avait agi pour se venger de son père et de lui. Mais si Mary cessait de voir Brandon sans lui dire qui elle était vraiment, elle ne lui ferait pas de mal.

Elle voulait juste oublier cette histoire de vengeance. Alice ne serait pas contente, mais ce n'était pas à elle de prendre la décision. Mary avait le droit de reprendre sa liberté, de cesser de voir Brandon, d'arrêter ce terrible jeu.

Oui, décida-t-elle. Elle allait mettre fin à cette folie une bonne fois pour toutes. Mais elle n'allait pas débarquer à l'improviste. Sinon, Brandon pourrait croire qu'elle voulait coucher avec lui. Elle ne se servirait pas des clés qu'il lui avait données pour se glisser dans sa chambre. Même si l'idée de faire l'amour avec lui l'excitait au plus haut point, elle n'était pas stupide. Elle savait qu'une liaison avec Brandon conduirait inévitablement au désastre.

Elle termina son thé glacé et retourna chercher son téléphone dans sa chambre. Brandon n'était peut-être même pas chez lui. Auquel cas, elle devrait attendre d'avoir des nouvelles de lui.

Pour l'instant, elle allait commencer par lui envoyer un SMS.

Êtes-vous dans votre loft ? Je peux passer ? Besoin de discuter.

Il répondit aussitôt :

Maintenant ? Ce soir ?

Elle sentit son cœur bondir.

Oui. Mais seulement pour discuter.

Elle voulait être sûre qu'il avait bien compris ce point.

Bien sûr. Venez. Je suis chez moi.

Elle ignorait ce qu'il ressentait. On ne pouvait jamais savoir avec les SMS, à moins qu'il y ait des émoticônes, et même dans ce cas, les gens envoyaient parfois des sourires alors qu'ils ne souriaient pas en réalité.

Je dois me préparer. À tout à l'heure.

Brandon répondit :

D'accord. À plus tard.

Elle lança son téléphone sur le lit et alla prendre une douche.

Une fois sous le jet d'eau, elle ferma les yeux.

Et elle tâcha de ne pas penser à Brandon.

Peine perdue…

Elle ouvrit les yeux et versa une dose de gel douche dans sa main. Pensant toujours à Brandon, elle se savonna le corps.

Si elle se caressait intimement, cela calmerait-il son manque ?

Non. Glisser la main entre ses jambes n'aiderait pas sa cause. Déterminée à résister à son désir, elle termina de se doucher et se sécha.

Puis, elle coiffa ses cheveux et les tressa comme à son habitude. Elle enfila un soutien-gorge de coton blanc et une culotte assortie. Non pas que ses sous-vêtements comptent, elle seule les verrait. Mais elle tenait à avoir une apparence aussi discrète que possible. Elle choisit une robe de coton simple dont l'imprimé représentait des fleurs de tournesol, une paire de tennis jaunes et un cardigan rose pâle assorti à son gloss, le seul maquillage qu'elle porterait ce soir. Moins elle aurait l'air sexy, moins elle risquerait de se sentir sexy.

Elle l'espérait, en tout cas.

Un peu plus tard, quand elle arriva devant le haut portail de l'immeuble de Brandon, elle tapa le code qu'il lui avait communiqué.

Après quelques instants, le portail s'ouvrit, et Mary s'engagea dans le parking privé de Brandon. Bien qu'il soit bien éclairé, l'endroit lui sembla inquiétant et isolé.

Elle se dirigea droit vers l'ascenseur et l'ouvrit avec sa clé. Une fois à l'intérieur, elle regretta que Brandon lui ait parlé de son fantasme : faire l'amour dans cette cabine. Elle se mordilla la lèvre inférieure pour contenir son excitation.

Maudissant son manque de self-control, elle se précipita hors de l'ascenseur dès que les portent s'ouvrirent.

Tout en s'efforçant de reprendre contenance, elle parcourut le couloir d'un pas alerte. Puis elle frappa à la porte, comme tout invité correct le ferait.

Lorsque Brandon vint lui ouvrir, ses yeux lui parurent différents. Ils semblaient avoir une teinte bleu nuit et non plus bleu céleste.

Elle entra dans le loft, soutenant son regard si fascinant.

Lorsqu'il murmura son prénom, elle oublia ses bonnes résolutions. Comme une femme possédée, elle avança et se pressa contre lui.

Rien qu'un baiser, pensa-t-elle lorsqu'elle posa les lèvres sur les siennes. Un seul baiser sensuel et tendre, avant qu'elle ne mette un terme à toute cette histoire.

- 6 -

Mary ne s'arrêta pas à un seul baiser. Elle se pressa contre Brandon, prête à prendre possession de lui. Il réagit avec tout autant d'ardeur et d'empressement. Lorsqu'il la plaqua contre la porte, elle fit tomber son sac à main dans un bruit sourd puis noua les bras autour de son cou pour s'accrocher à lui.

Il avait une saveur sucrée et enivrante, tel un gâteau du diable imbibé de rhum. Déjà, elle était grisée par ses baisers passionnés et fougueux. La nuit s'annonçait torride…

Mary voulait faire l'amour de façon frénétique, animale.

Ici. Sur-le-champ.

Elle voulait des ébats passionnés, brûlants…

Était-elle folle de nourrir ce genre de pensées ?

Ils reprirent leur souffle, mais elle eut du mal à se ressaisir. Tout était emmêlé dans son esprit.

Et lorsque, sans crier gare, il s'agenouilla, elle fut encore plus désorientée. Le voir ainsi, à genoux devant elle, lui fit tourner la tête. Elle s'efforça de faire le tri dans ses émotions.

— Je suis venue pour te rendre tes clés, et te dire adieu.

— Nous pourrons en parler plus tard.

Il passa les mains sous sa robe et fit glisser son slip le long de ses jambes.

Elle songea aux œuvres d'art suspendues dans la

chambre de Brandon. Et elle sut exactement ce qu'il allait faire.

— J'enlève ma robe ?

— Non, dit-il, effleurant l'intérieur de ses cuisses. Tu n'as qu'à la tenir relevée.

Bonté divine. Si elle n'était pas déjà si excitée, elle aurait rougi.

— Je peux te regarder faire ? demanda-t-elle.

— Absolument. Mais il faut que tu remontes ta robe.

Elle saisit le vêtement et le releva, centimètre par centimètre. Elle n'avait jamais rien fait d'aussi audacieux de toute sa vie. Mais elle avait très envie de sentir la bouche de Brandon sur elle.

— Tu es en beauté ce soir. Si charmante, si fraîche.

— J'essayais juste d'être comme d'habitude.

Ordinaire. Simple. Mais il n'y avait rien de simple dans les émotions que Brandon suscitait en elle. Elle continua de remonter la robe jusqu'à ses hanches, s'exposant à son regard.

Il écarta ses replis intimes de ses pouces, et elle serra le tissu plus fort.

Puis, il se servit de sa langue, de la manière la plus exquise qui soit. Elle miaula comme une chatte. Ou peut-être rugit-elle comme une tigresse.

Elle aurait aimé plonger les mains dans les cheveux de Brandon, mais elle devait tenir sa robe. Ne pas pouvoir le toucher ne faisait que renforcer les pulsations de désir au creux de son ventre. Elle remonta encore le vêtement.

— Oui, comme ça, approuva-t-il. Montre-m'en plus.

Il fit grimper la température, le plaisir, les sensations interdites.

Sans relâche, il fit tourner sa langue sur elle et caressa de ses doigts le cœur de son intimité. Mary le regarda faire comme si sa vie en dépendait. Et c'était peut-être le cas. Peut-être qu'elle n'avait pas été vivante, *vraiment vivante*, avant ce soir.

Balayée par une vague de plaisir brûlant, elle atteignit l'orgasme.

Et lorsque les derniers spasmes de plaisir se dissipèrent, elle craignit de perdre l'équilibre. Elle tenait toujours sa robe à hauteur de ses hanches.

Il se releva et lui sourit.

— Maintenant, tu peux l'enlever complètement.

Elle retira son cardigan et sa robe, puis Brandon dégrafa son soutien-gorge.

À présent, elle était tout à fait nue.

— Allons dans la chambre, dit-il.

Il la porta dans ses bras, comme si elle était une mariée sur le point de franchir le seuil du foyer conjugal. Fascinée par les émotions que Brandon faisait naître en elle, elle posa la main sur sa mâchoire rasée de frais.

Il entra dans la chambre, et elle porta son regard sur les tableaux érotiques, éclairés par une lumière tamisée.

Lorsqu'il l'eut posée sur le lit, il commença à se déshabiller. Ce fut alors qu'elle remarqua l'inscription sur son T-shirt : *Faites-moi confiance, je suis avocat.*

Pouvait-elle lui faire confiance ? Elle l'espérait de tout cœur.

Pour l'heure, elle avait juste envie de passer les mains partout sur son corps parfait.

Brandon retint son souffle. Les caresses de Mary étaient douces, sensuelles, délicieuses… Quand elle se mit à caresser son sexe engorgé, il se raidit de plus belle.

Il n'avait pas envie de penser qu'elle était venue lui

rendre ses clés et lui dire adieu. Tout ce qui comptait pour l'instant, c'était qu'elle avait changé d'avis.

— J'ai adoré la façon dont tu as joui pour moi, dit-il d'une voix rauque. La façon dont tu me regardais quand je t'embrassais.

— J'ai adoré les sensations.

Elle passa le pouce sur le sommet de son sexe.

— Je savais que tu me dominerais si jamais nous couchions ensemble.

— Ah, oui ? demanda-t-il, étendant son corps nu sur le sien. C'est-à-dire ?

— Je savais que tu mettrais mes sens en émoi.

Elle s'agita, créant une friction sensuelle entre eux.

— Je devrais peut-être te dominer par d'autres moyens.

Sur quoi, il saisit ses poignets et les plaqua au-dessus de sa tête sur l'oreiller.

— Je n'ai jamais été un adepte des menottes, des bandeaux sur les yeux et autres, mais avec toi, cela pourrait changer.

Il avait envie d'explorer les envies de Mary, de dévoiler ses mystères, de l'attirer dans les zones les plus sombres et les plus profondes de leur désir mutuel.

— Nous pouvons être romantiques, ou dépravés.

Il marqua un temps pour plus d'effet.

— Ou les deux, conclut-il.

Elle se figea.

— Je suis dans de beaux draps, murmura-t-elle.

— Parce que tu me laisses te faire des choses indécentes ?

— Oui. Je ne devrais pas être ici avec toi.

— Trop tard. Nous sommes déjà imprégnés l'un de l'autre.

Comme des animaux piégés dans un rituel d'accouplement.

— Mais je ne te retiens pas en otage, dit-il, relâchant ses poignets. Tu es ici de ton plein gré.

— Alors que je suis nue et éperdue de désir ? Où est le plein gré là-dedans ?

Elle l'enlaça, et ils roulèrent ensemble sur le lit.

Il embrassa ses lèvres, si chaudes et si douces, et elle soupira de plaisir. Quand il releva la tête, elle soutint son regard.

— Tu es prête à m'accueillir en toi ? demanda-t-il.

Il était si excité, si tendu de désir qu'il était au bord de l'explosion.

— Oui, je suis prête.

Il sortit un préservatif du tiroir de sa table de chevet et le mit en place sous le regard de Mary. Il avait remarqué qu'elle adorait observer ses moindres mouvements. Il n'avait jamais rencontré de femme qui l'excite à ce point. Elle était devenue son idéal sexuel.

Lorsqu'il la pénétra, elle gémit tout en enfonçant les ongles dans son dos. Il se moquait bien qu'elle lui arrache la peau. Tout ce qui venait d'elle était bienvenu.

Elle adopta le même rythme que lui, accompagnant chacun de ses mouvements. Ils s'embrassèrent, grondant et rugissant comme des bêtes sauvages. Puis il la fit se retourner. Elle se redressa sur ses genoux, agrippa la tête de lit, et il s'enfonça en elle, enchaînant les coups de reins puissants.

Plus tard, il se montrerait romantique. Plus tard, il la prendrait dans ses bras. Mais pour l'instant, il devait évacuer la fureur qui était en lui.

Il plongea la main dans ses cheveux et défit sa tresse, emmêlant sa belle chevelure de feu.

De nouveau, ils changèrent de position. Elle s'allongea sur le dos, et il prit ses seins en coupe, fasciné par ses tétons. Ils étaient engorgés et durs, mais leur couleur était pâle, comme les dahlias roses qui poussaient dans le jardin de sa maison de campagne.

Il lécha l'un de ses mamelons tandis qu'elle plongeait les mains dans ses cheveux.

Bien vite, ils se remirent à onduler ensemble. Elle enroula les jambes autour de sa taille, facilitant ainsi ses va-et-vient. Elle était enfin sa maîtresse, songea-t-il, émerveillé.

Elle était proche de la jouissance, il le sentait. Il caressa ses replis pour intensifier les sensations qui la parcouraient.

Lui aussi était proche de la libération. La pression montait dans son aine, et sa vision se brouillait.

Il prit possession de sa bouche, lui donnant un baiser brut et avide. Quand elle se cambra, traversée de tremblements, il fut pris dans un tourbillon sensuel et charnel. Il rejeta la tête en arrière, et explosa de plaisir.

Tout en reprenant son souffle, Mary caressait Brandon, encore étendu sur elle. Elle ne sentait pas les marques d'ongles qu'elle avait laissées sur sa peau, mais elle était sûre qu'elles étaient bien là.

— Je croyais que tu ne me retenais pas prisonnière, dit-elle.

Avec son corps puissant et lourd sur elle, elle serait bien incapable de quitter son lit.

Il releva la tête et la transperça du regard.

— Je savoure l'instant, simplement.

Elle aurait préféré qu'il ne la regarde pas. Chaque

fois qu'il l'observait de cette façon, elle était nerveuse. Mais n'était-elle pas nerveuse en permanence, avec lui ?

— Les ébats sont finis, fit-elle remarquer.

Il roula sur le côté et l'attira doucement contre lui.

— Le sexe est fini, mais la félicité post-sexe ne fait que commencer.

Soudain inquiète, elle songea aux erreurs qu'elle avait commises ce soir. Elle n'aurait pas dû coucher avec lui, et elle n'aurait pas dû s'abandonner à ce point pendant leur étreinte.

— Je n'ai pas l'air de baigner en pleine félicité, non ?

— Oh ! si. Et tu es très belle. Je n'ai jamais vu une femme aussi délicieusement décoiffée.

Elle baissa les yeux, se sentant soudain gênée et timide. Mais aussi coupable, très coupable. Elle n'avait pas le droit d'être heureuse dans ses bras.

Il s'assit sur le lit.

— Je dois passer à la salle de bains. Mais ne va nulle part tant que je ne suis pas revenu.

Craignait-il qu'elle s'éclipse sans lui dire au revoir ?

— D'accord, dit-elle.

— Promis ?

— Promis.

De toute façon, filer à l'anglaise n'était pas une solution.

Lorsqu'il eut quitté la pièce, elle remonta les draps sur elle. Le moins qu'elle puisse faire était de se couvrir. Elle était sûrement toute décoiffée, comme Brandon l'avait dit. Cependant, elle doutait qu'il ait raison sur sa beauté. Mais elle n'allait pas le contredire. C'était agréable d'être admirée.

Un peu trop agréable, même.

Elle leva les yeux au moment où Brandon revenait de la salle de bains. Il était encore nu, et absolument parfait.

— Tu devrais te voir, avec les draps remontés jusqu'au cou, plaisanta-t-il. C'est un peu tard pour être pudique, tu ne crois pas ?

— J'avais froid à cause de l'air conditionné, mentit-elle.

— Tu veux que je règle le thermostat ?

— Non, ça ira. Tu n'as qu'à revenir dans le lit pour me réchauffer.

Elle avait envie de se blottir contre lui. Néanmoins, elle ne pouvait pas ignorer ses peurs.

Il se glissa entre les draps, qu'il baissa au passage.

— Pourquoi ai-je le sentiment que je ne vais pas aimer ce que tu vas me dire ? demanda-t-il.

— Parce que c'est le cas.

Elle s'appuya sur un coude pour lui faire face.

— Aussi merveilleux que cela ait été, ça ne va pas durer, avertit-elle.

— Pourquoi doit-on parler de la fin de notre relation ? Pourquoi ne pas simplement laisser les choses se faire ?

— Parce que nous ne sommes pas faits l'un pour l'autre. Nous venons de milieux différents, et nous n'avons rien en commun.

Elle avait recours aux mêmes excuses que la dernière fois. Pour éviter de lui avouer la vérité.

— Je trouve au contraire que nous sommes très bien assortis, protesta-t-il.

— Nous n'avons eu que quelques rendez-vous, et nous ne sommes jamais allés dans un endroit où nos mondes se confronteraient. Si tu m'emmenais dans ton cercle social, tu verrais quel désastre ce serait.

— Je ne suis pas d'accord. Tu sais combien d'amis me répètent que je devrais me trouver une gentille fille comme toi ?

Dieu lui vienne en aide, pensa-t-elle. Dieu *leur* vienne en aide.

— Et si je n'étais pas une si gentille fille ? Et si notre relation était plus risquée qu'elle n'en a l'air ?

— Pourquoi ? Parce que tu me donnes envie d'acheter des tableaux osés et de faire des choses indécentes ? Je l'admets, mon attirance pour toi est plutôt animale. Mais je veux passer du temps avec toi autrement, aussi, et apprendre à mieux te connaître.

— Moi aussi, j'ai envie de mieux te connaître.

Seulement, elle ne devrait pas rêver d'une véritable relation avec lui. Elle était venue ici pour mettre un terme à leur histoire, et non pour se rapprocher de lui.

— Mais je ne vois pas comment cela pourrait fonctionner entre nous.

— Faisons une tentative, d'accord ? insista-t-il. Même si ça ne marche pas au bout du compte, au moins, nous aurons essayé.

Elle se blottit contre son corps ferme et puissant.

— À t'entendre, ça semble si facile, murmura-t-elle.

— Tout n'a pas à être difficile. Et puis, je suis un pacificateur, tu te souviens ? C'est ma fonction.

Le pacificateur qui avait demandé une ordonnance de protection contre sa mère, s'avisa-t-elle.

— Peut-on faire confiance aux avocats, Brandon ?

— Pardon ?

— Le T-shirt que tu portais tout à l'heure disait que je devrais te faire confiance.

— Ce n'était pas un message pour toi. C'est juste un T-shirt humoristique que Tommy m'a offert. J'ai des tas de T-shirts de ce genre.

— Devrais-je te faire confiance ?

Il caressa ses cheveux emmêlés.

— Ai-je fait quelque chose qui te pousse à remettre en question mon intégrité ? demanda-t-il.

— Non.

Il ne lui avait rien fait à elle. Mais il avait fait du tort à sa mère.

— Si tu faisais du mal à quelqu'un sans le savoir, est-ce que tu le regretterais, Brandon ?

— Évidemment, répondit-il. Pas toi ?

— Si.

Elle se pressa contre lui. Sa propre morale était en question depuis qu'elle l'avait rencontré, mais celle de Brandon semblait intacte. Il n'y avait rien de suspect chez lui, pour autant qu'elle puisse en juger.

— Je suis désolée si je dis des choses bizarres. Ça m'arrive parfois.

Elle n'avait pas trouvé de meilleure explication à ses divagations. Mais au moins, Brandon ne la regardait plus d'un air intrigué.

Après un instant, il demanda :

— Tu veux bien passer le week-end avec moi ?

Ce brusque changement de sujet la décontenança.

— Je n'ai pas de tenue de rechange. Je ne peux pas porter les mêmes vêtements pendant trois jours. Et puis, j'ai besoin de ma trousse de toilette.

— Je peux te conduire à ton appartement ce soir, pour que tu puisses prendre des affaires.

— Je peux aller chez moi toute seule.

Il eut l'air méfiant.

— Tant que tu ne me laisses pas en plan.

— Non, promis.

Elle avait bien l'intention de revenir.

Ils avaient déjà fait l'amour, et de tendres sentiments

s'étaient développés entre eux. Disparaître ne résoudrait rien.

En ce qui la concernait, le mal était déjà fait.

Quand Mary arriva à son appartement, elle trouva Alice prête à aller se coucher. Débarrassée de son maquillage chargé et de sa coiffure en épis, sa sœur paraissait plus jeune que ses dix-neuf ans. Même son pyjama, imprimé de personnages de dessins animés, lui donnait un air enfantin.

Mary avait espéré que sa sœur ne serait pas encore rentrée. Elle aurait préféré lui laisser un message ou lui envoyer un SMS. Mais elle allait devoir gérer cela en faceàface.

LorsqueAlice l'eut rejointe dans sa chambre, Mary lui annonça qu'elle passait le week-end avec Brandon.

— Je suis allée chez lui pour rompre, expliqua-t-elle. Mais ensuite, je me suis retrouvée piégée par mon attirance pour lui. Ce n'est sans doute pas une surprise pour toi. Depuis le début, tu me disais que j'avais envie de coucher avec lui.

Elle prit une grande inspiration.

— Quelle que soit la durée de ma liaison avec lui, reprit-elle, je ne lui dirai pas qui je suis. Il ne saura jamais que nous cherchions à le manipuler.

En d'autres mots, elle renonçait à sa vengeance.

Alice serra les lèvres.

— Alors, tu seras sa maîtresse, et tu ne lui diras jamais rien, même quand ce sera fini ? À quoi bon tous nos efforts, dis-moi ?

Mary s'assit au bord du lit.

— Je ne veux pas lui faire de mal. Je ne veux pas qu'il

me déteste plus tard. Il vaut mieux pour tout le monde que la vérité reste cachée.

— Tu le protèges après ce qu'il a fait à maman ?

— Je ne crois pas qu'il ait voulu lui faire du mal. En fait, je suis maintenant certaine qu'il est innocent. C'est un homme bien. J'en suis persuadée.

— Et si tu avais tort, et qu'il était aussi manipulateur que son père ? Tu vas les laisser Kirby et lui s'en tirer comme ça, alors qu'ils ont détruit notre famille ?

— Dès le départ, je n'étais pas sûre que Brandon était comme Kirby. Je te l'avais dit.

— Ce que tu peux être naïve !

— J'écoute mon instinct, c'est tout.

Alice poussa un grand soupir.

— Et maintenant, tu es en train de tomber amoureuse de Brandon. Alors que tu avais affirmé que ça n'arriverait pas.

— C'est plus fort que moi.

Elle grimaça, en proie à la culpabilité. D'un geste nerveux, elle arracha un fil qui dépassait du couvre-lit.

— Tout est arrivé si vite, se justifia-t-elle.

— Eh bien, tu sais quoi ? Je peux quand même obtenir vengeance. Je peux tout raconter à Brandon et lui dire qui tu es.

Mary devint livide. Elle avait toujours été loyale avec sa sœur, et elle prenait soin d'elle depuis des années. Et c'était ainsi qu'Alice la remerciait ?

— Je n'arrive pas à croire que tu me menaces ! s'exclama-t-elle.

Alice ricana tel un tyran de cour d'école.

— Et moi je n'arrive pas à croire que tu choisis Brandon au lieu de moi ou de maman.

— D'accord, j'ai compris. Tu es perturbée parce que

je tiens à lui. Mais, s'il te plaît, ne lui dis rien. Ça me briserait le cœur si tu le faisais.

— Ah, oui ? C'est peut-être lui qui va finir par te briser le cœur, pas moi. Tu penses que c'est un type bien, mais c'est le fils dévoué de Kirby. Il a beau avoir l'air gentil, il a la capacité de faire souffrir. C'est dans ses gènes.

Mary ne voulait pas croire que Brandon puisse lui faire du mal intentionnellement.

— Promets-moi que tu ne vas pas me trahir en révélant mon identité, insista-t-elle.

— Soit. Si tu veux, lâcha Alice.

Sa sœur sortit en trombe de la pièce, laissant Mary seule pour préparer ses affaires. Mais ce n'était pas un problème. Car pour l'instant, tout ce que Mary voulait, c'était aller retrouver Brandon.

- 7 -

Mary frissonna de plaisir quand Brandon lui caressa le dos. Ils étaient de nouveau dans son lit, nus et enlacés.

— Je suis content que tu sois revenue, dit-il.

— Je t'avais bien dit que je reviendrais.

Mais elle ne lui parlerait pas de sa dispute avec Alice. Elle gardait pour elle tant de secrets, tant de choses douloureuses… Sa vie avait toujours été compliquée. Elle avait passé ces dernières années avec une mère dépressive et une sœur en pleine rébellion.

Elle se pelotonna contre Brandon. C'était bon d'être dans ses bras.

— Être avec toi me donne faim, dit-il, lui mordillant l'épaule. Tu sens bon la pâte à cookies.

— C'est mon spray pour le corps. Il est à la vanille et à la cannelle. J'en ai vaporisé sur moi juste avant de revenir ici.

— Tu as sans doute la même odeur quand tu travailles, excepté que ce sont de vraies épices.

— Oui, absolument.

Elle joua avec ses cheveux noirs, charmée par leur brillance et par leur couleur profonde. Elle savait que lui aussi était fasciné par sa chevelure, elle en avait eu une nouvelle preuve quand il avait défait sa tresse tout à l'heure.

— Tu es fatiguée ? demanda-t-il.

Elle fit un signe de tête négatif. Il était tard, mais elle était trop euphorique pour avoir sommeil.

— Et toi ? demanda-t-elle.

— Pas du tout.

— Je parie qu'en temps normal, tu n'es pas chez toi le vendredi soir.

— En général, non. J'étais censé aller à une soirée, mais j'ai renoncé. J'espérais que tu téléphonerais ou que tu passerais, et tu l'as fait.

— Quel genre de soirée était-ce ?

— Une fête chez l'architecte qui a conçu cet immeuble. Sa femme et lui m'invitent à toutes leurs sauteries. J'ai beaucoup d'amis mariés. J'imagine que c'est normal quand on est dans la trentaine.

— Tu veux dire, quand on approche de la quarantaine ? railla-t-elle.

Il rit et leva les yeux au ciel.

— C'est facile de se moquer quand on a vingt-cinq ans et qu'on est une jeune femme innocente, ironisa-t-il.

— Je n'ai jamais dit que j'étais innocente. J'ai juste dit que je n'avais eu qu'un petit ami, et qu'il n'avait pas compté autant qu'il aurait dû. Mais je ne te décrirai jamais comme quelqu'un qui n'a pas compté.

Il comptait beaucoup trop, même.

— Tu resteras celui qui m'a fait connaître un plaisir époustouflant.

Il sourit.

— C'est bon pour mon ego.

Mais bien vite, son sourire s'évanouit, et il demanda :

— Qui était l'autre homme ? Tu veux bien m'en parler ?

Elle réfléchit à ce qu'elle pourrait révéler. Puis elle s'avisa qu'elle n'avait rien à cacher, du moins pas en ce qui concernait son ancien petit ami.

— Il s’appelait Jim, et il était directeur adjoint de la boulangerie dans laquelle je travaillais dans l’Oklahoma.

— Pourquoi n’a-t-il pas compté autant qu’il aurait dû ?

— Je n’éprouvais pas de sentiments pour lui. Il était gentil et d’une compagnie agréable, mais quelque chose manquait dans notre relation.

— Qu’est-il devenu ?

— Il travaille toujours dans la même boulangerie. Aux dernières nouvelles, il avait rencontré quelqu’un d’autre.

— Toi aussi, tu as rencontré quelqu’un. Et tu as eu droit à des ébats inoubliables.

Elle songea à leur étreinte torride. Et à la manière romantique dont il l’avait tenue dans ses bras ensuite.

— Je suis contente que tu m’aies proposé de passer le week-end avec toi.

— Moi aussi. Ça te dirait d’aller dans ma maison de campagne demain ? Nous pourrions emmener Cline et le laisser gambader dans le jardin. Il y a un très grand terrain.

— J’en serais enchantée.

Elle voulait profiter au maximum du temps qu’elle passerait avec lui.

— Nous pourrons passer la nuit là-bas. Ça va peut-être te paraître bizarre, mais je n’y ai jamais dormi avec quelqu’un. Il faut dire que j’y séjourne rarement. Quoi qu’il en soit, la suite principale a un lit à baldaquin. C’est mon décorateur qui l’a choisi.

Il prit un air malicieux.

— Je pourrais t’y attacher.

Elle lui donna un coup de pied sous les draps. Elle supposait qu’il plaisantait. Du moins, elle l’espérait.

— Ce n’est pas drôle, protesta-t-elle.

— Alors pourquoi ris-tu ?

— Je ne ris pas.

Elle souriait béatement, plutôt.

— Je suis juste étonnée de t'inspirer ce genre de pensées déraisonnables.

— Je crois que nous devrions faire quelque chose de déraisonnable dès maintenant.

Aussitôt, elle sentit des pulsations au creux de son ventre.

— Comme quoi ?

Il s'assit sur le lit et prit ses vêtements.

— Aller chercher un dessert. Il y a un fast-food pas loin d'ici qui fait d'excellents milk-shakes.

Elle s'appuya sur un coude et le regarda remettre son T-shirt portant l'inscription : *Faites-moi confiance, je suis avocat.*

— C'était une plaisanterie un peu facile, dit-elle.

Sans se départir de son sourire, il enfila son jean.

— Alors, attaque-moi en justice.

Elle repensa à la période où Alice et elle avaient voulu porter plainte contre le père de Brandon. Mais ce n'était pas le moment de songer à cela.

— J'adore les milk-shakes, dit-elle. Le parfum fraise est mon préféré.

— Alors habille-toi et viens avec moi.

Lorsqu'ils furent dans l'ascenseur et que les portes de la cabine se refermèrent, Brandon n'appuya pas sur le bouton pour descendre. Sans crier gare, il la plaqua contre la paroi et l'embrassa à pleine bouche.

Tandis qu'il embrassait Mary avec passion, Brandon sentit tout son corps s'embraser. Il était impatient de réaliser son fantasme : faire l'amour dans un ascenseur.

Il détacha ses lèvres des siennes.

— Tu peux garder ta robe. Mais il faut que tu retires ton slip.

Elle obtempéra et glissa le sous-vêtement dans la poche de son pantalon.

— Ça veut dire que nous n'allons pas chercher de milk-shakes ? plaisanta-t-elle.

Son innocence feinte le fit rire et l'excita en même temps. Et le slip qu'elle avait mis dans sa poche semblait le brûler à travers l'étoffe de son vêtement. Brandon le garderait peut-être en guise de trophée.

— Nous pourrons y aller après, quand nous aurons fini, répondit-il.

Elle se mordilla la lèvre.

— Fini quoi ?

— Comme si tu ne le savais pas !

Il sortit le préservatif qu'il avait discrètement pris tout à l'heure. Puis, déjà tendu de désir, il déboutonna son jean.

Il tendit le préservatif à Mary.

— Tu veux t'en charger ?

Elle prit la protection et batailla avec l'emballage.

— En fait, je n'ai jamais…

Cette fois, son innocence, ou plutôt son inexpérience, semblait bien réelle. Brandon était bien trop excité pour patienter.

— Ne t'inquiète pas, je m'en charge, assura-t-il, reprenant le préservatif.

Il le déroula sur lui, puis releva la robe de Mary et, d'un coup de reins brusque, entra en elle. Elle haleta et l'attira contre lui.

Ils s'adonnèrent à une étreinte enfiévrée, frénétique et sauvage. Parce qu'il était beaucoup plus grand qu'elle, il dut plier les genoux et la porter pour pouvoir mieux s'enfoncer en elle.

Elle émit des sons de plaisir qui attisèrent son excitation.

Il aimait le fait qu'elle porte la même robe que tout à l'heure. Elle semblait si charmante et fraîche dans cette tenue… Alors même qu'ils étaient en pleine action, elle semblait toujours aussi innocente.

Et son parfum de vanille et de cannelle le rendait fou.

Elle s'accrocha à lui, et il caressa ses replis intimes avec ses doigts.

— Jouis avec moi, Mary.

Il avait besoin de se libérer en elle, mais il voulait aussi lui offrir le plaisir suprême.

Elle serra ses épaules à travers sa chemise. Elle l'avait griffé tout à l'heure, et il avait adoré cela.

— Jouis avec moi, répéta-t-il d'une voix rauque.

Elle enfonça les ongles dans sa peau.

— Oui. J'y suis presque.

Et en effet, après quelques secondes, il sentit des tremblements la traverser.

L'orgasme de Mary provoqua le sien. La pression croissante en lui fit place à un déluge de sensations.

Bon sang, c'était si bon !

Lorsqu'il fut à peu près remis, il appuya le front contre le sien.

— Où étais-tu ? Je t'ai cherchée toute ma vie, la taquina-t-il, reprenant une phrase bateau.

Elle reprit son slip dans la poche de son jean.

— Quand tu avais vingt ans, j'avais onze ou douze ans. Donc, pendant l'essentiel de ta vie, j'étais une enfant. Et quand tu étais enfant, je n'étais pas encore née.

— Merci pour cet éclairage, railla-t-il.

Lui qui avait voulu conserver son slip, il en était pour ses frais. Elle était déjà en train de le remonter sur ses cuisses.

Lorsqu'il eut remis son pantalon, il appuya sur le bouton pour mettre l'ascenseur en marche.

Une fois dans le parking, ils gagnèrent la voiture de Brandon. Lorsqu'ils furent installés, il demanda :

— Tu accepterais de m'accompagner au Texas en août, pour assister au mariage de Matt et Libby ?

Maintenant qu'ils étaient amants, il n'avait pas envie d'assister aux festivités sans elle.

Elle boucla sa ceinture avant de répondre :

— Tu veux m'emmener dans ce genre d'événements, alors que toute ta famille sera présente ?

Elle semblait affolée par cette perspective.

— Ma famille ne va pas te manger, tu sais.

Elle n'avait pas l'air de le croire.

Décidément, Mary n'était pas une fille facile à convaincre.

— Penses-y, au moins, tu veux bien ? insista-t-il.

Elle regarda devant elle.

— Ça va un peu trop vite pour moi, lâcha-t-elle.

Il démarra et sortit du parking.

— Nous nous sommes mis d'accord pour donner une chance à notre relation, Mary. Pour continuer de nous voir.

— Je sais. Mais je ne pensais pas que cela impliquait d'assister au mariage de ton frère.

Il ne voyait pas en quoi c'était si terrible. Au mariage de Tommy, il était venu accompagné.

— Ce serait juste l'occasion pour nous de danser, de boire du champagne, de nous amuser un peu.

— Je sais, dit-elle sans le regarder. Mais c'est encore nouveau et intimidant pour moi de fréquenter quelqu'un comme toi.

Lui aussi était intimidé par elle. Et puisqu'elle était si insaisissable, il allait sans doute avoir beaucoup de mal à maintenir leur relation à flot.

Au fast-food, il passa une commande au volant, puis se gara pour qu'ils puissent déguster leurs milk-shakes : chocolat pour lui et fraise pour elle.

— Combien de temps es-tu restée avec Jim ? demanda-t-il.

D'habitude, il ne s'intéressait pas au passé sentimental de ses conquêtes. Mais avec Mary, tout semblait important.

Elle s'agita sur son siège.

— Notre relation a duré six mois.

— Est-ce que tu menaçais en permanence de rompre avec lui ?

— Non. Parce que j'étais habituée à lui, je suppose.

— Alors, quand vas-tu t'habituer à moi ? demanda-t-il, lui donnant un petit coup d'épaule affectueux.

Elle se tourna vers lui pour lui faire face.

— Je suis désolée d'être si compliquée. Mais c'est difficile de ne pas penser à ton statut social. Ou à la célébrité de ta famille. C'est impressionnant pour une fille ordinaire comme moi.

— Tu es loin d'être ordinaire.

À vrai dire, Mary était la femme la plus complexe qu'il ait jamais rencontrée.

Elle posa la main sur sa joue.

— Je n'aurais jamais cru être si proche de toi, dit-elle. C'est un bouleversement émotionnel pour moi.

Pour lui aussi, mais il réagissait de manière différente. Il était désireux de l'intégrer dans sa vie, tandis qu'elle le maintenait à la périphérie de la sienne.

Elle retira sa main.

— Être assise là avec toi me donne presque l'impression que nous avons remonté le temps.

— Et que nous sommes des adolescents des années 1950 qui rentrent chez eux après un bal ?

Elle acquiesça d'un signe de tête.

— Dans quel lycée es-tu allé ? questionna-t-elle.

— Une institution privée, pas très loin d'ici. J'étais chef de classe et major de promotion. Tommy, en revanche, a étudié dans un lycée public. Il trouvait que le privé était trop snob pour lui. C'est ce qu'il disait, en tout cas. Mais à mon avis, il voulait juste être dans le même lycée que Sophie.

— Mon lycée était situé dans un quartier défavorisé, et il n'y avait aucun élève aisé.

Elle s'adossa à son siège.

— Mais tu avais sans doute déjà compris que je viens d'une famille modeste.

— Oui.

Mais modeste à quel point, il l'ignorait.

— Je ne peux même pas imaginer la vie que tu as eue, avoua-t-il.

Il avait des parents fortunés, qui lui avaient offert tout ce qu'il désirait. Bien entendu, ce que Tommy et lui avaient voulu de leur père, c'était avant tout qu'il cesse de boire et de se droguer.

— Nous avions du mal à joindre les deux bouts, dit-elle. Mais certains des enfants avec lesquels j'ai grandi étaient encore plus mal lotis.

— Quand tes parents sont-ils décédés, Mary ? Je sais que tu n'aimes pas en parler, mais…

— S'il te plaît, ne gâchons pas ce moment en allant sur ce terrain.

Elle lui lança un regard peiné.

— J'ai envie d'avoir des souvenirs heureux de cette soirée avec toi, ajouta-t-elle.

— Je suis désolé.

Il n'aurait pas dû franchir cette limite. C'était le premier week-end qu'ils passaient ensemble.

— Je peux être un peu trop insistant parfois.

— Ce doit être l'avocat en toi.

— Oui, déformation professionnelle.

Mais c'était aussi parce qu'il s'intéressait à elle, et qu'elle lui faisait beaucoup d'effet.

— Si nous écoutions un peu de musique ? suggéra-t-il.

— Bonne idée.

— Tu peux explorer ma liste de lecture et choisir les morceaux.

— Merci.

Elle passa en revue les chansons dans son appareil et sélectionna de vieux airs de country.

Ils écoutèrent la musique en silence, tout en sirotant leurs milk-shakes.

Et lorsqu'ils eurent fini, il lui donna un baiser, avant de la ramener dans son loft. Et dans son lit.

Mary passa le jour suivant dans la résidence secondaire de Brandon. C'était une demeure en briques rouges à un étage, entourée d'un grand terrain de deux hectares et disposant de six chambres, de sept salles de bains, d'une piscine et d'un belvédère.

Avec ses fenêtres cintrées et ses arcades, la maison était lumineuse et aérée. Les sols étaient en parquet, et les cheminées en marbre. Partout sur les tables, les étagères et les murs, de belles œuvres d'art étaient exposées. Brandon lui avait dit qu'il utilisait cette maison pour stocker et exposer l'essentiel de sa collection, et il n'avait pas menti.

Après la visite de la maison, il l'emmena voir la piscine.

Une employée de maison au sourire amical leur apporta de la citronnade.

Une fois qu'elle fut repartie, Brandon lança :

— Tu vois à quel point Cline aime être ici.

— Oui, en effet.

Le chien courait et s'ébattait dans l'herbe.

— C'est drôle, tu l'emmènes au parc tous les dimanches alors que tu pourrais simplement le conduire ici.

— C'est parce que j'aime aller au parc. Sortir dans un lieu public avec mon chien me donne un sentiment de liberté. Quand j'étais petit, je me demandais à quoi ressemblait la vie dans une famille normale. Mon enfance était un cirque, avec tous ces fans qui attendaient devant les grilles de Kirbyville. Les paparazzis ne nous lâchaient pas non plus.

Elle prit son verre, garni de feuilles de menthe fraîche et de quartiers de citron.

— Tu penses que le mariage de Matt sera un cirque médiatique ?

Une part d'elle avait envie d'y aller, d'être avec Brandon. Mais comment pourrait-elle se retrouver face à Kirby après ce qu'il avait fait à sa mère ?

— Ce sera une cérémonie privée dans leur ranch, et il y aura beaucoup d'agents de sécurité, au cas où les médias essaieraient de s'incruster. Je pense que tout se passera bien.

Il lui lança un regard.

— Tu envisages de m'y accompagner ?

— Je ne sais pas encore.

Avec lui, elle se sentait déjà comme une étrangère dans un pays inconnu, alors comment pourrait-elle côtoyer toute la famille de Brandon ?

— Si tu décides de venir, sache que ça durera quatre

jours. Les deux premiers sont consacrés au mariage, et pendant les deux derniers, nous serions libres. Nous séjournerions dans l'un des chalets du ranch. Il y a beaucoup d'activités possibles : randonnée, pêche, balade à cheval. Je ne suis pas un vrai cow-boy comme Matt et Tommy, mais j'ai grandi avec des chevaux.

— Tu aimes monter à cheval ?

— Oui. J'étais dans une équipe de polo à l'université.

Cela ne la surprenait guère. Brandon était un ancien étudiant de Harvard.

— Je ne suis montée à cheval que quelques fois, quand j'étais enfant.

Alice et elle avaient eu droit à quelques cours, mais c'était un luxe que leur mère n'avait pas pu leur offrir souvent.

— Ça t'a plu ? demanda-t-il.

— Oui, beaucoup.

Elle ne pouvait pas lui révéler que sa mère adorait les chevaux, et qu'il était très important pour elle d'offrir à ses filles ces expériences. Mary avait même des photos d'Alice et elle sur des poneys. Mais c'était bien avant le fiasco avec Kirby, avant que leur mère ne tombe en dépression.

Elle chassa ses pensées négatives et regarda autour d'elle.

— Est-ce que tu pourrais accueillir des chevaux dans cette propriété ?

— Oui, mais je n'en vois pas l'utilité, sauf si je venais plus souvent. Je peux monter à cheval chez Tommy chaque fois que j'en ai envie.

— Tommy sera aussi présent au mariage de Matt ?

— Oui. Matt nous a demandé d'être ses garçons d'honneur.

Mary garda le silence, songeuse. Si elle avait rencontré Brandon en d'autres circonstances, si Kirby n'avait pas fait de mal à sa mère, et si Brandon n'avait pas demandé une ordonnance de protection pour son père, leur relation aurait été beaucoup plus simple. Mais en l'occurrence, ils ne devraient même pas se fréquenter.

— Tu as encore cette expression, nota-t-il.

— Quelle expression ?

— Celle qui indique que tu envisages de rompre avec moi.

— Non, je n'y pense pas, je t'assure.

Mais elle devrait.

Seulement, elle n'était pas encore prête à renoncer à lui.

Pour changer de sujet, elle désigna la maison d'un geste de la main.

— C'est vraiment une magnifique demeure. Dommage que tu ne t'en serves pas plus souvent.

— Ça te dirait de nager dans la piscine ? demanda-t-il en souriant. Cline adore nager aussi, si ça ne t'ennuie pas de partager la piscine avec un gros chien malodorant.

Elle rit.

— Cline n'est pas malodorant.

— Il le sera une fois mouillé. Mais ça nous donnera une excuse pour nous doucher ensemble.

Il afficha un autre sourire, plus sensuel.

— Sans le chien.

— D'accord, dit-elle, approchant sa chaise de la sienne. Je suis partante.

Elle avait remarqué la douche dans la suite principale : une immense cabine de verre avec jets de massage. Elle était sûre que les sensations seraient formidables. Brandon était en train de devenir l'amant de ses rêves. Des rêves qu'elle n'avait même pas eu conscience d'avoir.

— Je n'ai pas apporté de maillot de bain. Je ne pensais pas en avoir besoin.

— Il y a des tas de maillots neufs dans le pool house. Il y en aura sûrement un à ta taille. Ce sont mes employés qui les laissent là. Au cas où j'aurais des invités.

— Je suis contente d'être ton invitée.

Même si la situation était compliquée, avec Brandon elle se sentait toujours mieux.

C'était un homme gentil et séduisant, et pourtant elle ne cessait de lui mentir.

- 8 -

Nager avec le husky avait été amusant. Et se doucher avec Brandon était divin, exactement comme Mary l'avait imaginé.

Le jet principal déversait de l'eau sur eux comme une cascade, tandis que les autres jets massaient différentes parties de leur corps. Un luxe suprême, pensa-t-elle, qu'elle partageait avec un bel avocat au teint hâlé et aux yeux bleu céleste. Avant qu'il n'entre dans sa vie, elle n'aurait jamais pu imaginer pareil scénario.

Il lui lava les cheveux avec son shampoing pour homme, dont elle respira l'odeur épicée. Elle aimait l'idée d'utiliser les produits de Brandon. Elle aimait tout de ce week-end avec lui. Tout, hormis les mensonges qu'elle continuait d'entretenir. Elle espérait que leur relation se terminerait d'un commun accord, quand chacun d'eux serait prêt à tourner la page. Ainsi, son secret pourrait être oublié.

Lorsqu'il eut fini de lui rincer les cheveux, il la fit pivoter vers lui et l'embrassa. Elle s'accrocha à lui comme si c'était la dernière fois qu'elle le voyait, tout en se détestant de le mener en bateau. Plus elle passait du temps avec lui, plus elle était convaincue que c'était un homme bon et attentionné. Elle pensait maintenant qu'il n'avait pas fait de tort à sa mère délibérément. C'était Kirby le seul responsable. Mais Brandon adorait son père, tout comme elle avait adoré sa mère. Leur relation était donc sans issue.

Tandis qu'il approfondissait le baiser, elle cessa de réfléchir. Elle glissa la main entre ses jambes puissantes et se mit à le caresser. Bien vite, elle le sentit se durcir sous ses doigts. Elle passa le pouce sur le sommet de son sexe, dessinant de petits cercles qui provoquèrent un frisson en lui.

Parce qu'elle voulait lui donner le même genre de plaisir que celui qu'il lui avait procuré, elle détacha ses lèvres des siennes et s'agenouilla.

Il l'observa, le regard intense. D'une main, il ferma les jets massants pour qu'elle ne soit pas trempée, mais il laissa le jet principal ouvert. L'eau qui se déversait derrière eux créait une ambiance sensuelle.

Elle l'accueillit pleinement entre ses lèvres, pendant qu'il jouait avec ses cheveux humides. Était-il excité par la vision qu'elle lui offrait ? Une jeune femme sage en train de lui donner du plaisir ?

Lorsqu'elle passa la langue sur son sexe, il se mit à onduler du bassin et serra ses cheveux plus fort. Elle se sentait puissante, consciente qu'elle lui faisait perdre le contrôle.

Mais elle se sentait aussi dominée. C'était un sentiment qu'elle aimait. Qui l'excitait.

Il gronda son prénom, et elle accéléra le rythme, se servant de ses mains et de sa bouche.

Juste avant qu'il ne jouisse, il tenta de se retirer. Mais elle le retint, pour lui faire savoir qu'elle voulait qu'il se libère en elle. Ce qu'il fit, les muscles contractés et le souffle court, dans un nuage de vapeur et d'eau ruisselante.

Après cela, il recula en titubant. Mais elle ne se releva pas tout de suite. Elle passa une main sur ses seins et glissa l'autre entre ses cuisses. Elle avait besoin d'un orgasme, elle aussi.

Il resta là, sans bouger, à l'observer. À l'évidence, il appréciait le spectacle. Une pensée qui attisa son excitation.

Elle ferma les yeux et continua de se caresser.

Lorsqu'elle fut satisfaite, elle se releva et ferma le robinet. La douche sensuelle était terminée.

Ils sortirent de la cabine et se séchèrent.

— C'était incroyable, commenta Brandon tout en enfilant son jean. Comment vais-je pouvoir coucher avec quelqu'un d'autre après ça ?

— Je préfère ne pas t'imaginer avec une autre femme.

— Tant mieux. Car je compte m'accrocher à toi aussi longtemps que je le pourrai.

— Avec toi, j'ai l'impression d'être une autre femme.

Une femme bien plus audacieuse qu'elle ne l'aurait cru.

Ayant fini de s'habiller, elle s'approcha de lui.

— Je devrais rougir après ce que je viens de faire.

— Parfois, tu rougis. J'aime ces deux aspects de toi, la fille sage et la femme audacieuse. Difficile de savoir quelle facette m'excite le plus.

Elle se blottit contre lui.

— Je crois que je deviens de moins en moins sage et de plus en plus audacieuse.

Mais pour l'instant, c'était son cœur de gentille fille qui battait sans relâche, tout contre le sien.

Dimanche matin, Mary et Brandon emmenèrent Cline au parc. Tandis qu'ils longeaient la rivière, elle s'imagina passer chaque week-end avec Brandon. Mais elle savait que ce n'était pas possible.

Ils s'arrêtèrent pour laisser Cline renifler un arbre.

— Je suis en déplacement professionnel la semaine prochaine, annonça Brandon. J'ai un gros client à Las Vegas.

— Je croyais que Tommy et tes parents étaient tes plus gros clients ?

Elle savait qu'il s'était spécialisé dans le divertissement afin de représenter sa famille.

Une famille qu'il protégeait, se rappela-t-elle. Elle avait essayé de protéger la sienne, mais elle avait échoué alors que Brandon avait réussi. Sa propre famille était dévastée, alors que celle de Brandon était heureuse.

— Maman, papa et Tommy passeront toujours en premier. Mais je reste loyal envers mes autres clients.

À juste titre. Il avait fait prospérer son cabinet grâce à de grands noms de l'industrie musicale. Mais sans sa famille, il n'aurait pas eu un tel réseau. Il avait grandi entouré de célébrités.

Il se remit à marcher, et elle lui emboîta le pas. Si seulement elle ne développait pas des sentiments aussi forts pour lui… Si seulement il ne se frayait pas un chemin jusqu'à son cœur…

— Mon père veut avoir des rendez-vous galants, lança-t-il à brûle-pourpoint.

— Quoi ? Mais avec qui ?

— Avec la personne qui lui plaira, j'imagine. Il ne m'a pas dit comment il compte trouver quelqu'un. En fait, il voulait surtout mon avis. Il est célibataire depuis qu'il a arrêté la drogue et l'alcool, et il se sent seul. Il en a parlé à Tommy, mais mon frère n'aime pas trop cette idée.

Elle sentit son cœur cogner dans sa poitrine.

— Et toi, si ?

— Ce n'est pas à moi de décider pour mon père. Mais je lui ai dit que je le soutiendrais. Tommy n'est pas convaincu que notre père a changé, en tout cas pas en ce qui concerne la gent féminine. Mais pour ma part, je pense qu'il respecte les femmes à présent.

— Et si Tommy avait raison ? répliqua-t-elle, tentant de contenir son dédain sans y parvenir tout à fait.

Il fronça les sourcils.

— Tu n'apprécies pas mon père, n'est-ce pas ?

Elle détourna les yeux.

— Je ne le connais même pas.

— Mais à l'évidence, tu n'aimes pas l'homme qui est dépeint dans sa biographie. Tu me l'as bien fait comprendre lors de notre premier rendez-vous.

— C'est juste que je n'aime pas la manière dont il a traité son épouse et ses enfants.

Et surtout, elle ne pouvait pas supporter la façon dont il avait traité sa mère.

— Tu hésites à venir au mariage de Matt parce que l'idée de rencontrer mon père te met mal à l'aise ?

Elle n'arriva pas à trouver la force de mentir encore.

— Oui, en grande partie.

— Je sais que son passé n'est pas très rassurant, mais mon père assume ses responsabilités à présent. Si tu le connaissais, je pense que tu l'apprécierais. Sophie s'entend très bien avec lui, tout comme Libby. Il a même conduit Sophie jusqu'à l'autel quand elle a épousé mon frère. Même si papa et Tommy se disputent souvent, ils ont un lien très fort.

Mary aussi avait eu un lien très fort avec sa mère. Alice et elle avaient gardé son livret de chansons, son bien le plus précieux. Il était soigneusement conservé dans un coffre.

— Si je te pousse à rencontrer ma famille, c'est parce

que je tiens vraiment à ce que tu viennes au mariage avec moi.

— Il n’aura lieu que dans un mois.

Juin était passé, et on était maintenant à la mi-juillet.

— D’ici là, je serai peut-être plus à l’aise avec l’idée de t’accompagner, avança-t-elle.

— Je l’espère.

Derrière eux, le soleil se reflétait sur la rivière. Le décor était trop beau pour qu’elle pense à Kirby. Mais le père de Brandon n’était jamais loin de son esprit.

— Tu m’appelleras à ton retour de Las Vegas ?

— Absolument. Je serai impatient de te revoir.

Elle lutta contre la brume qui envahissait son esprit. Seraient-ils jamais rassasiés l’un de l’autre ? Cette attirance mutuelle disparaîtrait-elle un jour ?

— Moi aussi, je serai impatiente de te retrouver.

De le toucher, de sentir son corps nu contre le sien. Mais il y avait davantage que le sexe. Quand elle était avec Brandon, elle se sentait en sécurité. Ce qui n’avait pas de sens.

Elle nageait en pleine confusion, une fois de plus. Même Cline l’observait, la tête penchée, comme s’il essayait de la comprendre. Le husky semblait toujours percevoir ses émotions.

Or, personne n’exacerbait ses émotions autant que Brandon.

Mary s’affairait dans son appartement, retapant les coussins du canapé et s’assurant que tout était aussi joli que possible. De retour de son voyage professionnel, Brandon venait d’arriver à l’aéroport et se rendrait directement chez elle.

Il lui avait demandé s'il pouvait passer la voir, disant qu'il avait une nouvelle importante à lui annoncer. Accueillir Brandon dans son foyer était une grande étape pour elle. Cela lui semblait plus intime que d'aller chez lui.

— Je devrais peut-être rester un peu, dit Alice.

— Non, protesta Mary en secouant la tête. Tu m'as dit que tu avais à faire.

Alice était censée partir avant l'arrivée de Brandon.

— Mais je veux le rencontrer, répliqua sa sœur, se laissant tomber sur le canapé et éparpillant les coussins.

— Pas maintenant. Je suis déjà assez nerveuse comme ça.

Présenter Alice à Brandon était au-dessus de ses forces.

— Tu as juste peur que je te dénonce, avança Alice.

— Tu as promis de garder le secret.

Mais avait-elle peur que sa sœur ne tienne pas parole ? Oui, hélas.

— S'il te plaît, va faire les courses que tu dois faire.

— Je m'en vais si tu acceptes d'inviter Brandon à dîner ce week-end. Nous pourrions préparer un repas pour lui. Ce serait une soirée chaleureuse.

Ou plutôt un désastre. C'était la pire idée du monde.

— Et si je refuse de l'inviter ?

Alice posa les pieds sur la table basse et fit claquer les talons de ses bottines.

— Dans ce cas, je serai obligée de rompre ma promesse et de lui dire la vérité.

Mary la fusilla du regard. Sa petite sœur était en train de la faire chanter. Cependant, que faire d'autre à part céder ? Alice avait l'avantage.

— Soit, je l'inviterai. Mais il faut que tu gardes le secret sur notre identité. Tu dois le jurer sur la tombe de maman.

Sa sœur émit un son ironique.

— Maman n'a même pas de tombe, rappela-t-elle.

En effet, leur mère avait été incinérée, et ses cendres dispersées au vent de l'Oklahoma. Mary et Alice n'avaient pas eu les moyens de payer des obsèques. Mais leur mère aurait préféré faire partie des éléments, de toute façon, aussi Mary ne regrettait-elle pas leur choix.

— Jure-le, pressa-t-elle.

— D'accord. Je le jure. Mais je trouve bizarre que tu veuilles continuer à lui mentir. Si tu ne lui dis jamais qui tu es, il ne comprendra pas ce qui est allé de travers dans votre relation. Si tu tiens tant à lui, tu lui dois au moins la vérité, non ?

Mary l'observa, suspicieuse.

— Tu essaies d'utiliser la psychologie inversée sur moi ?

— Je ne fais qu'énoncer des faits.

— Quels faits ? Tu voudrais qu'il sache que nous avons comploté contre lui ? Tu veux le voir souffrir ?

Les motivations de sa sœur ne lui inspiraient pas la moindre confiance.

— Crois-moi, Alice, il vaut mieux pour lui qu'il ne sache pas qui je suis.

— Si tu le dis.

Alice se leva, prit son sac à franges et traversa la pièce d'un pas décidé.

— Mais n'oublie pas de l'inviter à dîner, et dis-lui qu'il me tarde de faire sa connaissance.

Elle ponctua ses paroles d'un battement de cils moqueur.

Lorsqu'elle fut sortie, Mary remit les coussins en place. Elle espérait que Brandon n'allait pas lui reparler du mariage de Tommy. Elle avait déjà perdu beaucoup trop d'heures de sommeil à cause de cet événement.

Environ vingt minutes plus tard, Brandon arriva. Il était plus séduisant que jamais dans son pull-over anthracite et son pantalon noir.

Elle lui fit visiter l'appartement. Lorsqu'ils furent dans sa chambre, Brandon s'attarda dans la pièce.

— Donc, c'est ici que tu dors, dit-il.

Elle hocha la tête. Son vieux couvre-lit en chenille avait appartenu à sa grand-mère puis à sa mère. Toute la décoration était dans les tons pastel, y compris les meubles.

Brandon se dirigea vers la commode. Il n'eut pas beaucoup de pas à faire puisque la pièce était petite et encombrée. Il saisit une bougie en forme de cupcake et l'étudia.

— C'est mignon. Ça te ressemble.

Puis il porta son attention sur le lit, sur lequel étaient posées trois peluches : deux oursons et un lapin.

— Et ces peluches, tu les as depuis l'enfance ? questionna-t-il.

— Oui.

Il détaillait tout, et cela la mettait mal à l'aise. Soudain, elle eut peur d'avoir été démasquée. Et si Brandon avait découvert qui elle était, et qu'il se moquait d'elle avec ces commentaires apparemment anodins ? Était-il possible qu'Alice l'ait trahie et qu'elle ait tout raconté à Brandon ? Elle aurait pu trouver son numéro dans le téléphone de Mary.

Non, ce n'était pas logique. Pourquoi Alice aurait-elle menacé de tout dévoiler ce soir si elle l'avait déjà fait ? Et pourquoi aurait-elle insisté pour que Mary invite Brandon à dîner ?

— Comment s'appellent-ils ? demanda Brandon.

Elle s'arracha à ses pensées.

— Excuse-moi, tu disais ?

— Tes animaux en peluche. Ils ont un nom ?

— Oui. Le lapin s'appelle Beanie, et les oursons, Daisy et Dilly.

Il s'assit au bord du lit, prit Beanie et caressa ses oreilles effilochées.

Il fallait qu'elle sache pourquoi il était venu. N'y tenant plus, elle demanda :

— Que se passe-t-il ? De quoi voulais-tu me parler ?

Son visage s'éclaira.

— Je suis venu pour te parler de Zoe.

Elle se détendit. Apparemment, la nouvelle était positive.

— Que voulais-tu me dire ?

— Elle est venue au monde il y a deux jours, quand j'étais à Las Vegas. Ses parents l'ont ramenée à la maison aujourd'hui. Sophie a accouché dans une clinique privée, et il n'y a pas eu de fuites dans les médias. Tommy compte émettre un communiqué officiel et fournir quelques photos à la presse. Mais il tient à ce que la famille voie Zoe d'abord. Je compte faire sa connaissance ce soir.

Il semblait très enthousiaste.

— C'est une excellente nouvelle, Brandon.

— Je me demandais si tu voulais m'accompagner.

Oh ! non.

— Et ton père ? questionna-t-elle.

Si elle le voyait en petit comité, ce serait encore pire que de le voir au mariage de Matt.

— J'ai besoin de plus de temps avant de le rencontrer, argua-t-elle.

Ou plutôt, elle avait besoin de ne jamais le rencontrer.

— Papa ne sera pas là. Mes parents étaient déjà chez Tommy ce matin, pour aider Sophie à s'occuper du bébé. Et puis, ils étaient à la clinique quand Zoe est née, alors ils ont pu passer beaucoup de temps avec elle. Matt, Libby et Chance arrivent demain. Tommy essaie de faire en sorte que chacun vienne à tour de rôle, pour ne pas trop fatiguer Sophie.

— Alors, il n'y aura que toi et moi ?

— Oui. Rien que nous deux.

— Je n'ai rien à leur offrir. Alors que toi, tu leur as déjà offert un magnifique tableau.

— J'offre toujours des œuvres d'art.

— Et en temps normal, je confectionne des gâteaux.

— Eh bien, tu pourras leur faire des gâteaux une autre fois. Tommy et Sophie comprendront que c'était une visite impromptue. Viens avec moi, s'il te plaît, insista-t-il.

— D'accord, je viens.

Elle tenait à soutenir Brandon. Et puisque Kirby ne serait pas là, elle n'aurait pas à craindre de tomber sur lui.

— En parlant de visite familiale, ma sœur veut que tu viennes dîner chez nous ce week-end. Elle souhaite te connaître.

— Vraiment ? demanda-t-il, reposant Beanie sur le lit. Formidable. J'aimerais la rencontrer, moi aussi.

— Il se pourrait qu'elle ne soit pas très amicale. Je crois qu'elle est jalouse du temps que je passe avec toi.

Mieux valait avertir Brandon qu'Alice pourrait avoir un comportement étrange.

— Tu crois que cela l'amadouerait si je lui apportais un cadeau ?

— Tu veux lui acheter quelque chose ? Alors que tu prétends que ce n'est pas grave si je n'offre rien à Tommy et Sophie ?

— Ce n'est pas pareil. J'aurai le temps de trouver un présent, et puis, tu viens de dire qu'Alice est jalouse de notre relation.

— Je sais. Mais ce n'est pas nécessaire de lui apporter un cadeau.

À moins qu'il ne lui offre des millions de dollars, Mary doutait qu'il puisse acheter l'affection d'Alice. Et même s'il le faisait, sa sœur le détesterait sans doute malgré tout.

Elle s'assit à côté de lui sur le lit.

— Il vaut mieux laisser Alice faire sa tête de mule.

— En tout cas, je suis content qu'elle tienne à me rencontrer. Et je suis particulièrement ravi que tu m'accompagnes chez mon frère aujourd'hui.

— J'aime les bébés.

Mais elle n'était pas ravie de constater qu'elle avait besoin de Brandon. Elle luttait contre ce sentiment chaque jour.

Lorsqu'il se pencha pour l'embrasser, elle regretta pour la énième fois que le père de Brandon ait gâché la vie de sa mère.

— Je peux venir dîner samedi, déclara-t-il. Ça te va, ou tu préfères dimanche ?

— Samedi, c'est très bien. Je suis sûre qu'Alice sera d'accord puisque c'était son idée.

— Je t'ai réservé mon week-end. J'aurais pu assister à un bal mais j'ai décliné l'invitation. Je n'aime pas aller seul à ce genre de soirées et, à mon avis, tu aurais refusé de m'y accompagner.

Il soupira.

— J'aimerais beaucoup t'emmener à une soirée habillée, dit-il. Et te présenter à mes amis. Mais je ne veux pas t'effrayer. J'essaie de respecter tes conditions.

— J'apprécie le fait que tu donnes la priorité à mes sentiments.

Néanmoins, il tenait à ce qu'elle rencontre son père. Et c'était la chose qui l'effrayait le plus.

Tommy et Sophie vivaient dans l'une des plus grandes demeures de Nashville. Lorsque Mary et Brandon passèrent le poste de sécurité, Mary se demanda dans quoi elle s'était embarquée. Brandon s'intégrait naturellement dans ce décor opulent, mais elle avait l'impression d'être une intruse. Elle lissa sa jupe blanche simple, regrettant de ne pas avoir choisi une tenue plus jolie et plus sophistiquée.

Il lui lança un regard interrogateur.

— Tout va bien ?

— Je pensais à ce que tu m'as dit tout à l'heure. Quand tu parlais de m'emmener à un de tes bals chics et de me présenter à tes amis. Tu as raison, ça m'effraierait.

Il se gara dans la grande allée circulaire et posa la main sur la sienne.

— Avec le temps, peut-être que mon train de vie ne te paraîtra plus si impressionnant.

— Je ne sais même pas danser.

— La valse ou la danse country ?

— La valse. Je sais danser le two-step.

Lorsqu'elle était enfant, sa mère les faisait danser Alice et elle dans leur petit appartement miteux. Elle avait même travaillé dans un magasin de disques quand elle était plus jeune. Plus tard, elle avait été embauchée dans une compagnie d'assurances et y avait accompli des tâches administratives ennuyeuses.

— La valse n'est pas si différente du two-step, observa Brandon, interrompant le fil de ses pensées. Je pourrais t'apprendre.

— Ça a pourtant l'air différent à la télé.

— Tu parles de ces concours télévisés ? Ce n'est pas comparable. Nous ne danserions pas pour remporter un prix. Nous serions juste deux personnes qui ondulent dans les bras l'un de l'autre. Toi et moi, nous sommes doués pour ça.

Elle sentit ses joues s'empourprer. Manifestement, il parlait de sexe.

— Nous ferions mieux d'aller voir le bébé, déclara-t-elle.

Ils sortirent de la voiture, et elle se força à respirer, aussi profondément et calmement que possible.

Une femme aux cheveux poivre et sel vint leur ouvrir. Mary apprit qu'elle s'appelait Dottie et qu'elle dirigeait le personnel du domaine.

Dottie serra chaleureusement Brandon dans ses bras. Elle se montra également amicale avec Mary, ce qui la détendit un peu.

— Attendez de voir Zoe, dit Dottie à Brandon. Vous allez être fou de votre petite nièce.

Il sourit.

— Je n'en doute pas.

— Le tableau que vous avez acheté pour Zoe est vraiment adorable.

— Merci, Dottie. Mary m'a aidé à le choisir.

— Eh bien, vous savez choisir les œuvres d'art, ma chère, glissa Dottie en lui tapotant la main. Et les hommes, ajouta-t-elle d'un ton complice.

Mary ne trouva pas de réponse appropriée. Heureusement Brandon intervint :

— Hé, je vous ai entendue !

— C'était le but, répliqua Dottie en riant.

Il gloussa à son tour.

— Quand allez-vous quitter Tommy pour travailler pour moi ? demanda-t-il.

— Jamais, répondit-elle d'un ton amusé. Votre petit frère ne pourrait pas s'en sortir sans moi. Mais, plus sérieusement, Tommy, Sophie et le bébé… (elle poussa un soupir rêveur)ils forment une famille parfaite.

Elle conduisit Brandon et Mary vers un bel escalier à la rambarde vernie.

— Montez les voir, ils vous attendent.

Mary remarqua un ascenseur en verre dans un coin du grand vestibule. Elle était contente qu'ils ne l'aient pas emprunté, car cela lui aurait rappelé ce que Brandon et elle avaient fait dans l'ascenseur de son loft.

La chambre d'enfant se situait au premier étage. Elle était décorée de rubans et de dentelles, comme Mary s'y était attendue. Même le berceau ressemblait à celui d'une princesse.

Quant à Tommy, Sophie et leur bébé, ils formaient une famille parfaite, comme Dottie l'avait dit.

Tommy était exactement comme dans ses clips vidéo : grand, habillé en tenue de cow-boy, avec des cheveux châtains savamment décoiffés et un sourire malicieux. Sophie était une petite brune que la maternité rendait radieuse. Elle était installée dans un fauteuil à bascule dans un coin de la pièce, sa petite fille dans les bras.

— Vous devez être Mary, dit Tommy avant que Brandon ait le temps de faire les présentations. Enchanté de vous connaître. Voici ma femme, Sophie, et notre toute nouvelle petite fille.

Mary sourit et adressa un signe de tête à Sophie, qui fit de même.

— C'est un événement merveilleux que vous êtes en train de vivre, dit-elle à Tommy.

— Oui, c'est fantastique.

Il donna une accolade chaleureuse à Brandon.

— Tu veux porter Zoe ? demanda-t-il à son frère.

— Oh ! oui ! s'exclama Brandon. Il me tardait de l'avoir dans mes bras.

Sophie confia sa petite fille à Brandon et lui montra comment la tenir.

— Elle est magnifique, dit-il, tenant soigneusement la tête du bébé. Exactement comme je l'avais imaginé.

Zoe était un adorable bébé, avec ses cheveux noirs épais, ses yeux noisette et ses joues roses. Elle avait une charmante expression tandis qu'elle observait son oncle.

Mary aussi observait Brandon. Il était si beau avec le bébé dans ses bras…

Elle se tourna vers Sophie.

— Elle vous ressemble, remarqua-t-elle.

— C'est ce que dit Tommy. Il trouve que c'est mon portrait craché. Mais elle a ses yeux. Ceux de son père changent de couleur parfois, passant du brun au vert au gré de ses humeurs. J'imagine que ce sera la même chose pour Zoe.

— Vous devez être au comble du bonheur, dit-elle.

Soudain, l'idée de se marier et d'avoir des enfants avec l'homme que l'on aime lui sembla tentante. Elle aimerait vivre cela un jour, se dit-elle. Mais alors même que cette pensée lui traversait l'esprit, la tristesse l'envahit. L'amour, le mariage, les enfants… Tout cela était impossible avec Brandon, hélas.

- 9 -

Brandon et Tommy admiraient les jardins depuis le balcon de la chambre d'enfant. Ils étaient sortis quelques minutes afin de se retrouver entre frères.

— C'est la première fois que je porte un nouveau-né, observa Brandon, jetant un coup d'œil vers la chambre.

Zoe était dans les bras de sa mère, qui discutait avec Mary.

— Moi aussi. C'est fou, non ? Elle est si minuscule ! Et ces petites mains et ces petits pieds, s'extasia Tommy en souriant. C'est encore plus incroyable que je ne le pensais. Chaque fois que je la regarde, j'ai l'impression que je pourrais exploser de bonheur.

— L'amour qu'un parent a pour son enfant est censé être le plus fort sur terre.

Brandon était heureux que Tommy puisse connaître cela.

— C'est drôle, dit-il. Tu es la dernière personne que j'imaginais avoir des enfants.

— Et maintenant, j'en veux une flopée !

Tommy reprit son sérieux.

— Je sais que maman nous aimait comme j'aime Zoe, dit-il. Mais tu crois que papa ressentait la même chose quand nous sommes nés ?

Brandon n'était pas surpris par cette question. Tommy avait toujours été incertain des sentiments de leur père à son égard.

— Il n'allait pas bien durant cette période de sa vie, mais, oui, je crois qu'il nous aimait comme il était supposé nous aimer.

— Il n'aimait pas Matt de cette manière.

— Je crois que si, mais qu'il avait trop peur de l'admettre. Tu sais à quel point il se sentait coupable d'avoir rompu la promesse faite à maman, en ayant un enfant avec une autre femme.

L'expression de Tommy s'adoucit.

— Papa est un merveilleux grand-père, je dois l'avouer. Il est fou de Zoe. J'ai presque dû les mettre dehors maman et lui ce matin. Ils se seraient installés dans la chambre de Zoe s'ils avaient pu.

— Mais la place est déjà prise. Par Sophie et toi, plaisanta Brandon.

Les jeunes parents avaient fait créer une suite parentale adjacente à la chambre d'enfant. Et ils avaient aussi prévu une chambre luxueuse pour la nourrice.

— La vie est belle, n'est-ce pas ? lança Brandon.

— Oui. Je n'ai jamais été aussi heureux. Je suis impatient de voir ma fille grandir, de lui apprendre à monter à cheval et à jouer de la musique.

— Je parie que tu porteras des chapeaux à fleurs et que tu joueras à la dînette avec elle, le taquina Brandon.

Tommy sourit.

— Si elle me le demande, alors oui, je le ferai. Tu pourras te joindre à nous, d'ailleurs.

— Pourquoi pas ?

Brandon tenait à être un oncle aimant et amusant. Il voulait que sa nièce sache qu'elle pouvait compter sur lui.

— Nous devrions faire porter un chapeau fleuri à papa aussi, suggéra-t-il.

— Le sien sera noir, railla Tommy.

— Je parie qu'il porterait du rose pour Zoe.

— Oui, sans doute.

Son frère soupira puis ajouta :

— Papa t'a dit qu'il comptait se remettre aux rendez-vous galants ?

— Oui. Je l'ai encouragé à essayer.

— Je suppose que tout se passera bien. J'espère seulement qu'il ne fera de mal à personne.

— Je ne crois pas qu'il recommencera.

Brandon pensait sincèrement que son père était devenu un homme meilleur.

— Il fait beaucoup d'efforts pour changer, tu sais.

Tommy plissa les yeux pour contrer la lumière du soleil.

— En parlant de rendez-vous galants, j'apprécie ta nouvelle petite amie. Elle semble gentille.

— Elle l'est.

Elle était également douce. Et sensuelle.

— Je suis de plus en plus mordu, avoua-t-il.

— C'est bien ce qui me semblait. Tu ne l'aurais pas amenée ici, sinon. Je ne devrais sans doute pas te dire ça, mais quand j'ai entamé une relation avec Sophie, j'espérais que tu te trouverais quelqu'un, toi aussi. Sophie m'a déconseillé de jouer les entremetteurs. Elle m'a dit que si c'était écrit, tu trouverais la femme qu'il te faut tout seul. Tu crois que Mary et toi, c'est du sérieux ?

— Je ne sais pas. C'est un peu compliqué.

Et même très compliqué, d'ailleurs, car il tenait de plus en plus à elle.

— Elle est sur ses gardes depuis que je l'ai rencontrée, et après avoir lu la biographie de papa, elle l'est encore plus. Elle se méfie de lui.

— Je ne peux pas le lui reprocher. Lui-même avoue dans le livre qu'il traitait très mal les gens.

— Il dit aussi qu'il le regrette. Avec Mary, j'ai l'impression qu'il y a un autre problème, peut-être lié à sa famille. Ses deux parents sont décédés, et elle refuse de parler d'eux. Je commence à me demander si son père était un homme à femmes. Peut-être qu'il était comme notre père, et que ce genre de personnages la rebute. Il a peut-être même maltraité sa mère.

— Ça pourrait expliquer pourquoi elle est si sensible concernant ses parents. Et pourquoi il lui est si difficile de parler d'eux.

— Peut-être. Je l'ai invitée au mariage de Matt, mais elle est mal à l'aise à l'idée de m'accompagner.

— Elle changera peut-être d'avis.

— Elle a une sœur cadette, Alice, que je vais rencontrer ce week-end. Cela dit, Mary m'a déjà prévenu qu'Alice est jalouse de notre relation.

— On dirait que tu as du pain sur la planche.

— En effet.

Malgré tout, sa fascination pour Mary grandissait chaque jour.

Quand Tommy et lui retournèrent dans la chambre d'enfant, Mary berçait le bébé. On aurait dit qu'elle avait fait cela toute sa vie.

Brandon alla vers elle. Il ne pouvait pas la forcer à parler de ses parents, mais il ne renoncerait pas à elle si facilement. Il resterait avec elle, aussi longtemps qu'elle voudrait bien de lui.

Samedi soir, Mary et Alice préparèrent du poulet et des ravioles – des mets que Mary avait toujours trouvés réconfortants. Elles cuisinèrent aussi des haricots verts, du bacon, des petits pois, une purée de pommes de terre et des gombos frits, qui seraient accompagnés d'un pain de maïs. Pour le dessert, Mary avait prévu des brownies aux deux chocolats et des barres fraise-citron. Elle avait également préparé une tarte glacée menthe-chocolat. Elle n'aurait plus qu'à la sortir du congélateur au moment de la servir.

Brandon arriva les bras chargés de cadeaux. Du vin, ce qui n'était pas un problème. Quant aux autres cadeaux… Mary en resta sans voix. Manifestement, il ne l'avait pas écoutée lorsqu'elle lui avait dit de ne rien apporter à Alice. Il avait prévu un cadeau pour sa sœur. Mais aussi pour elle : le tableau à la fée qu'ils avaient vu à la galerie quelques jours plus tôt. Le présent d'Alice était aussi une œuvre d'art : un tableau en acrylique représentant la mode à travers les âges. Alice sembla impressionnée, toutefois elle continua d'observer Brandon d'un œil froid et critique.

— Il vous a coûté cher ? demanda-t-elle à Brandon.

Mary eut envie de donner un coup de pied à sa sœur pour la punir de son effronterie. Elle l'avait mieux élevée que cela ! Mais ce soir, à l'évidence, Alice se fichait des bonnes manières. Dieu merci, Mary avait déjà prévenu Brandon que sa cadette avait un sale caractère.

En tout cas, il ne parut pas désarçonné.

— Je suis un collectionneur d'art, alors j'offre toujours aux gens les œuvres les plus chères que je puisse trouver, dit-il d'un ton courtois. J'aime acheter des pièces de choix pour la famille et les amis.

— Je ne suis pas votre amie, rétorqua Alice. Et nous ne sommes certainement pas de la même famille.

— Votre sœur est mon amie, et vous êtes de sa famille. C'est une raison suffisante pour moi.

Alice se balança sur ses pieds bottés. Elle avait revêtu sa tenue de punk la plus élégante.

— Je regarderai tout à l'heure sur Internet combien il vous a coûté.

Il émit un petit rire.

— Je vous en prie, faites. Je ne serai pas vexé.

Alice le fusilla du regard.

— Vous n'avez pas l'air de vous vexer facilement, maugréa-t-elle.

— Vous non plus, répartit-il, désignant sa tenue d'un geste. Vous avez un sens du style intéressant. Mon père aussi s'habille toujours en noir.

Alice se tendit.

— Je n'apprécie pas sa musique, répliqua-t-elle.

— Je n'ai pas insinué que vous l'appréciiez. Mais vous avez l'attitude qu'il dépeint dans ses chansons. Même s'il est attiré par les femmes douces, il écrit des textes sur les impertinentes.

Elle plissa les yeux.

— Ma sœur est douce, rétorqua-t-elle. Notre mère l'était aussi.

Mary faillit pousser un cri. Alice allait-elle révéler à Brandon qui elles étaient ? Elle avait pourtant juré de ne pas le faire. Pourtant, elle venait de mentionner leur mère.

— J'aimerais beaucoup voir une photo de votre mère, dit Brandon. Je n'ai vu aucune photo d'elle quand je suis venu l'autre jour.

Mary retint son souffle, en priant pour que sa sœur ne la trahisse pas en dénichant une vieille photo. Elle se sentait chanceler rien que d'y penser. Brandon savait-il à quoi leur mère ressemblait ? La reconnaîtrait-il ?

— Nous préférons que nos photos restent privées,

répondit Alice. Elle est décédée maintenant. Mais c'était quelqu'un de bien.

— Je suis désolé que Mary et vous l'ayez perdue, dit-il avec douceur. Je n'ai encore perdu aucun proche, je ne sais donc pas ce que l'on ressent. Mais je vois à quel point c'est douloureux pour vous.

Alice recula, mettant de la distance entre Brandon et elle. À l'évidence, elle ne voulait pas de sa compassion. Mais Mary l'accueillait volontiers. Elle avait envie de se réfugier entre ses bras puissants. Mais elle n'oserait pas le faire devant Alice.

— Nous ferions mieux de nous asseoir et de manger avant que ça refroidisse, suggéra-t-elle.

— Merci de m'avoir invité. À toutes les deux, précisa-t-il, reportant son regard sur Alice. Mary m'a dit que c'était votre idée.

— Je voulais juste savoir avec qui ma sœur couche, répliqua-t-elle de son ton dédaigneux habituel.

— Je ne la ferai pas souffrir, si c'est ce qui vous inquiète.

— L'un des deux souffre toujours, riposta Alice avant de filer dans la cuisine.

Brandon se tourna vers Mary.

— Je suis désolée, murmura-t-elle.

Elle ne présentait pas seulement ses excuses pour le comportement de sa sœur. Elle était aussi désolée de mentir à Brandon depuis des semaines.

Malgré la tension qu'Alice avait provoquée, le repas se passa plutôt bien. Brandon semblait apprécier les plats. Il les complimenta sur leur cuisine et mangea de bonnes portions. Il se resservit du poulet et des ravioles et étala généreusement du beurre de miel sur son pain de maïs.

Après cela, il proposa de les aider à tout débarrasser,

mais Mary déclina et l'invita à se détendre. Il alla dans le patio pendant que Mary et sa sœur s'occupaient de la vaisselle. Mary pensait qu'il avait bien besoin d'une pause, après avoir dîné avec Alice. Le patio était petit mais, au moins, il pourrait y respirer.

Brandon étant hors de portée de voix, Mary s'attendit à ce qu'Alice émette des critiques sur lui. Ce que sa sœur ne tarda pas à faire, bien sûr.

— C'est un gosse de riche trop gâté, persifla-t-elle. Il nous a apporté des cadeaux hors de prix et nous a parlé de sa vedette de père. J'ai bien failli lui avouer que tu le manipulais, comme Kirby Talbot a manipulé notre mère.

Mary termina de rincer un plat.

— J'avais peur que tu trahisses notre secret, avoua-t-elle.

— Eh bien, j'ai tenu ma langue. Mais maintenant, je me dis que tu pourrais te marier avec Brandon, et le dépouiller de sa fortune.

— Quoi ? s'exclama Mary.

— Il est totalement fou de toi, ça crève les yeux. Si tu arrives à te faire épouser, tu pourrais obtenir des tas de cadeaux onéreux de sa part. Il est aussi prêt à tout pour me plaire, juste parce que je suis ta sœur.

— Je n'arrive pas à croire que tu suggères ça !

— Où est le problème ? Si tu l'épousais, tu aurais l'homme que tu veux.

— Je n'ai jamais dit que je voulais être sa femme.

— Mais maintenant que je t'ai mis cette idée en tête, je parie que ça va devenir ton obsession. Et puis, si tu te maries avec lui et que tu le laisses nous entretenir, nous obtiendrons quand même justice pour maman. Ils nous doivent bien ça, son ordure de père et lui. Si Kirby avait acheté les chansons de maman comme il l'avait promis, tu ne serais pas en train de t'échiner au travail, et moi, je n'aurais pas à contracter des prêts étudiants.

— Je n'essaierai jamais de pousser Brandon à m'épouser pour l'escroquer.

Pour elle, ce serait la pire chose qu'elle puisse faire. La trahison ultime.

— Je dois rompre avec lui dès que je le pourrai.

— Dès que tu le pourras ? Qu'est-ce qui t'empêche de rompre maintenant, au juste ?

— Je ne suis pas prête, c'est tout.

Alice roula les yeux.

— Pourquoi ? Parce qu'il est tellement génial ? Dis plutôt que c'est parce que tu es en train de tomber amoureuse de lui !

— Pas du tout ! protesta-t-elle.

À présent, elle tremblait si fort qu'elle faillit laisser tomber l'assiette qu'elle glissait dans le lave-vaisselle. Elle ne pouvait pas s'autoriser à aimer Brandon. C'était absolument impossible.

Lorsqu'elle eut fini de tout débarrasser, il fut temps de servir le dessert. Mary apporta les gâteaux dans le patio, où Brandon patientait.

Lorsqu'il lui sourit, elle faillit fondre sur place. Elle refusait de tomber amoureuse, mais Brandon lui compliquait sérieusement la tâche.

Plus tard ce soir-là, Mary accompagna Brandon chez lui afin de passer la nuit dans son loft. Tandis qu'ils étaient allongés dans le lit, face à face, baignés par le clair de lune qui filtrait par la fenêtre, elle se demanda à quoi ressemblerait leur vie si elle était son épouse.

Un frisson la parcourut. Elle ne devrait pas nourrir

de telles pensées. Mais tandis qu'elle combattait ses sentiments, elle eut une certitude : elle aimait Brandon. Comme Alice l'avait deviné, elle était tombée amoureuse de lui. Et il était inutile de prétendre le contraire.

Brandon était silencieux. Mais il la dévisageait, l'air songeur.

— À quoi penses-tu ? demanda-t-elle.

— J'essayais de mesurer à quel point je t'apprécie.

Elle laissa échapper un souffle.

— Tu sais déjà à quel point *je* t'apprécie, souligna-t-elle.

Ils en avaient déjà discuté. Mais elle ne pouvait pas lui avouer qu'elle l'aimait. Elle pouvait à peine se l'avouer à elle-même. Cependant, quoi qu'elle éprouve pour lui, leur relation ne fonctionnerait jamais. Il n'y avait pas d'avenir possible pour eux.

— Alice est à peu près comme je l'avais imaginée, observa-t-il.

— Tu as été très gentil avec elle, même quand elle ne l'était pas avec toi.

Il haussa les épaules.

— Elle a été obligée de grandir trop vite, mais elle n'a que dix-neuf ans. Beaucoup de gens sont perturbés à cet âge. C'est juste une jeune fille en quête d'attention.

Et Mary était une adulte torturée qui s'était mise dans un sacré bourbier.

— J'aurais dû être une meilleure influence pour elle, murmura-t-elle.

— Tu ne peux pas assumer la responsabilité de ses actes.

Il avait tort. Si elle n'avait pas promis à Alice de l'aider à se venger de Brandon et de son père, rien de tout cela ne serait arrivé.

— Au début, j'ai essayé de lui apprendre à distinguer le bien du mal, mais au fil du temps, j'ai baissé les bras.

— Tu n'es pas sa mère, mais sa sœur, rappela-t-il. Tu es trop dure avec toi-même.

Il ne connaissait pas toute l'histoire. Et elle le dupait avec son personnage de gentille fille.

— Quand nous étions jeunes et que quelque chose la perturbait, je ne l'empêchais pas de ruminer. Parfois, moi aussi, je laissais la situation dégénérer.

Il écarta une mèche de cheveux sur sa joue.

— Ça prouve que tu es humaine.

Peut-être, mais elle n'était pas quelqu'un de bien. Elle éprouvait encore des sentiments négatifs envers Kirby. Elle le détestait toujours pour ce qu'il avait fait à leur mère, et par l'effet domino, à Alice et elle.

— J'aimerais que tu me parles du reste de ta famille, l'incita-t-il. Je devine qu'il y avait un problème avec tes parents. Et avec ta grand-mère ?

— C'était une femme pragmatique, avec des valeurs traditionnelles.

Cela, elle pouvait l'avouer.

— Mais elle était gentille avec nous. C'est elle qui m'a initiée à la pâtisserie.

— C'était ta grand-mère paternelle ou maternelle ?

— Maternelle. Elle vivait assez loin de chez nous. Elle nous rendait visite de temps en temps.

Sa grand-mère était décédée quelques années avant sa fille. Mais elle n'avait jamais été au courant pour Kirby. Personne ne lui en avait parlé, car elle n'aurait pas approuvé cette liaison. Et elle n'avait pas su à quel point sa fille était dépressive. Celle-ci était douée pour cacher son mal-être quand il le fallait.

— Alice a mentionné que votre mère était quelqu'un

de bien, dit-il, caressant ses cheveux. Mais ensuite, elle s'est renfermée.

Elle sentit sa poitrine se serrer. Ce n'était pas une conversation qu'elle avait envie de poursuivre.

— C'est difficile pour nous d'exprimer nos sentiments sur notre mère.

— Ton père lui a-t-il fait du mal ?

Oh ! mon Dieu. Il pensait que c'était *son* père qui avait détruit sa mère… Mais c'était le père de Brandon, le coupable.

Elle plongea son regard dans le sien.

— Je suis désolée, je ne peux pas parler de ça.

— D'accord, céda-t-il en soupirant. Mais si jamais tu ressens le besoin d'en parler, tu peux te confier à moi.

— Merci, mais je préférerais garder cela pour moi.

Un silence s'instaura. Bien trop pesant. Elle avait l'impression que la pièce allait se refermer sur elle et écraser son cœur.

Après quelques secondes douloureuses, elle reprit la parole :

— Je ne voulais pas que tu m'achètes le tableau à la fée, mais maintenant, je suis contente que tu me l'aies offert.

Quand leur liaison serait terminée, ce serait un doux souvenir enchanteur, qui lui rappellerait Brandon.

— Cette peinture était faite pour toi.

— C'est vrai.

Certes, elle aimait Brandon, mais cela n'excusait pas les mensonges. Cela n'adoucissait pas sa honte et sa culpabilité. Au contraire, cela les renforçait.

Il baissa la bretelle de sa nuisette à petites fleurs. Une tenue bien trop innocente pour la personne qu'elle était devenue. Elle ferma les yeux. Elle avait l'impression d'être un tel imposteur !

— Qu'est-ce que tu portes sous cette jolie petite chose ? demanda-t-il.

Elle rouvrit les yeux.

— Un slip assorti.

Elle avait acheté ce coordonné pour le séduire. Mais maintenant, elle se demandait ce qu'elle avait essayé de prouver en choisissant de la lingerie si sage.

— Hum, fit-il, glissant la main sous son slip. Ça te va bien.

Non, pensa-t-elle. Mais sa caresse l'excita malgré tout. Elle ondula des hanches, se frottant contre sa main. Brandon était déjà nu ; il dormait toujours en tenue d'Adam.

Ils s'embrassèrent, et les préliminaires continuèrent. Elle caressa son sexe en érection, lui donnant du plaisir à son tour.

Quelques instants plus tard, il fit glisser son slip le long de ses jambes et le jeta au sol. Puis il fit de même avec sa nuisette.

Il prit un préservatif dans sa table de chevet.

— Ce soir, tu peux le mettre en place, dit-il. Nous ne sommes pas pressés, tu peux prendre ton temps. Ce sera un plaisir partagé.

Le corps de Brandon lui était devenu familier, mais ce qu'il lui demandait l'excitait. Elle ouvrit l'emballage, et il la guida pour dérouler la protection sur lui.

Une fois qu'il fut protégé, il s'étendit au-dessus d'elle. Elle écarta les jambes, l'invitant à entrer en elle.

Il s'enfonça profondément entre ses replis secrets, et ils partagèrent des ébats torrides et langoureux, émaillés de gémissements essoufflés.

Mary se réveilla en pleine nuit. Elle eut beau essayer, elle ne parvint pas à se rendormir. Au bout du compte, elle sortit doucement du lit et s'habilla dans la salle de bains, pour ne pas réveiller Brandon.

Après lui avoir laissé un message, au cas où il se réveillerait et remarquerait son absence, elle se rendit dans un supermarché ouvert la nuit et acheta les ingrédients nécessaires pour préparer des cupcakes. Grâce au chef cuisinier de Brandon, il y avait dans sa cuisine tout le matériel dont elle aurait besoin.

Quelques heures plus tard, pendant qu'elle mettait la touche finale à ses créations, Brandon entra dans la cuisine. Il portait un peignoir et avait les cheveux encore délicieusement décoiffés. Elle n'était pas surprise de le voir à cette heure si matinale. On était dimanche, il n'allait donc pas tarder à emmener Cline au parc. Pour l'instant, le husky était sûrement endormi dans sa pièce dédiée.

— Que nous préparez-vous, jolie demoiselle ? demanda Brandon.

— Je fais des gâteaux pour Tommy et Sophie.

Elle lui montra son œuvre : des cupcakes roses joliment décorés, sur lesquels elle avait inscrit le prénom *Zoe*.

— Oh ! C'est charmant.

— Je t'ai aussi préparé un gâteau à la banane et aux noix, dit-elle, désignant le plan de travail sur lequel le gâteau refroidissait.

— Eh bien ! Et j'ai dormi pendant tout ce temps ?

Il coupa une tranche de gâteau et mordit dedans.

— Comme toujours, tes douceurs sont exquises, commenta-t-il.

Il prépara du café pendant qu'elle emballait les cupcakes.

— Tu veux bien les apporter à Tommy et Sophie la prochaine fois que tu leur rendras visite ? demanda-t-elle.

Si tu n'y vas pas demain ou après-demain, je peux les congeler. Ainsi, tu pourras les leur donner quand tu veux.

— Je peux passer les voir aujourd'hui. Mais tu devrais venir avec moi et leur donner les cupcakes toi-même. Nous pourrions y aller après la promenade de Cline.

— Désolée, j'ai promis à une collègue de la remplacer aujourd'hui. D'ailleurs, je ne vais pas tarder à partir.

Il lui servit une tasse de café.

— Tu vas me manquer, dit-il.

— Tu vas me manquer aussi.

Elle plongea le regard dans le sien, tout en luttant contre ses sentiments. Hier, Alice lui avait demandé pourquoi elle tardait à rompre avec Brandon. Et maintenant, Mary se posait la même question. Combien de temps allait-elle continuer cette liaison ? Combien de temps allait-elle s'accrocher à lui, alors qu'elle était de plus en plus amoureuse ?

— Tu veux toujours que je t'accompagne au mariage de Matt ? demanda-t-elle.

Il leva les yeux vers elle et reposa sa tasse sur le plan de travail.

— Bien sûr. Ça veut dire que tu as décidé de faire le voyage avec moi ? Ou est-ce que tu réfléchis encore ?

— Je réfléchis encore.

Mais maintenant, elle se disait que cela l'aiderait peut-être d'assister à une fête de la famille Talbot. D'être face à Kirby. De rencontrer l'homme qui avait détruit sa mère, et de se rappeler une bonne fois pour toutes pourquoi elle ne pouvait pas continuer de voir Brandon.

À l'idée de le quitter, elle souffrait déjà. Mais ce voyage au Texas constituerait une limite, une date butoir pour leur histoire. Sinon, elle ne trouverait peut-être jamais le courage de mettre fin à leur relation.

— Tu sais quoi ? Je crois que je devrais venir avec toi. Mais je ne sais pas ce qui se passera ensuite.

Il se tendit.

— Qu'est-ce que tu veux dire ? Que tu vas cesser de me voir après le mariage ?

— Tu sais comme moi que nous ne pourrons pas rester ensemble éternellement. Tôt ou tard, nous devrons reprendre chacun notre vie.

Elle tentait de paraître rationnelle, et forte. Alors qu'en réalité, elle avait envie de fondre en larmes.

— Quoi que nous fassions, nos mondes respectifs sont trop différents, plaida-t-elle.

— Je suis tout à fait disposé à te faire entrer dans mon monde.

— Tu voudrais que je porte des robes de soirée et que j'apprenne à valser ? Ce n'est pas si simple, Brandon. Je ne peux pas fréquenter des gens mondains qui vont me regarder de haut. Je ne veux pas qu'ils me prennent pour une croqueuse de diamants.

Même Alice avait essayé de la convaincre d'épouser Brandon pour son argent.

— Ce n'est pas possible, c'est tout, conclut-elle.

Au moins, de cette façon, elle pourrait prétendre que leur liaison avait été fondée sur quelque chose de pur, et non sur des mensonges.

— Je me fiche de ce que les autres pensent, protesta Brandon. D'ailleurs, je t'ai déjà dit que mes amis m'encouragent à me trouver une gentille fille.

Il la prit dans ses bras.

— Quand nous reviendrons du Texas, nous pourrons trouver une solution.

— Il n'y a pas de solution à trouver.

Elle aimait déjà Brandon ; elle était déjà condamnée à souffrir.

— Je ne suis pas la femme qu'il te faut.

— Tu es exaspérante, voilà ce que tu es.

Il la serra plus fort.

— Et je ne te laisserai certainement pas rompre avant que je sois prêt.

— Quand seras-tu prêt ?

Combien de temps avant qu'il cesse de la désirer ? Avant qu'il cesse de tenir à elle et qu'il tourne la page ?

— Aucune idée. Je n'ai jamais eu besoin de quelqu'un comme j'ai besoin de toi, avoua-t-il d'une voix brute.

Elle ferma les yeux. Était-il tombé amoureux d'elle comme elle était tombée amoureuse de lui ? Alice le pensait, en tout cas.

— Toute cette situation est confuse, déplora-t-elle.

— À qui le dis-tu !

Il lui donna un baiser ardent.

Elle sentit ses genoux faiblir. Brandon savait très bien comment la séduire.

— Tu me fais perdre la tête, dit-elle.

— Et toi, tu me rends fou. Tu es la femme la plus complexe et la plus mystérieuse que je connaisse. Rien n'est facile avec toi.

— Sauf le sexe.

Il afficha un sourire malicieux.

— C'est vrai. Le sexe est effectivement génial.

Un peu trop, même, se dit-elle pendant qu'il l'emmenait dans la chambre et la déshabillait. Il ne dévoilait pas seulement son corps, mais aussi son cœur et son âme.

Elle ne serait plus jamais la même, pas après être tombée amoureuse d'un homme qu'elle ne pouvait pas garder.

- 10 -

Brandon promena Cline au parc puis apporta les cupcakes chez Tommy.

Son frère fut impressionné par l'œuvre de Mary. Il prit même des photos pour les publier sur sa page Instagram. Il était particulièrement touché que les gâteaux portent le nom de Zoe. Sophie et lui avaient présenté leur fille au monde quelques jours plus tôt, par le biais des réseaux sociaux et de la presse.

— Mary a accepté de m'accompagner au mariage de Matt, annonça Brandon.

Son frère et lui étaient assis au soleil sur un banc, face à une grande statue représentant un tigre orné de pierreries que Tommy avait achetée pour orner son jardin. Sophie et le bébé faisaient une sieste à l'intérieur.

— C'est une bonne nouvelle, se réjouit Tommy.

— Oui et non. Mary parle de rompre après notre retour du Texas. Elle n'arrête pas de répéter ce genre de choses. Elle n'a jamais été à l'aise avec l'idée de me fréquenter.

— Je suis désolé qu'elle maintienne ses distances avec toi. Mais je comprends qu'elle se sente mal à l'aise. C'est une fille normale, alors que toi, tu viens d'une famille célèbre et fortunée.

— C'est la raison qu'elle ne cesse de me donner. Mais je pense toujours qu'elle ne me dit pas tout.

— L'autre jour, quand nous avons évoqué sa famille,

tu supposais que son père avait fait du mal à sa mère. Tu penses toujours que c'est ce qui s'est passé ?

— Je ne sais pas. Je l'ai questionnée à ce sujet, mais elle a refusé d'en discuter.

Plus elle gardait le silence, plus Brandon s'inquiétait.

— Je ne sais pas ce qui s'est passé avec ses parents, mais je pense que ça affecte sa relation avec moi. À mon avis, c'est le cœur du problème.

Parfois, quand il regardait Mary dans les yeux, il voyait à quel point elle était fragile. Ce matin, elle lui avait semblé particulièrement vulnérable.

— Comment s'est passé le dîner avec sa sœur ?

— C'était étrange. Mary m'avait prévenu qu'Alice ne m'apprécierait pas, et ça s'est vérifié. En revanche, Alice a aimé le tableau que je lui ai offert. Elle m'a vraiment l'air d'être une fille matérialiste. Mary n'est pas comme elle. L'argent n'a pas d'importance pour elle.

Mais il se réjouissait qu'elle ait accepté le tableau à la fée.

— Tu as acheté un cadeau à sa sœur ? s'étonna Tommy.

— Ça me paraissait logique.

— Fais attention ou tu vas devenir comme papa, railla son frère.

— Ce n'est pas drôle.

Depuis que Kirby avait arrêté la drogue et l'alcool, il s'évertuait à être un meilleur père et couvrait ses trois fils de cadeaux. Il tenait à se racheter, après des années passées sur les routes. Lorsqu'ils étaient enfants, Tommy et lui ne le voyaient pas souvent, et Matt encore moins.

— En parlant de cadeaux, j'ai fait un achat en ligne aujourd'hui, et j'ai commandé un gros husky en peluche pour Zoe. Mais il n'est pas de moi, il est de Cline.

Tommy sourit.

— C'est un husky femelle avec un joli nœud rose ?

— Oui, dit Brandon en souriant. J'ai montré la photo à Cline, et il m'a donné son approbation.

— Je n'en doute pas ! Tu es un oncle incroyable. Je suis sûr que tu feras un père génial, si tu décides un jour d'avoir des enfants.

Brandon songea à Mary, cette femme qui le rendait fou. L'effet qu'elle avait sur lui l'ébranlait.

— J'aimerais que Mary ne m'obsède pas à ce point. Je devrais peut-être la laisser s'en aller après le mariage de Matt, et passer à autre chose.

— C'est à toi de voir, grand frère. Mais tu as déjà l'air malheureux à l'idée de la perdre.

— Oui. Mais je ne sais pas comment lui faire entendre raison.

Il n'avait jamais été si troublé par une femme.

— Si je savais ce qui s'est passé avec ses parents, je pourrais peut-être la comprendre mieux.

— Tu pourrais enquêter sur elle. Tu as toutes les ressources nécessaires pour ça.

— Certes, mais fouiller dans son passé me semble intrusif.

Il n'avait jamais commandé d'enquête sur l'une de ses conquêtes. Bien sûr, il n'avait jamais fréquenté quelqu'un d'aussi secret que Mary. Cependant, pourrait-il pousser sa curiosité aussi loin ?

— Ce n'est pas comme si elle représentait une menace pour ma sécurité, souligna-t-il.

Tommy haussa les épaules.

— C'était juste une idée.

— Je dois me laisser du temps pour y réfléchir.

— Si la situation est encore compliquée avec elle à votre retour du Texas, tu pourrais reconsidérer la question.

— Peut-être bien. Nous verrons.

Le mariage de Matt n'aurait lieu que dans trois semaines.

— Je préférerais ne pas en arriver là. Mais c'est si difficile d'essayer de la comprendre…

— Je connais Sophie depuis toujours, mieux que personne. Bien sûr, nous avons traversé une période difficile quand nous sommes tombés amoureux. Tu sais à quel point j'avais peur de mes sentiments. Matt et toi m'avez aidé à surmonter mes craintes.

C'était vrai. Mais cela ne faisait pas de Brandon un expert en la matière. Lui aussi pourrait être effrayé s'il tombait amoureux de Mary, mais il n'avait pas envie d'y penser. Aimer Mary ne ferait que compliquer les choses.

Le téléphone de Tommy sonna, signalant un message.

— Papa est ici, dit-il.

— Quoi ?

— Il est passé voir le bébé. Mais Zoe dort encore, alors Dottie lui a dit de nous rejoindre.

Après quelques secondes, ils virent Kirby traverser la pelouse. Comme toujours, leur père était tout de noir vêtu.

— Bonjour, les garçons, lança-t-il.

Ils lui rendirent son salut, et Kirby s'assit sur le socle de la statue pour être face à eux. Sa barbe grisonnante était soigneusement taillée, et son regard était assombri par l'ombre de son Stetson en paille.

Brandon songea au passé sentimental de son père. Ses anciennes maîtresses, y compris la mère de Matt, étaient des femmes normales, et non des starlettes ou des groupies. La mère de Brandon et Tommy était la femme la plus sophistiquée qui ait partagé sa vie, mais elle avait tout de même cette nature douce qui l'attirait chez la gent féminine. Elle aurait certainement mérité un meilleur mari, mais au moins, ils étaient amis à présent.

— Est-ce que tu fréquentes une femme ? demanda Brandon, curieux de savoir si son père avait mis son projet en œuvre.

— Non. Mais j'ai fait passer le mot à des amis. Aucun d'eux n'a l'air de vouloir me présenter quelqu'un, pour l'instant.

— Par prudence, sans doute, argua Tommy. On ne peut pas dire que ton passif parle pour toi.

Kirby hocha la tête.

— Je vais peut-être devoir passer par une agence de rencontres. Ou un site pour vieux riches. Il doit bien y avoir une application de ce genre, non ? plaisanta-t-il.

Tommy sourit.

— S'il n'y en a pas, on devrait en créer une juste pour toi !

Brandon sourit, mais il pensait toujours à Mary.

— J'ai rencontré quelqu'un, annonça-t-il à Kirby. Je ne sais pas combien de temps ça va durer, mais c'est une gentille fille.

— Si elle est si gentille, il faut que tu essaies de la garder, répondit son père.

— J'y travaille. Elle m'accompagnera au mariage de Matt. Alors tu pourras faire sa connaissance.

— Avec plaisir. Dis-moi, depuis quand fréquentes-tu des gentilles filles ? Je croyais que tu préférais les divas ?

— Elle m'a donné envie de changer.

Et elle lui inspirait plus de sentiments qu'il n'en pouvait gérer.

Avec elle, la possibilité de tomber amoureux était bien réelle. Et cela lui faisait une peur bleue.

Plusieurs semaines s'étaient écoulées, et le mariage de Matt était imminent. Aujourd'hui, Mary embarquerait à bord d'un avion privé, direction le Texas. À ce stade, elle était dans un tel bourbier qu'elle ne pouvait pas s'en extirper, quand bien même elle le voudrait.

Chaque moment passé avec Brandon était plus inoubliable que le précédent. Elle avait maintenant l'impression de le connaître depuis toujours. Mais elle doutait qu'il puisse en dire autant d'elle. Mettrait-elle un terme à leur relation quand ils rentreraient de voyage ? Rencontrer Kirby lui donnerait-il la force de rompre ? Ou continuerait-elle de repousser l'inévitable ?

Elle ramena ses bagages dans l'entrée. Brandon lui envoyait une limousine. Il avait des dossiers à boucler et la retrouverait à l'aéroport.

Elle jeta un coup d'œil vers le salon. Sa sœur boudait sur le canapé.

— Eh bien, c'est du joli, persifla Alice. Mademoiselle se prépare à aller au Texas et à sympathiser avec Kirby.

Mary soupira.

— Je ne vais pas devenir amie avec lui. Je le déteste toujours autant que toi.

— Et s'il arrivait à t'embobiner comme il a embobiné maman ?

— Je ne laisserai pas Kirby me mener en bateau.

Alice eut les larmes aux yeux, mais elle les essuya rapidement. Elle avait un air étrangement enfantin ce matin.

— Tout cela était une erreur, déclara-t-elle.

Mary s'assit à côté d'elle sur le canapé.

— De quoi parles-tu ?

— De cette stupide idée que j'ai trouvée pour venger

maman. J'aurais dû savoir que tu ne suivrais pas le plan comme tu l'aurais dû.

— S'il te plaît, arrête de me faire des reproches. Je n'y peux rien si j'ai développé des sentiments pour Brandon. Tu sais à quel point c'est douloureux pour moi de lui mentir ? De le regarder dans les yeux et de faire comme si j'étais quelqu'un que je ne suis pas ? Ce n'est pas une partie de plaisir pour moi, et maintenant, je dois déterminer quand et comment mettre un terme à notre histoire, sans le blesser plus que je ne l'ai déjà fait.

— Je crois toujours que tu devrais le pousser à t'épouser. Au moins, on retirerait quelque chose de tout ça. Mais non, tu veux t'en aller sans rien. Et me laisser sans rien.

— Je ne peux pas lui prendre son argent.

Elle ne pouvait pas faire cela à Brandon.

— En plus, si je l'épousais, nous serions liées à Kirby, fit-elle valoir. Imagine quel cauchemar ce serait !

— Ça me serait égal si ça nous rendait riches, et je pense que maman n'y aurait pas vu d'inconvénient. Tu sais à quel point elle voulait nous offrir une vie meilleure.

Mary secoua la tête.

— Oui, elle voulait notre bien. Mais je ne pense pas qu'elle aurait approuvé le fait que j'épouse Brandon pour me faire entretenir. Et puis, ça ne me ressemble pas.

— Je sais que tu l'aimes. Et ne nie pas, cette fois. Je vois bien que tu tiens à lui.

— Tu as raison, je suis amoureuse de lui. Et c'est exactement pour ça que je dois mettre un terme à notre relation.

— Et tu espères que ta rencontre avec Kirby te donnera le courage de rompre avec Brandon ? Que ton dédain pour son père te libérera ? Eh bien, bonne chance !

— J'essaie simplement de faire ce que je pense juste vis-à-vis de Brandon.

— Mais pas ce qui est juste vis-à-vis de moi ?

Sur quoi, Alice se leva, fila dans sa chambre et fit claquer sa porte.

Mary soupira. Elle en avait assez de mentir à Brandon et de se disputer avec Alice. Mais au lieu d'aller voir sa sœur, elle la laissa bouder dans son coin. Elle adorait sa cadette, mais elle ne pouvait pas la couver éternellement. Cela ferait peut-être du bien à Alice d'être seule. Pour l'instant, Mary avait d'autres problèmes.

Elle vérifia l'heure. La limousine arriverait bientôt. Et dans quelques heures, Mary serait au Texas, entourée de Brandon et de sa famille.

Le ranch Flying Creek était un endroit remarquable, niché au cœur de la nature. Le chalet de Mary et Brandon, décoré de souvenirs texans et d'objets indiens, offrait une vue splendide sur les collines.

Mary n'avait pas encore fait la connaissance de Matt et de Libby. C'était l'une des employées du ranch qui les avait accompagnés Brandon et elle jusqu'à leur chalet. Bien entendu, ce n'étaient pas les futurs mariés qui l'inquiétaient. Elle redoutait surtout sa rencontre avec Kirby.

Le dîner de répétition aurait lieu ce soir. Brandon et elle se préparaient pour y assister. Dans quelques minutes, elle serait face au père de Brandon, songea-t-elle, au comble de la nervosité.

— Tu es en beauté, commenta Brandon.

— Merci.

Elle portait une robe jaune en broderie anglaise et

des bottes de cow-boy beiges. Elle avait acheté plusieurs tenues de style western pour ce séjour, avec l'argent gagné grâce à ses heures supplémentaires. Si Alice n'avait pas été pas si fâchée contre elle, Mary aurait pu lui demander son aide. Mais en l'occurrence, elle avait choisi seule ses vêtements.

— Toi aussi, tu es très beau.

— Et tu ne m'as pas encore vu en smoking ! C'est le second mariage auquel j'assiste cette année. D'abord celui de Tommy, et maintenant celui de Matt.

— Garçon d'honneur un jour, garçon d'honneur toujours ? plaisanta-t-elle.

Mais elle regretta ses paroles dès qu'elles eurent franchi ses lèvres.

Il se plaça à côté d'elle et s'observa dans le miroir en pied.

— Je me marierai peut-être un jour, avança-t-il.

Son cœur se serra à cette pensée, et un sentiment de solitude l'envahit.

— Je pense que tu ferais un mari formidable.

Pour quelqu'un d'autre. Pas pour elle.

Il se tourna vers elle.

— Je sais que je ne devrais pas aborder ce sujet alors que nous sommes sur le point de sortir. Mais il faut que je te le dise. Mes sentiments pour toi m'effraient, Mary. Tu m'as joué un sacré tour.

Elle leur avait joué un sacré tour à tous les deux.

— Ce que je ressens pour toi m'effraie aussi, avoua-t-elle.

— Depuis le jour de notre rencontre, tu es incertaine avec moi, dit-il, caressant une mèche de cheveux égarée. Mais je suis heureux que tu sois ici, avec moi.

Il n'avait pas l'air heureux. Il avait l'air d'un homme

sur le point de tomber amoureux. Savait-il que c'était pour cela qu'il avait peur ? Ou n'en avait-il pas encore conscience ? Elle-même savait qu'elle l'aimait, en tout cas.

— Nous ferions mieux de partir, sinon nous serons en retard, conseilla-t-elle.

Elle avait encore sa peur de rencontrer Kirby à surmonter.

— Oui, tu as raison, approuva-t-il. Mais quand nous reviendrons ce soir, je compte t'enlever ta jolie robe et ce que tu portes en dessous.

— Je serais déçue si tu ne le faisais pas.

Elle voulait faire l'amour avec lui, aussi souvent qu'elle le pourrait.

Avant que leur histoire ne s'achève.

Le dîner de répétition avait lieu dans la salle à manger du chalet principal. Les murs plaqués de pin noueux se mariaient harmonieusement avec le sol en pierre calcaire et les grands lustres. Mary était assise à la table des Talbot, entre Brandon et Kirby, rien de moins ! Était-ce une plaisanterie de l'Univers ? Une punition ? Elle s'était attendue à rencontrer Kirby, bien sûr, mais pas à être coincée entre Brandon et lui.

Elle avait du mal à avaler quoi que ce soit. Elle se contentait de déplacer ses pâtes dans son assiette.

Pas de doute, Kirby était un homme plein de charme. Il souriait ; il faisait des plaisanteries ; il parlait avec fierté de ses enfants et faisait l'éloge de sa nouvelle petite-fille et de Chance, le fils de Libby.

Elle comprenait maintenant pourquoi sa mère l'avait trouvé si attirant. Son aura de vedette était indéniable. Chaque fois qu'il regardait Mary, ses yeux pétillaient. Il lui tapotait même la main de temps en temps. À l'évidence, il avait perçu sa timidité et essayait de la mettre à l'aise. Il se montrait extrêmement aimable. Douloureusement gentil. Et Mary avait envie de crier, de hurler, de défendre sa mère. Mais elle gardait le silence, et la boule dans sa gorge ne cessait de grossir à chaque respiration.

La mère de Brandon, une splendide blonde élancée, était également gentille et amicale. Tout le monde faisait de son mieux pour aider Mary à s'intégrer.

Mais personne ici ne savait pourquoi elle était si nerveuse. Personne ne connaissait la vérité.

Le repas terminé, les gens commencèrent à se mêler, et Brandon fut appelé pour une brève réunion avec les autres garçons d'honneur. Il lui promit de revenir très vite.

Pour Mary, se retrouver seule avec Kirby était une torture. La pire chose qu'elle puisse imaginer.

Le père de Brandon se pencha vers elle et chuchota :

— Mon fils est vraiment fou de vous. Vous êtes la première femme à laquelle il tient autant.

— Je tiens à lui, moi aussi, avoua-t-elle d'une voix tremblante. Brandon est un homme bien.

— Il est bien meilleur que moi. J'ai fait subir à ma famille de terribles choses.

— J'ai eu un aperçu en lisant votre biographie.

C'était la seule réponse qu'elle avait trouvée.

— Eh bien, dans ce cas, vous savez de quoi je parle.

Il sirota son soda au gingembre.

— J'ai de la chance que Matt m'ait laissé revenir dans sa vie, et qu'il m'ait invité à son mariage.

Mary jeta un coup d'œil au futur marié, qui discutait au bar avec la famille de la future mariée. Le lendemain, Matt échangerait des vœux avec l'amour de sa vie.

— Libby et lui forment un très beau couple, commenta-t-elle.

Pendant le dîner, elle avait vu à quel point ils étaient amoureux.

— Libby est très belle, ajouta-t-elle.

La jeune femme était radieuse, et semblait aussi heureuse qu'une future mariée devrait l'être.

Kirby hocha la tête.

— Oui, en effet. Sans Libby, je ne pense pas que Matt m'aurait pardonné un jour. Elle l'a encouragé à se réconcilier avec moi.

Si Mary restait avec Brandon, pourraient-ils s'encourager mutuellement à aller de l'avant ? Lui pardonnerait-il ses mensonges ? Pourrait-elle cesser de détester Kirby pour ce qu'il avait fait subir à sa mère ?

Elle observa le père de Brandon. Pourrait-elle faire en sorte que sa relation avec Brandon perdure, ou n'était-ce qu'un rêve qui ne se réaliserait jamais ?

— Votre visage m'est familier, dit soudain Kirby.

Elle crut que son cœur allait bondir hors de sa poitrine.

— Je ne vous avais jamais croisé jusqu'à aujourd'hui, esquiva-t-elle.

Avait-il remarqué des similarités entre sa mère et elle ? Ce serait étrange, car Mary ne lui ressemblait pas.

— Il y a un je-ne-sais-quoi chez vous, dit-il. Peut-être votre simplicité. La mère de Matt était comme vous quand je l'ai rencontrée.

Il désigna d'un geste son ancienne maîtresse, une jolie brune quinquagénaire assise à une autre table avec son mari.

— J'ai gâché sa vie en lui faisant de fausses promesses, confia-t-il. Mais aujourd'hui, elle a trouvé le bonheur avec quelqu'un d'autre.

Mary se détendit un peu. Elle lui rappelait la mère de Matt, et non sa propre mère.

Kirby lui sourit.

— Vous êtes d'un abord facile. Vous l'avez compris, sans doute, puisque je n'arrête pas de vous parler depuis tout à l'heure.

— Ça ne me dérange pas.

En fait, il était plus facile pour elle de garder le silence.

— J'espère que cela marchera entre Brandon et vous. Ce serait agréable de vous voir à d'autres fêtes familiales.

— Merci, dit-elle.

Elle se demandait déjà comment elle allait survivre à cette fête, alors assister à d'autres événements ? Pourtant, bien malgré elle, elle commençait à apprécier Kirby, et à le voir autrement que comme un monstre.

Alice serait sans doute furieuse si elle savait que Mary commençait à se lier avec le père de Brandon.

— Vous semblez plus gentil que je ne le supposais.

— À cause de ma réputation ? Ça m'ennuie de l'avouer mais j'ai encore mes moments d'arrogance.

Il baissa la voix et ajouta :

— Mais je suis sincèrement désolé pour la peine que j'ai causée aux gens dans ma vie.

Si elle le questionnait, avouerait-il le tort qu'il avait fait à la mère de Mary ? En assumerait-il la responsabilité ? Ou affirmerait-il encore qu'elle l'avait harcelé ?

Mary était si perdue qu'elle avait du mal à avoir les idées claires. Brandon revint à leur table et se pencha vers elle pour l'embrasser sur la joue.

— J'apprécie ta cavalière, dit Kirby. Elle est charmante.

— Je te l'avais bien dit, répondit Brandon en souriant.

Son père lui rendit son sourire puis se leva.

— Si vous voulez bien m'excuser, je vais aller voir ma petite-fille. Vous avez vu comme Chance adore déjà sa cousine ? Ils vont s'entendre à merveille.

Il fit un signe de tête à Mary.

— Soyez gentille avec mon garçon, d'accord ?

— Promis, dit-elle.

Mais c'était un mensonge de plus. Comment pouvait-elle promettre d'être gentille avec Brandon alors qu'elle lui cachait depuis le début son identité ?

Brandon l'embrassa de nouveau, cette fois sur les lèvres. Et elle ferma les yeux pour savourer son baiser.

Plus tard ce soir-là, Mary et Brandon firent l'amour avec vigueur et passion. Elle avait l'impression que leur désir mutuel ne s'éteindrait jamais. Brandon promenait ses mains partout sur elle, laissant dans son sillage des ondes puissantes. Comme des vagues, pensa-t-elle. Comme une mer agitée dans la nuit.

Ils mêlèrent leurs lèvres, leurs langues. Brandon gronda de plaisir contre son oreille, et elle enfonça les ongles dans sa peau.

Par la fenêtre, le clair de lune filtrait à travers les arbres, projetant une lumière argentée dans la pièce.

Elle était heureuse d'être avec Brandon, ici, au cœur de la nature texane. Elle trouvait douloureux de côtoyer sa famille, mais avec Brandon, elle avait l'impression d'être à sa place.

Un sentiment trompeur, s'avisa-t-elle.

Ils roulèrent sur le lit, envoyant les oreillers sur le parquet de bois, où leurs vêtements étaient déjà éparpillés.

Ses pensées s'évaporèrent lorsque Brandon s'enfonça plus loin en elle, allant et venant avec frénésie entre ses replis intimes.

Bientôt, ils changèrent de position, et elle se retrouva à

califourchon sur lui. Elle ondula des hanches, en s'accrochant à ses épaules pour garder l'équilibre.

Ses sentiments pour lui la submergèrent. Elle ne pouvait pas cesser de l'aimer. Il était trop tard pour cela.

Il la fixa, une lueur brûlante dans le regard, comme s'il attendait qu'elle l'amène au bord du précipice.

Elle se pencha et l'embrassa. C'était un baiser fougueux, plein d'énergie sexuelle. Quand elle retira ses lèvres des siennes, elle accéléra le rythme, leur donnant à tous deux l'orgasme qu'ils attendaient, et dont ils avaient besoin.

Dans les secondes qui suivirent, elle s'effondra sur lui.

— C'est de mieux en mieux avec toi, murmura-t-il.

Il parlait de sexe, à l'évidence.

Elle reprit son souffle et répondit :

— Tu es le partenaire parfait. Et tu occupes toutes mes pensées.

— C'est la même chose pour moi.

Il croisa son regard.

— Tu te douches avec moi ? suggéra-t-il.

C'était une invitation qu'elle ne pouvait refuser.

— Volontiers.

Ils gagnèrent la salle de bains. La cabine de douche était plus petite que celle qu'ils utilisaient chez Brandon. Mais Mary n'y voyait pas d'inconvénient. Elle aimait être tout contre lui.

Ils se savonnèrent mutuellement et laissèrent l'eau ruisseler sur eux, encore plongés dans le plaisir qu'ils venaient de connaître.

Puis ils se séchèrent et retournèrent dans la chambre. Après avoir remis les oreillers en place, ils s'allongèrent côte à côte.

— Tu as fait une très bonne impression sur ma famille, remarqua Brandon. Tout le monde t'apprécie sincèrement.

Elle sentit son pouls s'accélérer, mais fit de son mieux pour paraître calme.

— Moi aussi, je les apprécie.

— Même mon père ?

Son pouls s'affola de plus belle.

— Oui. Il a été très gentil avec moi.

— Alors, les histoires dans son livre ne te dérangent plus ?

— Non.

Mais ce qu'il avait fait à sa mère, si. Elle se tourna pour faire face à Brandon. Elle ne supportait plus de lui mentir. Elle comptait bien lui révéler la vérité, jusque dans les moindres détails. Mais pas ce soir. Elle attendrait qu'ils soient de retour à Nashville, après le mariage. Elle lui dirait aussi qu'elle l'aimait. Elle lui dévoilerait tous ses secrets.

Elle ne savait pas du tout où les mènerait la vérité. Mais au moins, elle soulagerait sa conscience. Et alors, peut-être, leur relation aurait une chance de fonctionner.

Il caressa sa joue.

— Tu ne cesses jamais de me stupéfier, Mary. Tu es pleine de mystères.

Tous les mystères seraient bientôt dissipés. Une fois qu'elle lui aurait avoué la vérité, il saurait tout d'elle.

Elle avait honte de ce qu'elle avait fait à Brandon, mais elle espérait qu'il prendrait en compte la peine que son père avait infligée à sa famille. Cela devrait suffire à l'absoudre.

Non ?

Pour masquer ses émotions, elle enfouit le visage contre son épaule.

Il caressa ses cheveux encore humides.

— Qu'est-ce qui ne va pas, Mary ?

— Rien. Je veux juste être tout contre toi.

— Tu es sûre que tout va bien ?

— Oui.

Elle n'avait pas d'autre choix que de mentir. Son dernier mensonge, se dit-elle.

— Pas de problème. J'aime t'avoir contre moi.

Il frotta son menton contre le sommet de sa tête.

— Je te tiendrai dans mes bras jusqu'à ce que tu t'endormes, assura-t-il.

— Merci.

Elle doutait de pouvoir trouver le sommeil, mais elle ferma tout de même les yeux. Et malgré les secrets qui planaient entre eux, elle savoura la sensation d'être dans les bras de Brandon. Son amant de rêve. Son héros.

- 11 -

Le mariage de Matt et Libby était tendrement romantique, se dit Brandon. Jamais il n'avait assisté à une cérémonie aussi belle.

L'heureux couple échangea ses vœux à la tombée de la nuit, entouré par les arbres, les collines et les gens qui leur étaient chers. Libby était une splendide mariée, avec sa longue robe scintillante et ses cheveux d'un blond clair ornés de fleurs. Et la haute stature de Matt était mise en valeur par son smoking noir et son chapeau de cow-boy.

Les agents de sécurité étaient nombreux, et il n'y avait aucun journaliste aux abords du ranch. Toute la famille avait su garder le secret.

Brandon jeta un coup d'œil vers Mary, qui semblait fascinée par le spectacle. Il considérait encore son amante comme une énigme. Mais à présent, il se demandait à quoi ressemblerait sa vie s'il tombait follement amoureux d'elle et qu'il l'épousait.

Peut-être était-il déjà amoureux d'elle. S'il ne l'était pas, il n'aurait pas ce genre de pensées. Mais ce n'était pas une perspective rassurante. Il avait de plus en plus peur de ses sentiments.

Soudain, il fut pressé que la cérémonie se termine et que la réception commence. Il avait besoin d'échapper à ce décor et d'avaler un alcool fort.

Enfin, son vœu fut exaucé. Au bar, il commanda un

whisky sec et avala le liquide ambré en quelques gorgées nerveuses. D'habitude, il était maître de lui-même, et il ne recourait pas à l'alcool pour calmer ses nerfs. Mais ce n'était pas tous les jours qu'un homme se découvrait amoureux d'une femme qu'il connaissait à peine.

Il envisagea de commander un second verre, mais se ravisa. Il valait mieux qu'il garde les idées claires.

— Tout va bien ? demanda Mary qui venait de commander du champagne. Tu as l'air distrait.

— Oui, ça va. J'ai juste faim. Et toi ?

— Moi aussi, dit-elle en souriant.

Mais il remarqua que son regard était sombre. Songeait-elle encore à le quitter ? Quand ils reviendraient du Texas, disparaîtrait-elle dans la brume ?

Ils se dirigèrent vers le buffet, où une splendide variété de mets traditionnels et modernes était dressée.

Brandon et Mary remplirent leurs assiettes et discutèrent avec d'autres invités. Bientôt, un groupe de musique se mit à jouer des airs connus. Kirby et Tommy se joignirent à eux le temps de quelques chansons. Le spectacle fut très apprécié.

— Au moins, je n'ai pas à m'inquiéter de ne pas savoir valser, plaisanta Mary.

Brandon acquiesça d'un signe de tête. Il n'y aurait que de la danse country ce soir.

— Tu veux faire un tour sur la piste ? suggéra-t-il.

— Volontiers. Ce sera notre première danse ensemble.

— En effet, dit-il, lui tendant la main.

Plusieurs premières fois lui revinrent à l'esprit : leur première rencontre, leur premier rendez-vous, leur premier baiser. Mary l'avait ensorcelé dès le début, et le charme opérait toujours.

La musique était rapide et entraînante. Brandon fit

tournoyer Mary et constata qu'elle dansait très bien. Après quelques morceaux, le groupe passa à des ballades romantiques.

Brandon enlaça Mary, et ils se balancèrent au rythme des riffs envoûtants. Leurs corps s'accordaient parfaitement, comme quand ils faisaient l'amour.

— Je suis contente que nous restions encore deux jours ici, dit-elle. Je n'aurais jamais imaginé prendre des vacances dans un si bel endroit.

Pour sa part, il avait pris de nombreuses vacances, un peu partout dans le monde. Mais ce séjour était de loin le plus captivant. Le plus effrayant, aussi, parce qu'il venait de découvrir qu'il aimait Mary.

Elle se blottit contre lui.

— Il me tarde de monter à cheval. Et je me réjouis aussi de faire de la randonnée et de pêcher avec toi.

Il était heureux qu'elle prenne du bon temps. Mais c'était presque comme si elle faisait trop d'efforts pour rendre ce voyage mémorable. Il avait le sentiment qu'elle essayait de se convaincre que tout irait bien.

Quel que soit ce « tout ». Le passé de Mary n'était pas plus clair aujourd'hui que deux mois plus tôt. Et Brandon ne savait pas s'il pourrait supporter encore longtemps d'être maintenu dans l'ignorance.

Il tenait à avoir des réponses. Il voulait savoir exactement qui était Mary McKenzie, et pourquoi elle refusait de parler de ses parents. Mais il avait beau essayer, il n'arrivait pas à percer son mystère, ni à déchiffrer son regard sombre.

Ils finirent par quitter la piste de danse, et Mary alla chercher un martini au bar.

Brandon en profita pour aller voir Tommy, momentanément seul.

— Je vais le faire, annonça-t-il à son frère.

— Faire quoi ? demanda Tommy.

— Faire faire une enquête sur Mary pour en apprendre plus sur elle. J'enverrai un mail ce soir au service d'investigation pour qu'ils puissent commencer au plus vite. Avec un peu de chance, quand nous rentrerons à Nashville, j'aurai quelques réponses.

— Son passé n'est peut-être pas aussi terrible que tu l'imagines.

— Inutile de faire des hypothèses tant que je n'ai pas le rapport.

Une fois qu'il l'obtiendrait, il serait fixé. Et cela l'aiderait à recouvrer ses esprits, lui qui était maintenant plongé dans le chaos de l'amour.

Brandon et Mary passèrent les deux jours suivants au ranch et s'adonnèrent à des activités de plein air. Mais Brandon ne cessait de penser à l'enquête qu'il avait demandée.

Le jour de leur retour à Nashville, il déposait Mary chez elle quand il reçut un message lui annonçant que le rapport était prêt.

Il se gara devant l'appartement de Mary.

— Je suis désolé de ne pas pouvoir t'emmener chez moi aujourd'hui, dit-il. Il faut vraiment que je passe à mon cabinet.

— Ça ne fait rien. Je dois défaire mes bagages, de toute façon. Et voir Alice. Je ne lui ai pas reparlé depuis notre départ pour le Texas. Nous nous sommes disputées juste avant que je parte.

Il ne lui demanda pas sur quoi portait leur querelle. Il savait déjà que la sœur de Mary avait un caractère difficile.

— Dans ce cas, il faut que tu te réconcilies avec elle.

— Oui, c'est vrai.

Elle lui offrit un doux sourire.

— Ce séjour au Texas avec toi était merveilleux, dit-elle.

— Oui, tout s'est bien passé, finalement.

Mais cela ne l'empêchait pas d'être anxieux. Il avait choisi de faire une enquête sur elle. Si Mary savait ce qu'il tramait, serait-elle blessée ou furieuse ? Se sentirait-elle trahie ?

— Il y a un problème avec ton travail ? demanda-t-elle à brûle-pourpoint.

— Pardon ?

— Tu as l'air nerveux à la perspective d'aller à ton cabinet.

— J'ai un rapport important à consulter.

Il fronça les sourcils.

— J'aurais pu le faire envoyer par mail, mais je ne voulais pas que des informations sensibles se retrouvent dans un dossier électronique.

Il voulait voir le dossier sur son bureau, dans une enveloppe scellée, afin de pouvoir se préparer avant de le consulter.

— C'est un dossier difficile ?

Mary était si évasive concernant son passé qu'il ne voyait pas comment le rapport pourrait contenir des informations positives. Il était évident que ses problèmes venaient de ses parents, mais jusqu'à quel point, il l'ignorait.

— Il faut que je le lise pour le savoir.

— Dans ce cas, tu ferais mieux d'y aller, conseilla-t-elle.

— Oui, je suppose que tu as raison.

Il saisit son visage entre ses mains. Il se sentait coupable d'enquêter sur son passé, mais il le faisait pour de bonnes raisons. Il avait besoin de savoir qui elle était, de la comprendre. Il devait aussi composer avec ses sentiments pour elle. Pour l'instant, il avait l'impression d'aimer une étrangère.

— Je t'appelle plus tard, dit-il.

— D'accord.

Ils échangèrent un baiser.

Ses lèvres avaient un goût de menthe. Elles étaient si douces, si tentantes, si enivrantes…

Il recula, submergé par l'idée qu'il aimait Mary. Dès qu'il aurait le rapport en main, l'énigme serait résolue. Une idée qui l'inquiétait aussi. Il voulait aider Mary à dépasser sa douleur, et les causes de cette douleur, quelles qu'elles soient. Mais serait-il capable de réparer les dégâts ?

— Laisse-moi t'aider à porter tes bagages, offrit-il.

Ils sortirent de la voiture, et Brandon fit rouler sa valise jusqu'à sa porte d'entrée.

Il aurait tant aimé qu'elle lui confie les secrets de son passé. Cela aurait été bien plus facile que de demander une enquête sur elle…

Elle tenta d'ouvrir la porte, mais elle était verrouillée.

— J'imagine qu'Alice n'est pas là, dit-elle, sortant sa clé de son sac et la glissant dans la serrure. Ses cours ont commencé cette semaine, il est possible qu'elle soit à l'université.

Elle entra dans son appartement et lui fit un signe de la main, puis referma la porte derrière elle.

Et voilà. Leurs vacances ensemble étaient officiellement terminées.

Brandon fila vers sa BMW et prit la direction de son cabinet. La circulation étant dense, le trajet fut plus long qu'à l'accoutumée.

Enfin, il arriva à destination. Une fois dans l'immeuble, il alla directement dans son bureau. Il se cala dans son fauteuil puis ouvrit l'enveloppe et commença à lire le rapport.

Après quelques minutes, sa poitrine se serra de douleur, comme si quelqu'un y avait enfoncé une lame de couteau.

La femme qu'il aimait était une menteuse, une arnaqueuse, et une tricheuse émotionnelle. Selon le document qu'il avait entre les mains, elle était la fille de Catherine Lynn Birch, une femme contre laquelle son père et lui avaient obtenu une ordonnance de protection, huit ans plus tôt. La mère de Mary avait harcelé son père.

Bon sang !

Il continua sa lecture et apprit les autres secrets de Mary. Ses parents avaient vécu ensemble mais ne s'étaient jamais mariés et n'avaient jamais possédé de logement. Son père, Joel David McKenzie, était un chauffeur routier décédé quand Mary avait sept ans et Alice à peine onze mois. Il travaillait à son compte et n'avait pas d'assurance-vie. Après son décès, la famille s'était installée dans un petit appartement, et les fins de mois avaient été encore plus difficiles.

Il n'y avait pas eu de maltraitances conjugales. Le père de Mary n'était pas le méchant dans cette histoire. C'était sa mère qui n'était pas fiable. Catherine, ou Cathy, comme elle préférait être appelée, était décédée au début de cette année, laissant deux filles en deuil. Deux jeunes femmes, se dit-il, qui complotaient manifestement contre lui et contre sa famille. Sinon, pourquoi Mary se serait-elle montrée au parc le jour de leur rencontre ?

Quelles pouvaient être ses motivations ? Était-ce l'argent ? Mary était-elle plus matérialiste qu'elle ne l'avait laissé croire ? Son but était-il de le dépouiller, ou avait-elle un but plus sinistre encore ?

Il lut les pages suivantes. Une partie de ce que Mary lui avait raconté était vraie : Alice était une fêtarde qui avait eu beaucoup de petits amis, et Mary une jeune femme convenable qui se consacrait au travail et qui avait fréquenté un collègue en Oklahoma. Mais ce n'était pas suffisant pour que Brandon lui fasse de nouveau confiance. Étant donné la façon dont elle l'avait manipulé pour qu'il tombe amoureux d'elle, elle était bien plus dangereuse que sa petite sœur rebelle.

Après avoir fini le rapport, il eut envie de hurler. Ce qu'il avait pu être stupide ! Il avait conduit Mary chez Tommy pour qu'elle voie le bébé. Il l'avait emmenée au mariage de Matt. Il l'avait accueillie dans sa famille, dans leur vie soigneusement protégée. Il lui avait même laissé libre accès à son appartement.

Il saisit son téléphone et appela le gardien de son immeuble, pour donner l'ordre de changer son code de parking et ses clés. Il n'aurait jamais dû les donner à Mary.

Il secoua la tête. Il s'était aventuré hors de son milieu social, et pour quel résultat ? Il s'était fait escroquer par la fille d'une femme qui avait harcelé son père.

Plus jamais il ne reproduirait cette erreur. Plus jamais il ne se laisserait duper par des jeunes femmes à l'air faussement innocent. Il était si furieux, si blessé, qu'il envisageait une action en justice. Mais Mary n'avait pas commis de crime à proprement parler. Le jugement concernait sa mère, pas elle. Et puisque Cathy n'avait jamais enfreint l'ordonnance de protection, il ne pouvait rien faire sur le plan légal.

Néanmoins, Brandon allait avoir une bonne discussion avec Mary. Mais il n'irait pas la voir chez elle. Un endroit public ne ferait pas l'affaire non plus. Il lui fallait un lieu sans aucune distraction. Ce serait donc ici, dans l'intimité de son bureau, décida-t-il. Cependant, il ne voulait pas qu'elle sache qu'il était au courant. Il comptait la prendre par surprise, tout comme elle l'avait fait avec lui.

Mary reçut un message de Brandon, lui demandant si elle pouvait venir à son bureau pour 14 heures. Il disait avoir une surprise pour elle.

Elle ignorait pourquoi il voulait la voir si peu de temps après l'avoir déposée chez elle, et en quoi consistait sa surprise, mais elle était ravie de le revoir. Il avait même mis des petits cœurs et des fleurs dans son message, ce qui la conduisait à penser qu'il s'agirait d'un rendez-vous romantique.

Avait-il menti en disant qu'il devait lire un rapport ? Avait-il filé à son cabinet pour préparer sa surprise ?

Puisque Alice n'était pas encore rentrée, Mary avait la salle de bains pour elle seule. Elle se rafraîchit, appliqua une nouvelle couche de rouge à lèvres et recoiffa ses cheveux. Elle portait encore sa tenue de voyage, mais si les choses se passaient comme elle l'imaginait, Brandon la déshabillerait, de toute façon.

À cette pensée, une bouffée de peur et de culpabilité l'envahit. Maintenant que leur séjour au Texas était terminé, elle devait lui dire la vérité, comme elle se l'était promis. Mais elle ne pouvait pas le faire aujourd'hui. Elle ne tenait pas à gâcher sa surprise.

Prenant une grande inspiration, elle sortit de son appartement. Peu de temps après, elle arriva devant le cabinet de Brandon, situé dans un charmant bâtiment ancien près du Country Music Hall of Fame and Museum. Ses bureaux étaient situés au dernier étage.

Elle fut accueillie dans le hall par son assistant, un jeune homme barbu à la coiffure branchée. Mary était surprise, elle avait cru que Brandon serait seul à son cabinet. L'assistant appela son patron et le prévint qu'elle était arrivée. Elle sentit une vague d'appréhension monter en elle. Tout cela semblait si solennel…

— M. Talbot va vous recevoir, déclara l'assistant. Deuxième porte à gauche dans le couloir. Inutile de frapper, vous pourrez entrer directement.

— Merci.

Elle suivit ses instructions et entra dans la pièce indiquée.

Brandon était assis devant un bureau noir brillant. Il n'avait pas l'air particulièrement romantique. En fait, il semblait froid et détaché.

Il y avait un problème. Un très, très gros problème.

— Ferme la porte et assieds-toi, ordonna-t-il.

Elle obtempéra et prit place sur une chaise de cuir face à lui.

— Qu'est-ce que ça fait d'être convoquée ici sous de fausses raisons ? demanda-t-il, les yeux plissés.

Les cœurs et les fleurs de son message n'avaient été qu'une ruse, comprit-elle. Mais plus perturbant encore était le dossier posé sur son bureau. Sur la première page était inscrit son nom : Mary McKenzie.

Il fit glisser le dossier vers elle, mais elle ne l'ouvrit pas. Elle savait déjà ce qu'il contenait. Brandon avait découvert son identité.

— Je suis désolée, Brandon.

Elle aurait tant aimé revenir en arrière et effacer tout ce qu'elle avait fait !

— J'allais tout te dire. Je t'assure.

— Ah, oui ? C'est facile de dire ça maintenant que tu es démasquée.

Il s'adossa à son fauteuil, l'air sombre et professionnel.

— Tu sais pourquoi j'ai fait faire une enquête sur toi ? Parce que je tenais à toi, et que je voulais t'aider à dépasser tes blocages. Bon sang, je me croyais même amoureux de toi !

Soudain, la pièce sembla tourner autour d'elle. Elle avait commencé à penser que, peut-être, Brandon l'aimait, mais jamais elle n'aurait cru l'apprendre de cette manière.

— Moi aussi, je suis tombée amoureuse de toi.

— Et tu voudrais que je te croie ? Alors que tu me mens depuis le début ? Avoue-le, Mary. Tu m'as manipulé depuis le premier jour.

— Mais je t'aime. Je te le jure.

Qu'il la croie ou non, il fallait qu'elle soit claire sur ce point,

— Et, oui, tu as raison, je t'ai menti, concéda-t-elle. Mais laisse-moi m'expliquer.

— Soit. Je t'en prie. Énonce tes justifications.

Elle commença par le début, et lui raconta comment sa mère était venue à Nashville afin de vendre ses chansons, et comment elle avait été menée en bateau par le père de Brandon.

— Ce n'était pas une harceleuse. Elle essayait juste d'obtenir de lui qu'il tienne sa promesse. Mais il a demandé une ordonnance de protection contre elle, et tu étais son avocat.

Elle marqua une pause, espérant un peu de compassion, mais l'expression de Brandon demeura inflexible.

— Maman a perdu pied après cela. Elle n'a plus jamais été la même. Sa dépression était si profonde qu'elle s'occupait à peine de nous, et puisque Alice était bien plus jeune que moi, j'ai essayé d'aider ma mère à l'élever. Mais je n'ai pas pu convaincre ma sœur de cesser de détester Kirby pour ce qu'il avait fait. Cela la rongeait. À mon tour, je suis devenue obsédée par la souffrance qu'il avait causée. Je le détestais, moi aussi.

Brandon haussa les sourcils.

— Alors vous avez décidé de vous venger sur moi ?

— Au départ, nous avons essayé de trouver des moyens de nous venger de ton père, mais aucun n'était viable. Ensuite, Alice a trouvé un autre plan. Elle a vu des commentaires sur tes pages de réseaux sociaux, dans lesquels tes amis t'encourageaient à te trouver une gentille fille. Elle a alors pensé que je pourrais te séduire. Elle n'arrêtait pas de me seriner que j'étais une fille sage de toute façon, et que je n'aurais pas à me forcer beaucoup.

— Seigneur..., murmura-t-il.

Il semblait toujours aussi tendu.

— Dès le début, j'étais tiraillée, et je ne savais pas jusqu'où je devais aller. Je voulais surtout découvrir si tu étais responsable de ce qui était arrivé à maman. Et quand j'ai appris à te connaître, j'ai compris que tu ne lui aurais jamais fait de mal intentionnellement. Mais à ce moment-là, j'étais déjà piégée. J'avais déjà des sentiments pour toi.

— Tu n'as jamais pensé à me contacter directement pour parler de la situation de ta mère ? Pour me donner ta version de l'histoire ?

— Non. Alice et moi ne l'avons jamais envisagé. Nous ne savions pas si nous pouvions te faire confiance. Alice pense encore que ton père et toi devriez payer pour ce qu'il a fait subir à notre mère. Je sais que ma sœur est déraisonnable, et je l'étais aussi, manifestement, puisque j'ai suivi son plan. Mais le destin m'a donné une bonne leçon, et c'est la plus difficile que j'aie jamais reçue.

Elle avait fait du mal à l'homme qu'elle aimait. Elle l'avait abîmé. Et c'était une pensée insupportable.

Il garda le silence pendant un long moment, comme s'il réfléchissait à toute cette histoire. Enfin, il reprit la parole :

— Si, comme tu l'affirmes, mon père n'a pas respecté une promesse de contrat avec ta mère et qu'il a porté de fausses accusations contre elle, je m'assurerai qu'il répare ses torts.

Il poussa un grand soupir.

— Mais il faut que je lui parle et que j'entende sa version. Je ne peux pas vous croire sur parole ta sœur et toi. Sérieusement, Mary, comment veux-tu que je prête foi à ce que tu peux dire, à présent ?

Elle baissa les yeux et se tordit les mains.

— Je comprends. Mais si je pouvais revenir en arrière et tout effacer, je le ferais.

Elle reporta son attention sur son visage.

— Je n'ai jamais été à l'aise avec ce plan. C'est pour cette raison que je n'arrêtais pas de parler de rupture. Au début, j'ai pensé que tu souffrirais moins si je disparaissais sans que tu apprennes la vérité. Mais quand nous sommes allés au Texas, et que tout s'est si bien passé avec ta famille, j'ai décidé de te révéler la vérité à notre retour. J'ai même pensé que, peut-être, nous pourrions poursuivre notre relation.

Il la regarda comme si elle avait perdu la tête.

— Qu'est-ce qui me dit que ton petit acte de contrition ne fait pas partie d'un nouveau plan pour me piéger ? Pour me soutirer de l'argent ou autre ?

— Ce n'est pas le cas.

Tout ce qu'elle pouvait faire à présent, c'était continuer de dire la vérité, et prier pour qu'il la comprenne.

— Alice m'a suggéré de t'épouser pour ta fortune. Mais ça ne m'intéresse pas. Si je t'épousais, ce serait par amour.

Il ricana.

— Douce petite Mary, toujours aussi enchanteresse. Eh bien, tu sais quoi ? J'étais tellement ensorcelé que je me suis même imaginé te demander en mariage.

Il secoua la tête.

— Mais j'étais inquiet, parce que j'étais en train de tomber amoureux d'une étrangère, d'une femme qui refusait de parler de son passé.

— Je te dirai tout dorénavant. Tout ce que tu veux savoir.

Son cœur était si douloureux qu'elle avait peur qu'il se brise en mille morceaux. Savoir que Brandon avait envisagé de l'épouser ne faisait qu'empirer les choses.

— Rien de ce que tu pourras dire ne m'intéresse, asséna-t-il.

Il se leva et contourna son bureau pour se placer devant elle, la dominant de toute sa hauteur.

— Je parlerai à mon père, et je te tiendrai au courant. Mais c'est sur sa version des faits que je m'appuierai, pas sur la tienne.

— Je comprends. En ce qui me concerne, ton père et toi n'avez pas à nous dédommager. Ce que je t'ai fait est tout aussi terrible que ce que ton père a fait à ma mère. Et je suis désolée, Brandon. Plus que les mots ne peuvent le dire.

— Épargne-moi tes excuses. Elles ne servent à rien.

Il s'appuya contre le bureau.

— Il est trop tard pour sauver mes sentiments pour toi. Il est trop tard pour tout.

Elle avait envie de fondre en larmes, mais elle ne pouvait pas le faire devant lui.

— Tu peux t'en aller, à présent, lâcha-t-il. Je suppose que tu connais le chemin.

— Oui.

Elle se leva, se rappelant tous les moments chaleureux et romantiques qu'elle avait passés avec lui. Mais tout cela était fini. Il ne restait plus rien de leur relation, sauf la douleur d'avoir perdu l'homme qu'elle aimait.

Mary pleura des heures durant, jusqu'à ce qu'elle n'ait plus de larmes. Malgré tout, Alice continua de la surveiller, comme si elle pouvait éclater en sanglots à tout moment.

Elles étaient maintenant installées dans leur petit patio, sous un ciel de crépuscule. Leur appartement donnait sur la rue, et elles pouvaient voir passer les voitures.

Mary respirait par saccades. Son visage était enflé et ses yeux étaient douloureux. Mais la douleur la plus grande était celle de son cœur.

— Si je lui avais parlé plus tôt, si j'avais été honnête dès le début, il ne me détesterait pas autant.

Alice fronça les sourcils.

— Il n'a pas le droit de te détester, pas après la façon dont il a traité maman.

— Il a dit qu'il parlerait à Kirby pour entendre sa version. Et si son père confirme nos dires, il fera en sorte que Kirby répare ses torts.

— *Si* son père confirme nos dires ? Tu sais très bien qu'il va mentir et prétendre que maman le harcelait !

Mary songea à Kirby. Il lui avait semblé sincère au mariage de Matt, et il avait affirmé qu'il essayait de devenir un homme meilleur.

— Il se peut qu'il avoue la vérité, avança-t-elle.

Alice secoua la tête, l'air sceptique.

— Pour ça, il faudrait un miracle, et je n'ai pas l'impression que la situation se prête aux miracles. Selon moi, Brandon aurait dû te pardonner. Ce n'est pas ainsi que l'amour est supposé fonctionner ?

— Je n'en sais pas assez sur l'amour pour répondre à cette question. Mais j'espérais qu'il me pardonne. Je priais pour ça.

Elle-même avait déjà pardonné à Kirby. Après ce qu'elle avait fait à Brandon, elle était mal placée pour juger son père.

Alice passa la main dans ses cheveux blond platine.

— Si, par chance, Kirby valide notre version, que penses-tu que Brandon voulait dire par « réparer ses torts » ?

— Aucune idée.

— Tu crois que ça impliquerait de l'argent ?

— Je ne sais pas.

L'argent était le cadet de ses soucis.

— Tu l'aimes encore ? demanda Alice.

— Oui, dit-elle, incapable de nier la vérité. Mais je préférerais qu'il en soit autrement, parce que l'aimer me détruit. Tu m'avais prévenue que j'allais souffrir, et tu avais raison.

— Je ne lui faisais pas plus confiance qu'à son père, et maintenant, c'est toi qui paies le prix. Ce n'est pas juste.

— Tu es sûre de te soucier de ce que je ressens ? s'étonna Mary. Vu comme tu as été dure avec moi, je suis surprise que tu ne te réjouisses pas de la situation.

Alice grimaça.

— Je m'en veux de m'être comportée en peste. Et je suis navrée que Brandon t'ait brisé le cœur. Je t'assure. Tu as toujours été une très bonne sœur pour moi.

Sa voix tremblait quand elle ajouta :

— Quand j'étais enfant, je voulais juste que maman aille bien, qu'elle soit là quand j'avais besoin d'elle. Mais c'est toi qui as pris soin de moi. Je t'aime plus que tu ne l'imagines, Mary.

— Merci.

Mary sentait que sa sœur était sincère.

— Je t'aime aussi, Alice. Mais je regrette que nous ayons grandi dans la haine de Kirby. Notre vie n'aurait pas dû tourner autour de ça.

— Je pense toujours qu'il nous doit réparation. Si les Talbot nous proposent un dédommagement financier, je prendrai jusqu'au dernier dollar qu'ils seront disposés à nous verser.

— L'argent n'est pas mon objectif.

Pour Mary, il y avait d'autres enjeux bien plus importants.

— J'aimerais que le nom de maman soit blanchi. Et j'aimerais que Kirby présente ses excuses. Cela me suffirait.

Sa sœur soupira.

— Je n'aurais pas dû t'entraîner dans ce pétrin. Je t'ai poussée à faire quelque chose qui ne te ressemblait pas.

— Je suis touchée que tu me dises cela, mais c'est moi qui ai pris mes propres décisions.

Alice sembla surprise.

— Tu ne penses pas que c'est ma faute ? Tu ne me fais pas de reproches ?

— Non.

Elle était responsable de ses actes.

— J'ai menti à Brandon pendant des semaines. Même après avoir développé des sentiments pour lui. Même en sachant que cela mènerait au désastre.

Si elle avait perdu Brandon, c'était elle, la seule fautive.

- 12 -

Brandon faisait les cent pas dans le studio personnel de son père. C'était ici que Kirby enregistrait ses albums, et que la magie opérait. Mais aujourd'hui, le moment n'avait rien de magique. Brandon venait de lui parler de Cathy Birch, et son père le dévisageait, l'air stupéfait.

— C'était la mère de Mary ? s'exclama Kirby.

— Oui, je le crains.

Brandon cessa de marcher et s'appuya contre une table de mixage.

— Elle t'a vraiment harcelé ? demanda-t-il.

Il se rappelait avoir obtenu une ordonnance interdisant à Catherine d'approcher Kirby. Mais il avait demandé plusieurs ordonnances au fil des années. Cathy n'était pas la seule groupie à avoir harcelé Kirby – si toutefois elle l'avait harcelé.

— Réponds-moi, papa. Dis-moi exactement ce qui s'est passé entre Cathy et toi.

Kirby grimaça.

— Cela s'est passé comme Mary te l'a dit. L'histoire qu'elle t'a racontée est vraie.

— Oh ! Seigneur…

Si Brandon n'était pas si raide de tension, il aurait pu chanceler.

— Qu'est-ce que tu as fait ? Et qu'est-ce que tu m'as poussé à faire ?

— Je suis désolé de t'avoir entraîné là-dedans. Mais j'étais au plus bas à l'époque. La boisson et la drogue me détruisaient à petit feu.

— Alors, tu t'en es pris à une femme innocente et tu as proposé d'acheter ses chansons ? Pour quoi ? Pour le sexe ? Le sentiment de pouvoir ?

— Un peu des deux, j'imagine.

Kirby serra les lèvres et passa la main sur sa barbe. Son regard était partiellement caché par le bord de son chapeau.

— J'ai profité de nombreuses jeunes femmes à cette période-là, et Cathy n'était pas une exception.

Il prit une inspiration tremblante.

— Je ne lui ai pas menti sur ses chansons, pas au début. Elles étaient bonnes, et elles ont retenu mon attention. Je ne comptais pas les chanter moi-même. Je projetais de trouver une interprète féminine à qui elles correspondraient mieux.

— Tu comptais vraiment produire ces chansons ?

— Oui. Seulement, quand j'ai perdu mon intérêt pour Cathy, j'ai perdu mon intérêt pour sa musique aussi.

Bonté divine. Son père avait-il vraiment été une telle ordure ?

— Alors, tu as prétendu que c'était une harceleuse ?

— Elle n'arrêtait pas de m'appeler, pour essayer de me faire signer le contrat que je lui avais promis, et je voulais juste me débarrasser d'elle. J'étais déjà passé à une autre femme, alors je me suis convaincu qu'elle me harcelait.

À présent, Brandon avait du mal à être dans la même pièce que son père. Rien dans cette histoire n'était tolérable.

— Quand tu rassemblais des histoires pour *Kirbyville*, tu ne t'es pas dit que tu pouvais parler d'elle ? La contacter et présenter tes excuses ? Elle était en vie quand tu as commencé à travailler sur ta biographie. Tu aurais pu la joindre.

— Pour être franc, je l'avais oubliée jusqu'à maintenant.

— Tu l'avais oubliée ? C'est une bien piètre excuse !

— Je sais. Mais il y avait beaucoup de matière pour le livre, et j'étais concentré sur ma famille quand je l'ai écrit. Je suis navré que ses filles aient souffert à cause de moi. Et je suis désolé que Mary t'ait fait souffrir.

— Je n'ai pas envie de parler de ce que Mary m'a fait.

La douleur qu'il éprouvait était insupportable. Il était tombé amoureux d'une femme qui s'était servie de lui pour se venger. Toutes ces années, il n'avait jamais aimé une femme. Et puis, Mary était entrée dans sa vie, avec sa douceur, ses mystères. Ses mensonges.

— Dis-moi ce que tu veux que je fasse, et je le ferai, déclara son père, interrompant le fil de ses pensées.

— Je veux que tu achètes à Mary et Alice les chansons de Cathy, et que tu trouves une artiste pour les enregistrer, comme tu l'avais promis à l'origine. Il est impératif que tu les aides à faire connaître la musique de leur mère. Je veux aussi que tu fasses une annonce, et que tu avoues ce que tu as fait à Cathy. Bien entendu, j'attends de toi que tu présentes tes excuses à ses filles en privé. Tu ne peux pas y couper.

— Tu crois qu'elles me pardonneront ?

— Je ne sais pas.

Brandon ne pouvait plus prédire le comportement de quiconque à présent.

— Tu vas pardonner à Mary de t'avoir menti sur son identité ? questionna Kirby.

— Ça ne te regarde pas.

— Si, ça me regarde. Tu es mon fils, et je veux te voir heureux. Si tu l'aimes, tu devrais lui pardonner.

Brandon secoua la tête. Son père était la dernière personne dont il voulait recevoir des conseils.

— Ne mets pas ton nez dans mes affaires, pas après le désastre que tu as provoqué.

— Mais tu es un pacificateur. Il faut que tu apaises les choses.

— C'est ce que je suis en train de faire.

Il se remit à arpenter le studio, se sentant piégé par ce décor familier. Quand il était enfant, il adorait venir ici et écouter son père chanter. Déjà à l'époque, Brandon avait voulu jouer un rôle dans la carrière de Kirby. Mais pas de cette façon, certainement pas.

— Je vais rédiger les documents détaillant les conditions de ton offre, et j'organiserai un rendez-vous avec Mary et Alice à mon cabinet. Il faudra que tu sois présent.

— Bien sûr. Tout ce que tu voudras.

— Je leur conseillerai de venir avec leur propre avocat. Je suis sûr qu'elles trouveront quelqu'un de réputé pour les représenter.

Alice engagerait l'un des meilleurs, Brandon n'en doutait pas.

— C'est une bonne chose, approuva son père. Mais quand je te disais de faire la paix avec Mary, je ne parlais pas de cela.

— C'est le mieux que je puisse faire.

C'était tout ce qu'il pouvait faire, songea-t-il, à moins d'avouer à Mary qu'il l'aimait encore.

Or, il souffrait trop pour cela. Alors, il garderait son chagrin pour lui.

Mary et Alice arrivèrent dans le bureau de Brandon accompagnées de Christine Norseman, une avocate coriace engagée par Alice. Seule Mary ne pensait pas au contrat qu'elles étaient venues signer. Elle ne songeait qu'à l'homme qu'elle aimait, et qui se tenait face à elle.

Avec son costume anthracite et sa cravate rouge bordeaux, Brandon avait l'air très professionnel. Et très séduisant. Quand il serra la main de Christine et d'Alice, Mary se sentit chanceler. Et quand il prit sa main dans la sienne, elle put à peine respirer. L'espace d'un instant, un courant électrique jaillit entre eux.

Ils se regardèrent, mais aucun d'eux ne prononça le moindre mot. Il lâcha sa main et détourna les yeux, puis les invita toutes les trois à s'asseoir.

— Mon père ne va pas tarder, dit-il. Quelqu'un veut boire quelque chose ? Café, eau, jus de fruits, soda ?

Christine opta pour un jus de pomme, et Alice, un soda. Mary ne voulait rien, excepté que Brandon l'aime de nouveau.

Bientôt, Kirby fit son entrée, deux roses rouges à la main. Il en donna une à Mary, et offrit l'autre à Alice. Sa sœur refusa de la prendre. Mary la prit à sa place et posa les deux fleurs sur ses genoux.

Après s'être assis, Kirby prit la parole :

— Je suis vraiment désolé pour la peine que j'ai faite à votre famille. Votre mère méritait mieux, et vous aussi, les filles. J'espère qu'un jour, vous arriverez à me pardonner.

— Je vous ai déjà pardonné, assura Mary, échangeant un regard amical avec lui.

Il la remercia d'un signe de tête reconnaissant. Puis le silence s'instaura. Ce fut Alice qui le brisa.

— Mary ne veut pas que je continue de vous détester. Mais je vous déteste toujours.

Elle se tourna vers Mary.

— Je ne suis pas comme toi, je ne pardonne pas facilement. J'en suis incapable, c'est tout.

Kirby hocha la tête.

— Ça ne fait rien. Je comprends ce que vous ressentez, et je l'accepte.

Il s'adressa aux deux sœurs.

— Mais avant que nous abordions les questions financières, je tiens à vous dire que je me souviens de votre mère. Elle était gentille, confiante, et beaucoup trop bien pour quelqu'un comme moi. Nous n'avons pas parlé de nos enfants. Mais je parie que si nous l'avions fait, elle m'aurait dit à quel point sa benjamine était intrépide.

Il sourit à Alice.

— J'admire votre cran. Et votre allure, aussi, ajouta-t-il en désignant sa tenue de style country punk.

— Ah, je vois, rétorqua Alice. Monsieur le bonimenteur essaie de me flatter. Ma mère n'avait pas la moindre chance avec vous.

— Non, c'est vrai. Mais vous, si. Si j'avais une fille, je voudrais qu'elle soit comme vous, Alice.

Il reporta son attention sur Mary.

— Et je serais heureux que vous fassiez partie de ma famille.

Elle sentit les larmes lui monter aux yeux. Kirby lui donnait sa bénédiction pour être avec Brandon, si son fils était enclin à reprendre sa relation avec elle.

Elle jeta un coup d'œil vers Brandon. Mais il se contenta de s'éclaircir la voix et de déclarer :

— Nous devrions discuter du contrat, à présent.

— Oui, commençons, approuva Christine.

C'était une femme blonde d'une cinquantaine d'années, dynamique et directe. Apparemment, elle était prête à passer aux choses sérieuses.

Tout comme Alice. Elle se redressa, manifestement impatiente que les négociations débutent. Néanmoins, elle lança quelques regards furtifs vers Kirby. Était-elle secrètement touchée par ses compliments ? se demanda Mary. Avec Alice, difficile de savoir. Toutefois, Mary doutait que sa sœur pardonne à Kirby avant un bon moment.

L'offre de Kirby consistait en une somme d'argent astronomique pour acheter les chansons de leur mère et les publier. Christine aborda les détails et suggéra quelques modifications, que Brandon et Kirby acceptèrent. Ils semblaient prêts à faire tout leur possible pour leur donner à Alice et à elle ce que Kirby aurait dû offrir à leur mère des années plus tôt.

Mais Mary ne voulait pas de cet argent. Elle avait déjà pris sa décision.

— J'aimerais céder ma part à Alice, annonça-t-elle. À la condition qu'elle fasse don de cette somme à une œuvre caritative.

Elle se tourna vers sa sœur.

— Je veux que tu choisisses une cause qui ait du sens pour toi. Tu es d'accord ?

Selon elle, il était important qu'Alice apprenne à faire un peu de bien dans ce monde.

— Bien sûr, répondit sa sœur. Mais tu es sûre de ne pas vouloir en garder une partie ?

— Certaine.

Mary n'était pas intéressée par l'argent, et elle ne le serait jamais.

— Peut-on ajouter une clause concernant l'œuvre caritative ? demanda-t-elle à Christine.

— Bien sûr, assura l'avocate, prenant des notes.

— Kirby, dit Mary, je suis contente que vous fassiez une annonce publique afin de laver le nom de maman. Nous avons fait beaucoup d'efforts pour cacher l'accusation de harcèlement à tout notre entourage. Malgré tout, elle avait l'impression que son image était entachée. Il est important que vous fassiez savoir au monde qu'elle n'a rien fait de mal.

— L'annonce publique était l'idée de Brandon, répondit Kirby. Je ne peux pas m'en attribuer le mérite. Mais je suis tout à fait disposé à admettre mes torts devant les médias.

— Bien, intervint Christine. Maintenant, nous pouvons avancer et passer à la signature du contrat.

Oui, pensa Mary. Ils devaient avancer. Elle risqua un regard vers Brandon. Il l'observait, l'air torturé, et elle eut l'impression de voir son âme.

Elle éprouvait la même douleur.

Il appela son assistant pour qu'il procède aux modifications nécessaires. Une fois le contrat révisé, les avocats le relurent, pour s'assurer que tout était correct.

Puis, les parties impliquées le signèrent.

Voilà, c'était terminé.

Tout le monde se leva, et Kirby prit Mary dans ses bras. Elle enfouit le visage contre son épaule. Comme elle aurait aimé que ce soit Brandon qui la serre contre lui…

Mais il restait là, muet et immobile. Lorsque Kirby la relâcha, elle se tourna vers Brandon.

— Prends soin de toi, dit-elle.

— Toi aussi, murmura-t-il d'une voix insupportablement douce.

Submergée par le chagrin, Mary se dirigea vers la sortie. Mais elle ne put s'empêcher de lancer un regard à Brandon.

Pour le contempler une dernière fois.

Brandon passait autant de temps qu'il le pouvait avec Zoe. Être avec le bébé le réconfortait. Mais cela lui rappelait aussi tout ce qu'il avait perdu.

La possibilité d'un avenir, d'une famille. Il ne pensait pas pouvoir ressentir pour une femme ce qu'il avait ressenti pour Mary, mais c'était terminé à présent. Deux semaines s'étaient écoulées depuis la réunion à son cabinet, et il n'arrivait toujours pas à digérer sa trahison. Il était toujours aussi furieux, blessé et perdu, et il avait l'impression d'avoir un vide à la place du cœur.

Aujourd'hui, il se trouvait avec Tommy dans la chambre de Zoe. Il berçait doucement sa nièce, qui émettait d'adorables sons de bébé.

— Vu la façon dont tu monopolises ma fille, je crois qu'il est grand temps que tu aies un enfant bien à toi, ironisa Tommy.

— Comme si c'était facile !

Brandon observa Zoe, qui portait un bandeau de tête fleuri. Tommy l'avait particulièrement bien habillée pour la visite de Brandon.

— Je suis navré que ça n'ait pas marché entre Mary et toi, dit Tommy. Je sais à quel point ça a été difficile pour toi. Mais je parie qu'elle aussi a le cœur brisé.

Brandon n'avait pas envie de songer au chagrin de Mary. Il souffrait trop pour cela.

— J'ai toujours été prudent, dit-il. J'ai toujours fait en sorte de me protéger et de protéger notre famille. Le jour de notre rencontre, je lui ai demandé si elle savait qui j'étais, mais elle m'a menti, dès le début.

— Je sais. Mais il s'est passé beaucoup de choses depuis.

Peut-être, mais il avait l'impression que son chagrin n'allait pas disparaître de sitôt.

— Papa fera une annonce publique au sujet de la mère de Mary la semaine prochaine. Une conférence de presse est prévue.

— C'est une bonne chose. Au fait, j'ai entendu dire qu'Alice avait loué un luxueux appartement.

Brandon fut surpris.

— Qui t'en a parlé ?

— Papa, qui l'a appris par Mary. Il a gardé le contact avec elle. Alice se méfie encore de lui, mais Mary et papa sont en train de devenir de vrais amis. Papa ne t'en a pas informé car il voulait te préserver.

Brandon n'était pas surpris que son père et Mary soient devenus proches. Il avait été témoin de leur lien lors de la réunion à son cabinet. Il avait regardé son père étreindre Mary, en regrettant de ne pas être capable d'en faire autant.

Donc, Mary vit seule dans leur appartement ? demanda-t-il.

— Oui, c'est son souhait. Elle n'avait pas envie de s'installer dans le nouveau logement d'Alice.

Brandon avait passé beaucoup de temps seul ces derniers temps, lui aussi, en dehors de ses visites chez Tommy.

Il se leva et replaça Zoe dans son berceau. Elle commençait à s'endormir. Pour qu'elle soit plus à l'aise, il lui retira son bandeau.

Tommy et lui sortirent sur le balcon. Une douce brise d'automne les enveloppa.

— Je devrais peut-être rendre visite à Mary, lança Brandon. Pas pour raviver la flamme, mais pour trouver un moyen de lui pardonner. Elle et moi, nous devons aller de l'avant.

Il n'avait pas envie de se morfondre éternellement.

— Alors vas-y, grand frère. Fais ce que tu as à faire pour sortir de cette situation. Je n'aime pas te voir souffrir. Et je ne veux pas que Mary souffre non plus. Je suis de ton avis, vous devez tourner la page, tous les deux.

— Merci. Je vais aller la voir dès maintenant.

Avant de se défiler. Car, au fond, il avait encore peur de l'effet que Mary avait sur lui.

Il quitta la maison de Tommy et se rendit directement chez Mary. Lorsqu'il frappa à sa porte, il constata qu'elle n'était pas rentrée. Elle était sans doute encore au travail.

Il s'assit sur le seuil et patienta, la gorge nouée.

Peu de temps après, il vit Mary arriver en voiture. Elle sortit de son véhicule et se dirigea vers son appartement. Quand elle le vit devant sa porte, elle ralentit le pas. À l'évidence, elle était surprise de le voir. L'espace d'un instant, elle le dévisagea sans rien dire.

— Brandon ? finit-elle par s'exclamer.

— Bonjour, Mary.

Il se leva et s'épousseta. Il avait l'impression d'être un adolescent intimidé. Même lorsqu'il était plus jeune, il ne s'était jamais senti aussi gauche.

— J'aimerais discuter, dit-il.

Elle hésita, puis demanda :

— Tu veux entrer ?

— Volontiers, répondit-il, tentant de prendre un air détaché.

Elle entra dans l'appartement, et il lui emboîta le pas. Elle portait son uniforme de travail, constitué d'une blouse et d'un pantalon blancs. Ses cheveux étaient soigneusement tressés. Il songea aux innombrables fois où il avait joué avec sa chevelure. Il avait très envie de poser les mains sur elle, de respirer son parfum sucré.

— Thé glacé ?

Sa question l'arracha à ses pensées.

— Pardon ?

— Tu veux un thé glacé ?

— Non, merci.

Il avança dans le salon, où les stores étaient baissés.

— Je suis venu pour clarifier la situation. Pour te pardonner, Mary, et mettre fin à notre souffrance. Je ne pourrai pas avancer tant que je n'aurai pas surmonté ma douleur, et toi non plus.

Elle scruta son regard.

— Donc, tu n'es pas venu pour reprendre notre relation ?

— Non, dit-il, effleurant sa joue du bout des doigts. Il s'agit simplement de trouver un peu de paix dans tout ça.

Elle émit un souffle.

— Est-ce que le fait de me toucher t'apporte la paix, Brandon ?

Il répondit d'un signe de tête négatif. La toucher le faisait encore plus souffrir.

— Tu as une peau très douce, et un visage innocent. J'ai encore du mal à croire que tu m'aies piégé.

— Je suis désolée de t'avoir menti.

— Je te crois.

Il ne doutait pas de sa sincérité. Il la voyait dans ses yeux.

— Je te dois des excuses, moi aussi. Je n'aurais pas dû te faire venir à mon cabinet sous de faux motifs. J'aurais dû être franc.

— Tu as agi sous le coup de la colère. Je peux le comprendre.

— Je ne suis plus en colère.

Il avait encore le cœur brisé, mais cela ne changerait peut-être jamais.

— Je devrais m'en aller, à présent, dit-il, retirant sa main. J'ai fait ce que j'avais à faire.

Lui pardonner, pensa-t-il. Hélas, cela ne lui apportait pas la paix qu'il avait espérée. Et Mary ne semblait pas plus apaisée que lui.

Il recula d'un pas.

Que devrait-il faire, maintenant ? Lui souhaiter d'être heureuse sans lui ?

— Tu pourrais rester un peu, suggéra-t-elle, semblant un peu troublée.

— Pourquoi ?

Lui non plus n'avait pas les idées claires. Cette entrevue ne se passait pas du tout comme il l'avait espéré.

— J'ai fait des cookies aux pépites de chocolat hier soir. Nous pourrions les manger ensemble.

— Les cookies ne résoudront pas le problème.

— Qu'est-ce qui le résoudrait ?

— Je l'ignore.

Soudain, il n'avait plus envie de partir. Il n'avait plus envie d'abandonner Mary. Mais il ne trouvait pas la force de rester.

Alors qu'il s'apprêtait à s'en aller, elle lança :

— Alice a déménagé. Je vis seule ici maintenant.

Il s'éclaircit la voix.

— Tommy m'a dit qu'elle avait loué un bel appartement. Et il m'a aussi appris que tu parles beaucoup avec mon père.

— C'est vrai. Nous sommes devenus très proches.

C'était étrange de se dire que son père avait réussi à faire la paix avec Mary, alors que lui-même n'y parvenait pas. Il était encore en pleine confusion.

— Il me laisse m'épancher et pleurer chaque soir au téléphone, avoua-t-elle.

Il sentit son cœur se serrer. Manifestement, c'était à cause de lui qu'elle pleurait.

— Je parie que tu n'aurais jamais imaginé devenir amie avec mon père.

— Oui. C'est agréable de savoir qu'il est là pour moi. Mais toute cette situation a été difficile à gérer, et elle l'est encore.

Elle baissa les yeux.

— Je n'aurais jamais dû te manipuler, Brandon.

— Tu n'as pas à t'excuser continuellement.

Il ne supportait pas de la voir si triste. Elle semblait aussi perdue que lui.

Lorsqu'elle releva la tête, il vit de la peine dans son regard.

— J'ai promis à Kirby de l'aider à trouver quelqu'un, lui apprit-elle. Selon moi, il est prêt pour une nouvelle relation. Je pense qu'il a vraiment changé.

Brandon aussi voulait changer, et se libérer de sa peine. Mais il ne savait pas comment s'y prendre.

— Il faut que j'y aille, dit-il.

S'il restait, cela ne ferait que prolonger leur souffrance.

— Je peux te raccompagner à ta voiture, proposa-t-elle.

— Non, inutile. Merci de m'avoir reçu et d'avoir écouté ce que j'avais à dire.

Même si cela n'avait servi à rien, en fin de compte.

Elle s'effaça pour le laisser passer.

— Au revoir, dit-elle tristement.

— Au revoir, Mary.

Il sortit de son appartement et regagna sa voiture, garée juste devant chez elle. Une fois derrière le volant, il vit Mary devant sa porte. Elle semblait au bord des larmes. Avait-il aggravé la situation en venant ici ?

Si oui, qu'attendait-il pour s'en aller ? Il devrait prendre la route et fuir aussi vite que sa berline de luxe le lui permettrait. Mais il resta là, sans bouger, embourbé dans son chagrin et ses tourments.

Après un instant, Mary rentra dans son appartement.

Il était toujours amoureux d'elle, c'était indéniable. Il avait besoin d'elle. Il la désirait.

Alors, qu'allait-il faire ?

Réparer les dégâts, décida-t-il. Retrouver la femme qu'il aimait.

Il sortit de sa voiture et courut vers l'appartement de Mary. Il sonna à la porte, le cœur battant.

Lorsqu'elle vint lui ouvrir, il retint son souffle. Elle semblait avoir pleuré, en effet.

— Tu m'aimes encore, Mary ? demanda-t-il.

Il connaissait déjà la réponse, mais il avait besoin de l'entendre.

— Oui, dit-elle en tremblant. Bon sang, oui !

— Je t'aime encore, moi aussi.

Il ne put contenir l'afflux d'émotion qui monta en lui.

— Tu en es sûr ? demanda-t-elle. Car je ne pourrais pas le supporter si…

— Oui, je suis sûr de moi.

Il savait ce qu'il y avait dans son cœur, et il savait que vivre sans elle était inenvisageable.

Il prit sa main dans la sienne.

— Repartons de zéro, Mary. En tant qu'amis, amants, et tout ce que nous aurions dû être auparavant. Mais sans mensonges ni secrets entre nous.

— Je ne peux pas rêver mieux, approuva-t-elle, se blottissant dans ses bras. Tu m'as tellement manqué, Brandon.

— Toi aussi, tu m'as manqué.

Sans elle, il n'avait fait que survivre.

Elle versa quelques larmes, mais il savait que c'étaient des larmes de bonheur cette fois.

Ils gardèrent le silence, tous deux conscients de l'engagement qu'ils venaient de prendre. Il ferma les yeux et la berça contre lui, enveloppé par son parfum sucré.

Elle finit par relever la tête et murmurer :

— Fais-moi l'amour, Brandon.

Il accepta volontiers son invitation, et elle le conduisit dans sa chambre.

Plus jamais il ne la perdrait.

Ils se déshabillèrent mutuellement, lentement, savourant chaque instant. Ils échangèrent des baisers, puis se glissèrent entre les draps. Brandon vit le tableau à la fée qu'il lui avait offert, et il eut l'impression que l'œuvre d'art intensifiait la magie de ce moment.

Il la caressa, emplissant ses mains de son corps. Elle fit de même, de la manière la plus intime qui soit.

Elle sortit un paquet de préservatifs de sa table de chevet et lui en donna un.

— Je les ai achetés il y a quelques semaines, expliqua-t-elle. Au cas où tu passerais la nuit ici.

Il ne déballa pas la protection tout de suite. Pour l'instant, il voulait lui parler de ses attentes concernant leur avenir.

— Je veux que tu emménages chez moi, Mary. Je veux dormir à tes côtés chaque nuit et me réveiller près de toi chaque matin.

Il respira son parfum, qui sembla s'infiltrer jusqu'au tréfonds de son être.

— Je serai là, chaque fois que tu auras besoin de moi, promit-elle, se pressant contre lui. Je veux les mêmes choses que toi.

Il finit par enfiler le préservatif et la pénétra, laissant les sensations exquises le submerger. Elle gémit quand il alla plus loin en elle. Et ils firent l'amour, en plein après-midi.

Ils s'étaient enfin retrouvés.

Alors qu'ils étaient allongés, nus et satisfaits, Mary sourit à son homme. *Son homme*. Elle trouvait que cela sonnait très bien.

Ils finirent par se lever et se rhabiller. Plutôt que de remettre son uniforme, Mary choisit une robe de coton blanc.

— J'ai hâte de te voir en robe de luxe, dit Brandon.

— À un bal de charité ?

Elle était prête à apprendre la valse et à rencontrer ses amis. Elle voulait tout partager avec lui.

Il s'assit sur le bord du lit et l'attira sur ses genoux.

— En fait, je parlais de notre mariage.

Son cœur tressauta.

— Nous allons nous marier ? s'exclama-t-elle.

— Oui, si tu veux bien de moi. Je ne veux pas seulement vivre avec toi. Je veux aussi échanger des vœux avec toi. Mais nous pouvons prendre notre temps, et faire les choses dans les règles.

Il plongea le regard dans le sien.

— Acceptes-tu de devenir ma femme ? Me feras-tu cet honneur ?

— Oui, absolument.

Elle lui donna un long baiser romantique. Elle ne se lasserait jamais de l'embrasser.

— C'est une bonne idée de prendre notre temps, approuva-t-elle. Nous devons apprendre à mieux nous connaître. Je t'ai caché qui j'étais, et dorénavant, je serai la vraie Mary.

— Je suis impatient de la connaître, dit-il, frottant le nez contre sa joue. Je commence déjà à m'attacher à elle.

Mary soupira. C'était le plus beau jour de sa vie. Leur relation avait mal commencé, mais à présent, elle était parfaite. Tout comme son futur mari. Quels que soient les obstacles qu'ils devraient affronter, Brandon et elle pourraient toujours compter l'un sur l'autre.

— Quand nous aurons des enfants, nous pourrons nous installer dans ma résidence secondaire.

Il marqua une pause, puis demanda :

— Tu veux des enfants, dis-moi ?

— Oui, bien sûr ! s'empressa-t-elle de répondre. Cela dit, quand j'étais plus jeune, je ne comprenais pas les envies de maternité.

— Parce que ta propre mère était dépressive ?

— Je savais qu'elle souffrait. Mais j'aurais aimé qu'elle cherche de l'aide, au lieu d'éloigner tout le monde. Je m'inquiète encore pour Alice. Elle est d'une nature si rebelle…

— Tu es une sœur formidable, et elle a de la chance de t'avoir. Mais réunir nos deux familles sera compliqué, étant donné qu'Alice déteste toujours mon père. Tu crois qu'elle finira par lui pardonner un jour ?

— Je ne sais pas. Quoi qu'il en soit, il essaie d'établir une relation avec elle. Il veut obtenir son avis sur l'artiste qui enregistrera les chansons de maman.

— Je trouve que c'est une excellente idée.

— Moi aussi.

Elle savait que ces chansons étaient importantes pour Alice, tout comme pour elle.

— Papa sera aux anges quand je vais lui annoncer que nous sommes fiancés.

— J'aimerais qu'il me conduise jusqu'à l'autel, comme il l'a fait avec Sophie. J'aimerais aussi qu'Alice soit ma demoiselle d'honneur et m'aide à choisir une robe. Donc, d'une manière ou d'une autre, elle devra s'habituer aux Talbot.

— Parce que tu vas en devenir une ? rétorqua-t-il en souriant. À ce propos, il faut que nous te trouvions un diamant.

— Je ne veux rien de trop onéreux. Tu crois que je pourrais avoir un saphir ou une autre pierre bleue ? Je tiens à avoir une bague qui ait la couleur de tes yeux.

— Je suis flatté. Mais j'aimerais que ce soit une bague de luxe. J'aime l'idée de t'offrir de belles choses. D'ailleurs, maintenant que j'y pense, il existe des diamants bleus. Nous pourrions dessiner ta bague ensemble.

— Ce serait amusant. Nous pourrions choisir les pierres qui nous plaisent et les associer.

— Tu crois que je devrais prendre Cline comme témoin ?

Elle gloussa.

— Ce serait adorable.

— Il me tarde que tu t'installes dans mon loft.

— Je ferai mes cartons dès aujourd'hui.

À la perspective de vivre avec Brandon, son cœur débordait de joie.

— Ce sera intéressant de voir notre relation évoluer, dit-il.

— Je pourrais devenir chef pâtissière pour les gens riches et célèbres. Ce pourrait être ma nouvelle carrière.

— Tu peux réussir tout ce que tu veux, Mary. Tu es très douée.

Il posa les lèvres sur les siennes et lui donna un doux baiser. Elle se cala entre ses bras, plus heureuse que jamais. Quoi que l'avenir leur réserve, ils feraient tout leur possible pour réussir leur mariage.

Et bientôt, ils uniraient leurs destins pour toujours.

Retrouvez prochainement,
dans votre collection

PASSIONS

Un papa pour sa fille, de Janice Maynard - N°909

Quand Brie parvient à la porte de Vaughn, ses jambes tremblent, et son cœur bat à toute allure. Elle n'a pas revu son ancien amant depuis trois ans, après qu'elle l'a quitté, faute d'engagement de sa part. Aujourd'hui, Brie appréhende: comment Vaughn réagira-t-il en découvrant son précieux secret, la petite fille qui est née de leur amour ?

Un parfait gentleman, de Karen Booth

Au cours d'un défilé de mode, Emma passe une délicieuse soirée en compagnie de Daniel, un parfait gentleman. Le lendemain, elle apprend, stupéfaite, que Daniel est l'héritier des magasins Stone, les rivaux historiques d'Eden's, le grand magasin qu'elle possède avec ses deux sœurs. Daniel essaye-t-il de lui soutirer des informations ? Peu importe, Emma préfère jouer avec le feu, car son désir de le revoir l'emporte sur ses craintes...

Le retour de son amant, de Reese Ryan - N°910

Darius à Royal ? Audra n'en revient pas : celui qui lui a brisé le cœur cinq ans plus tôt, sans explication, est de retour. Le revoir aujourd'hui lui donne le sentiment que tout n'est pas encore terminé entre eux. Malgré ses espoirs, Audra doit se protéger : durant leur relation, Darius lui a caché des secrets sur sa famille. Comment pourrait-elle lui faire confiance à nouveau ?

Fiancée de façade, de Katherine Garbera

Melinda est sous le choc. Elle, enceinte de Slade Bartelli, son amant ? Même si c'est son rêve le plus secret, elle aurait aimé que les circonstances soient différentes... Et voilà que Slade, pour préserver les apparences, lui propose de fausses fiançailles ! Melinda ne peut se contenter d'une union de façade, alors que son cœur appartient entièrement à Slade !

Un dilemme insoutenable, de Jules Bennett - N°911

SÉRIE : LIAISONS SCANDALEUSES TOME 2

Maty n'a pas le choix : si elle veut que son frère paralysé reçoive les meilleurs soins, elle doit travailler pour l'infâme Rusty Lockwood... Sa mission : convaincre Sam Hawkins, son ex de l'université, de vendre sa distillerie à Rusty, en usant de ses charmes si nécessaire. Mais, en présence de Sam, Maty est submergée par une foule d'émotions, ce qui la met dans une situation insoutenable : si elle veut aider son frère, elle doit trahir son premier amour...

Tentée par une seconde chance, de Joss Wood

Dix ans plus tôt, Tanna, sous le coup de la panique, s'est enfuie la veille de son mariage avec Levi. De retour à Boston, elle décide de replonger dans son passé pour guérir ses blessures. Levi, immobilisé à la suite d'un accident de moto, lui demande son aide afin qu'elle se rachète. Vivre auprès de son ancien fiancé la trouble au plus haut point, et Tanna se demande si elle est prête à s'ouvrir de nouveau au seul homme qui a réussi à conquérir son cœur...

Le secret d'Amanda, de Maureen Child - N°912

Laisser derrière elle Nathan et leur amour passionné... C'est ce qu'Amanda a fait en quittant sa ville natale, il y a tant d'années. Mais, maintenant qu'elle est revenue à Royal, la paix qu'elle avait retrouvée s'est évaporée à l'instant même où elle a posé les yeux sur lui. Malheureusement, si elle est tentée de rallumer la flamme qui brûlait entre eux, Nathan, lui, garde ses distances. Comme s'il n'avait pas oublié les amères circonstances de leur rupture....

L'amour à toute épreuve, de Barbara Dunlop

Quelle entêtée ! Troy n'a jamais rencontré une femme comme Mila : il a pourtant refusé de lui confier le poste d'agent de sécurité qu'elle convoite ! Cependant, lorsque sa demi-sœur, une chanteuse connue, est menacée par un fan, Troy se sent fléchir : Mila serait tout indiquée pour veiller sur elle... La jeune femme maîtrise en effet les techniques d'attaque et de défense. Même si elle n'utilise contre lui que la plus dangereuse de toutes : la séduction.

Le mensonge de Mia, de Charlene Sands - N°913

Mia vient de passer une soirée de rêve au côté du séduisant Adam. Et elle serait aux anges si leur rencontre avait été le fruit du hasard... Seulement voilà : elle rôdait autour de la maison d'Adam parce qu'elle enquêtait sur lui. N'a-t-elle pas en effet promis à sa sœur mourante de retrouver le papa de sa fille ? Mais son cœur se serre lorsqu'elle songe aux conséquences de ses manigances : elle sera séparée de sa nièce adorée, et Adam ne lui pardonnera jamais de l'avoir trahi...

Un insupportable contrat, de Lauren Canan

Son ranch : voilà la seule chose qui compte pour Shea. Un ranch que sa famille loue depuis des générations. Alors, si une clause du contrat signé au XIXe siècle la contraint aujourd'hui à épouser l'odieux fils des propriétaires pour conserver son bien, elle n'hésitera pas une seconde; elle s'unira à Alec Morreston et vivra à ses côtés une année. Sauf que Shea se rend vite compte que la plus grande épreuve sera de résister au feu du désir qu'Alec fait naître en elle...